KB197144

깨닫음 & 깨달음

저자

신 신자

"당당하되 교만하지 말고 겸손하되 비굴하지 말자."

추천사 1

신신자 대표, 그의 인간다움에 대하여...

사람다움, 인간다움이 목마른 때이다. 거짓이 진실을 가리고 탐욕이 만족을 비웃는다. 비정상이 정상을 억누르는 모순이 도를 더해간다.

익명의 어둠 속에서 인권이 무차별 유린당하고 이유 불문의 묻지마 범죄가 허탈감을 더해간다. 가난이 물러갔으나 쌓은 만큼 행복하지 않고 웃음과 희망을 노래하던 사회는 한숨과 좌절로 활력을 잃어간다.

기업은 인력난을, 청년은 구직난을 호소하고 있다. 새로운 질병이 평안을 위협하고 해로운 먹거리가 밥상을 점령해 가고 있다. 작금의 암울한 현실에 장충동 왕족발 신신자 대표가 깨달음을 화두로 던졌다. 그는 어떤 삶이 행복하고 건강한 삶인가? 란 원초적 질문에 다양한 모습으로 답한다. 엄마로서, 주부로서, 기업인으로서, 인간으로서 온몸으로 겪어야 했던 치열한 체험을 덧칠 없이 세상에 펼쳐 보인다. 몸에 밴 겸손과 배려, 소박함이 곳곳에서 진하게 묻어난다. '~다움'은 신 대표가 소중히 여기는 언어다. 이 세상 만물이 '다움' 그 자체로 존재한다면 훨씬 살만한 세상이 될 것이란 선한 뜻이 담겨 있다. 사람다움, 국민다움, 의사다움, 정치인다움, 언론인다움, 기업인다움 등등을 일컫는다. '다움'을 이루자는 뜻에서 신 대표가 명명한 '다움'이란 소모임을 수년간 함께 이어오고 있다.

사람답게 사는 것이 어떤 모양인지 곁에서 보고 깨닫지만 정작 실천이 쉽지 않음을 절감한다. 언행일치가 여의치 않고 수미일관이 녹록지 않은 현실이지만 그는 그 가치를 실현하고자 오늘도 동분서주 바쁘게 삶의 현장을 누비고 있다. 곁에서 지켜본 신 대표의 모습이다. 윤리적이다.

체인 점주로 시작해 본사 대표가 됐다. 정상까지의 과정은 간단치 않았다. 수많은 고통과 시련이 뒤따랐다. 위기도 있었다. 그때 일거에 성공 반열에 오르고 싶은 인간적 욕구가 넘실거리고 눈앞에 첨가물이 아른거렸다. 하지만 유혹은 그의 신념을 이기지 못했다. 바른 먹거리, 안전한 먹거리, 프리덤 푸드의 진실을 외면하는 것은 소비자에게 죄를 짓는 것이라 생각했다. 신체건강이 곧 정신건강이다는 믿음은 굳건했다.

만약 눈이 어두워져 그의 윤리적 판단이 무너졌다면 무취무향의 명품 족발은 끝내 우리 식탁에 오르지 못했을 것이다. 겸손하다. 신 대표는 "기업이 존재하는 것은 직원들이 좋은 제품을 만들기 때문이다"라고 주저 없이 말한다. 지금의 회사가 있기까지의 모든 공을 직원에게 돌린다.

직원에 대한 감사와 배려, 사랑이 남다른 이유다. 최적의 숙소를 마련해 주고 수익에 합당한 급여를 보장해 준다. 노사분규는 한가로운 이야기다. 노사 화합은 장충동 왕족발의 원동력이다. 식품사고, 가맹점 분쟁, 쟁의 없는 3無 회사를 이뤄냈다. 수익금의 일정액은 나눔 정신으로 사회에 환원한다. 환원은 공사 구분 없이 힘들고 어려운 곳을 향한다. 기부 사례가 간혹 언론에 노출되기도 하지만 이는 본인의 뜻이 아니다. 지인 여럿이 모이면 언제 어디서나 먼저 흔쾌히 지갑을 연다. 베푸는 것이 받는 것보다 백 배는 행복하다고 말한다. 권씨 종갓집 맏며느리의 후덕함이다.

탐구적이다. 신 대표는 책을 아낀다. 책에서 삶의 방향과 기업의 생존 비결을 터득했기 때문이다. 존 로빈스의 '음식혁명'은 바른 먹거리에 눈을 뜨게 한 은인과도 같은 각별한 작품이다. 수많은 음식 관련 서적은 그를 외길 바른 식품 전문가로 이끌었다. 우리가 부지불식 접하는 먹거리의 유해성, 위험성, 유독성을 명확히 지적하고 전파한다. 먹거리에 관한 한 명실상부한 프로다. 미우라 아야코의 '빙점'은 그에게 큰 울림을 준 책 가운데 하나다. 용서는 오직 사람만이

머리말

"당당하되 교만하지 말고 겸손하되 비굴하지 말자."

우리 회사 출구 곳곳에 붙여놓은 문구이다. 내가 살면서 행동하고 싶은 지침서이고, 나의 후손들이 살아가면서 행동으로 지켰으면 하는 바람이기도 하다. 당당함이 지나쳐 교만하게 되면 그것은 결코 당당함이 아니고, 겸손함이 지나쳐 비굴하게 되면 결코 겸손이 될 수가 없다. 당당함과 교만을 혼동해서는 안 될뿐더러 겸손은 자칫 비굴함으로 비추어지기 쉬울 수가 있다. 인생을 살면서 얻는 깨달음은 가장 소중한 자산이다.

깨달음을 얻지 못한다면 그 인생은 헛된 인생이 되기 때문이다. 깨달음을 통해 내 인생을 좀 더 보람되고 알차게 보낼 수 있으며 그 선택은 스스로 하기도 한다. 또한 살면서 화를 내야 할 일들이 많이 발생할 것이다. 삶이 역동적이기 때문이다. 그런데 그 화는 오로지 내 몫이다. 스스로 다스릴 수 있어야 한다. 화가 난다고 다른 사람에게 화풀이할 권리는 누구에게도 없기 때문이다. 그리고 혼자 자가당착에 빠져서 남의 이목도 무시한 채 어리석은 짓을 하며 살 필요는 없는 일이기 때문이다.

아무리 배워도 배울 게 있다는 것을 느끼는 것, 이런 모든 것들, 이게 깨달음의 경이로움이다. 입으로 말하지 않아도 통하는 사람, 말을 해야 통하는 사람, 말을 해도 통하지 않는 사람을 구분할 수 있는 것도 깨달음을 통해서만 알 수 있다. 겪어보지 않고서는 깨닫지 못하게 되기 때문이다. 이렇듯 깨달음의 가치는 실로 엄청나다. 깨달음이 없다면 행복 또한 따르지 않는다. 깨달음을 통해서 위대한 인물이 탄생하기도 한다.

가보지 않은 길은 예측하기 어려우나 아는 길을 가는 것은 쉽게 갈 수 있는 것과 같은 이런 게 깨달음이다. 나는 부족한 것이 많았기에 깨달음이 절실했었고 그래서 엄청난 시행착오를 겪었었다.

살면서 경험하는 것들, 하나하나가 다 교과서가 되어주었고, 선배들이나 어르신들께서 하시는 말씀 한마디도 다 정보가 되어주었으며 그런 것들을 통해 깨달음을 얻을 수 있었기에 너무도 감사한 마음으로 살아올 수 있었다.

물론 젊어서부터 이런 가치에 대해 깨달을 수 있었다면 한결 수월한 삶을 살 수 있었을 것이라는 아쉬움도 따른다. 만약에 깨달음을 얻지 못했다면 어릿광대처럼 살았을지도 모르겠다.

쥐뿔도 모르면서 세상을 다 아는 양 착각 속에 빠져 살았을 수도 있었을 것이다. 정치 이야기, 종교 이야기는 절대 하지 않아야 하는 것도 깨달을 수 있었다. 사람은 숨을 쉬고 살아있는 한 운동과 일은 필수라는 것을 깨달을 수 있었다. 삶의 굽이굽이 모든 것이 다 깨달음의 기회였었고, 그것을 인지할 수 있었기에 참으로 감사한 것이다.

절대 평범하지 않았던 삶을 살아왔던 나의 경험들이 후손들의 인생에 도움이 되길 바라는 마음으로 이 글을 남긴다. 사는 동안은 배움을 끝내지 않아야 한다. 아무리 배워도 배움의 끝은 없는 법이기 때문이다. 배움을 통해 앎이 늘어난다는 것은 누구에게도 빼앗기지 않는 나만의 고유자산인 셈이다. 그 덕분에 대화도 풍부해질 수 있을 것이고 모두에게 호감을 얻을 수 있을 것이다. 이런 것이 다 깨달음이다. 사회인으로 태어났기에 사회를 진화시켜야 하는 책임이 따른다. 그렇다고 거창한 것은 아니다.

평소 일상에서 일어나는 일 중 양보 운전, 질서를 지키는 것, 타인을 배려하는 마음들이 다 사회를 진화시키는 작은 나비의 날갯짓이 될 수 있기 때문이다. 이런 깨달음을 얻을 수 있었기에 나의 오늘이 있었다고 여겨서 글을 쓴 것이다. 읽는 사람들을 위해 최대한 쉽게 쓰려고 노력을 하였다.

지은이 신신자

목 차

1. 체인점주가 본사 사장이 되다

2001년 1월 7일 장충동왕족발 본사를 인수하기로 협의하고 1월 19일 첫 출근을 했었다. 나는 당시 장충동왕족발 부산 동래점을 운영하던 체인점주였었다.

본사가 어려움에 직면하게 되었을 때 체인점주가 본사를 인수하게 된 것이다. 부산 동래점을 운영할 무렵 영업 실적 등이 기회가 되어준 것이 아니었을까 싶다.

1995년 당시는 IMF의 관리를 받기 2년 전쯤 우리나라는 이미 경제적으로 그 영향권에 들어가 있었으며 사회적으로 그런 조짐들이 보이기 시작했었다. 그 당시 나는 경제적으로도 가정적으로도 여러 문제가 있었다.

애들 아빠의 실수로 인해 우리 가족의 생계가 달린 은행동 동화빌딩에 위자료 청구가 들어왔다.

이에 격분한 나는 남편 명의로 되어 있던 동화빌딩을 내 소유로 이전하였다.

그동안 경제활동을 해 온 것도 나였고, 돈도 내가 벌었으나 모든 재산의 명의만 가장인 남편의 이름으로 해 두었을 뿐이었기 때문에 위자료 지급을 피하기 위해 명의를 바꾸는 일은 그리 어렵지 않았다.

그런데 명의이전을 하자 곧바로 국세청에서 증여세가 부과되었다. 동시에 압류도 함께 진행되었다. 전혀 예상치 못했던 상황이 벌어진 것이다.

비록 경제활동의 주체가 나였고, 내가 재산 증식을 하였다고 해도 "부부 사이에 거래는 무조건 증여의제로 본다."라는 사실을 간과했었다.

동화빌딩에서 나오는 임대료는 우리 식구들의 생활 터전이었는데 압류가 되어버렸으니 당장 생활비 조달이 어렵게 된 것이었다.

그때 큰아이는 재수하고 있었고, 작은 아이는 고교 재학생이었기에 가장 돈이 많이 필요했던 어려운 시기였기도 했었다.

여우 피하려다 호랑이를 만난 꼴이 되어 버린 낭패를 당한 것이었다. 무엇보다 세입자들에게 미안했었다. 그때 보증금이 10억 원 정도였는데 자칫 보증금을 다 잃어버리게 될지도 모르는 상황이었었다.

별안간 벌어진 상황 앞에 정신을 차릴 수가 없을 지경이었다. 하지만 나는 엄마였다. 두 아이의 교육만은 시켜야겠다는 일념으로 방법을 찾기 시작했었다.

먼저 세입자들을 만나 당시 벌어지고 있는 상황을 솔직하게 설명하고 양해를 구했다. "저는 아직 젊고 무슨 일이 있어도 여러분에게 피해를 드리지 않을 테니, 저를 믿고 조금만 기다려 주세요"

지금 돌이켜 생각해도 참 감사하고 감사한 일이었다. 다소 황당할 수 있었을 텐데 그분들은 내 말을 믿어주었다. 지하에서 5층까지 7개의 매장이 있었는데 단 한 사람도 이의를 제기하지 않았다.

어찌 보면 조금은 어이없었던 일이었는데도 말이다. 그때 깨달은 것이, 진심은 통하게 되어 있다는 사실이다. 그 이후 나는 솔직하게 있는 사실 그대로 모든 일 처리를 하는 습관이 생겼다.

피해를 최소화하기 위해 세입자들은 매달 그대로 임대료를 내기로 했으나 나는 수령하지 않고 은행에 예치하기로 협의를 본 것이었다.

그리고 한창 돈이 많이 들어가는 두 아이의 교육을 위해 돈을 벌기 위하여 나는 혼자 부산으로 내려가 장충동왕족발 동래점을 오픈하였다. 그 시기가 하필이면 1997년이었다.

나는 1997년 8월에 오픈하였고, 바로 우리나라의 가장 큰 위기였던 IMF 관리는 11월에 시작하였다.

그 시기는 우리나라도 큰 위기였지만, 내 인생에서 가장 힘들고, 고통스럽고, 도려내고 싶은 부분이라 더 이상 언급하고 싶지는 않다.

다만 그런 고통의 시간을 겪었기에 나는 스스로 경쟁력을 기를 수 있었다고 말하고 싶다. 그 이후 우여곡절 끝에 그 건물을 다시 찾아왔지만, 그 감사함에 대한 보답으로 나는 임대료를 단 한 번도 인상하지 않았다.

그 이후 지금까지 30년 이상을 단 한 번도 임대료를 인상하지 않았고, 지금도 마찬가지로 세입자가 바뀌면 그대로 명의만 변경해 주고 있을 뿐, 임대료는 인상하지 않고 있다.

감사함에 대한 보답인 셈이다.

2. 자연적인 맛을 찾다

우리의 주력상품인 돼지 발(족발)은 인체에는 좋은 식품이긴 하지만 만드는 방법이 쉽지 않다는 단점이 있다.

모든 육류가 10분에서 20분이면 익는 것에 비해 돼지 발 부분은 근육질이라 최소 2시간 이상을 삶아야만 먹을 수 있는 부드러운 상태가 되기 때문이다.

이 과정에서 돼지 취(醉; 냄새)를 없애기 위해 여러 가지 한약재와 첨가물이 들어가게 된다. 여기에서 문제가 발생하게 되는 것이다.

그렇게 각기 저마다 고유의 맛을 내고 그 기호도에 따라 특유의 족발 맛이 탄생하게 된다.

식당 하나만을 운영하는 경우는 크게 문제가 되지 않지만, 우리처럼 대량생산을 할 경우는 식약처의 감시 대상이 된다.

안전에 대한 부분이 강조되는지라 주의가 요구되는 것이다. 식품인증원에서 제공하는 HACCP 설비를 갖춰야 하고, 유해한 물질이 검출되지 않아야 한다.

무엇보다 대중의 호응을 받을 수 있는 맛의 표준화가 필요하였다. 사람마다 입맛은 다 다르고 그 입맛을 다 충족시켜 줄 수는 없기 때문이다.

그래서 우리는 무취무향(無臭無香)의 족발을 만들었었다. 처음에는 감칠맛이나 자극적인 맛이 없어 '미각 중독증'에 걸린 사람들에게는 맛이 없다는 평을 듣기도 하여 반품이 들어오기도 했었다.

반면에 자연식을 사랑하는 사람들에게는 엄청난 호평을 받아 마니아층을 만들어 온 것이다.

음식을 맛있게 만드는 일은 참으로 쉽다. 법에 저촉이 되지 않는 한도 내에서 이것저것 집어넣어 맛있게 만들어서 많이 팔겠다는 목표로 한다면 대박집은 얼마든지 가능한 일이다.

현대를 사는 사람들은 누구나 자극적인 맛을 좋아하기 때문이다. 그러나 누군가의 건강을 담보로 하는 먹거리만큼은 그래서는 안 되는 일이다.

무취무향이란 말 그대로 다른 향과 냄새는 없어지고, 족발 특유의 졸깃하고 담백한 맛을 의미하는 것이다. 하지만 과정은 결코 쉽지 않았다.

예로 정향, 계피, 주피(제피) 등은 향이 매우 강하다. 그 향을 먹어주는 다른 물질이 있어야 향이 제품에 남아 있지 않게 된다. 이런 과정을 우리는 궁합을 맞춘다고 한다.

수많은 실패를 거듭한 끝에 겨우 우리는 인체에 해(害)가 되는 화학첨가물은 빼고, 대신 자연적인 맛을 만들어 내긴 했지만, 100% 안전한 맛을 위해 아직도 진행형이다.

그 도전은 쉽지 않았다. 흡사 전쟁을 치르는 것과 같은 시행착오를 수없이 반복하였다.

자극적이지는 않으나, 쫄깃하고, 담백하고, 무엇보다 몸에 해롭지 않은 맛을 위해 노력을 해 온 것이다.

무엇보다 자연적인 맛이라 인체에 害(해)가 되지 않는다는 것이 매우 중요하다. 첨가물을 빼면서 맛을 지킨다는 것은 무모한 도전이었다.

이미 자극적인 맛에 길들여져 있는 입맛에는 맞지 않기 때문이다. '바른 먹거리'의 맛을 만들기 위해 수많은 시행착오를 겪어 오면서 어쩌면 우리 회사 자체가 존립할 수 없을지도 모른다는 위기감도 느꼈었다.

크나큰 모험을 한 셈이다. 경영자가 기업의 성장을 포기한다는 것은 큰 용기가 필요한 행위이자, 모험이었다.

나는 비록 성장은 하지 못할지라도 인체에 害(해)가 되지 않는 '바른 먹거리'를 선택할 수밖에 없었다.

그것은 참으로 큰 용기가 필요한 선택이었다. 회사가 문을 닫을 수도 있을 만큼 위험한 일이었다. 그런데 우리는 살아남았다.

그것은 우리의 맛을, 그리고 우리의 정성을 알아주시는 고객들이 계셨기에 가능한 일이었다고 생각한다. 나는 이 사실이 너무도 소중하다.

그 감사함을 잊지 말아야 한다. 물론 그 덕분에 회사를 키우지는 못했다.

우리가 프랜차이즈 본사로서 가장 오래된 기업임에도 달랑 브랜드 하나로 후발 기업들보다 외형과 매출은 많이 뒤쳐져 있는 이유이다.

그런데 나는 그렇게 생각하지 않는다. 비록 외형을 키우지는 못했으나 식품으로써 우리는 명품이 될 수 있다고 믿기 때문이다.

언제인가는 유럽의 유명한 브랜드들보다 더 인정받을 수 있을 것이라 믿는다. 이 세상에 안전한 먹거리는 그리 흔하지 않기 때문이다.

그리고 '바른 먹거리'는 생명을 유지하기 위해서는 반드시 필요한 것이기 때문이다.

'바른 먹거리'에 대해 깨달으면서 선택할 식품군이 많지 않다는 사실은 내게는 엄청난 고민이었다.

하지만 희한하게도 위기 때마다 우리에게는 고객의 도움이 따랐다. 그 사실은 내게 영원히 감사함으로 남아 있을 것이다.

그래서 빠른 성장을 포기하고 천천히 가더라도 기본과 원칙을 지키면서 감사한 고객들의 건강을 지켜주는 것에 올인하기로 마음을 먹었다.

그 깨달음이 바른 먹거리에 미쳐 지금까지 한 우물만 파게 해준 원동력이다.

유럽의 유명브랜드들처럼 대를 이어 이 정신을 잃지 않는다면, 언제인가 우리는 명품으로 자리 잡을 수 있을 것이다.

이 세상에서 가장 소중한 것은 생명과 건강이고, 그것을 지켜주는 것이 바로 영양소이기 때문이다. 이 영양소를 얻을 수 있는 식품은 '바른 먹거리'가 최상이라는 사실이다.

참으로 안타까운 사실이지만, 사람들은 병이 든 이후에야 비로써 '바른 먹거리'에 관심을 가진다. 하지만 건강은 건강할 때 지키는 것이 지혜로운 것이다. 우리의 역할은 이런 것이다.

누가 알아주건 안 알아주건 우리는 이 소중한 가치를 잊지 말아야 하고, 그 기본과 원칙을 지키며, 제품을 만드는 것에 진심이어야 한다.

나는 나의 후손들이 이 중요한 가치를 이해하고, 잃어버리지 않길 바라고 있다.

3. 백신을 맞다

회사를 인수하고 첫 출근을 하자 한 기수 상무(당시 과장)가 업무보고를 했다.

"사장님! 이상합니다. 반장들 몇 명을 빼고는 다 일용직으로 되어 있습니다."

"그게 문제가 되나요?"

"위법입니다. 대표가 구속될 수도 있는 중대한 근로법 위반입니다."라고 하였다.

사업을 하면서 법을 지키지 않아 구속되는 불명예스러운 일은 만들지 말아야 했기에, 나는 출근하는 첫날 전 직원들을 정 직원으로 전환 시켜주었다.

그 일이 내가 회사에 출근하여 처음 시행한 일이었다. 그다음 날 점심 식탁에 떡과 음료수가 올라왔다.

정식직원이 된 것을 기념하기 위해 현장 직원들이 돈을 모아 자축을 했다. 당연히 누려야 할 권리인데 말이다.

지금도 회사의 애경사나 기념일 등에 늘 등장하는 떡과 음료는 우리 회사의 전통이자 고유문화가 되었는데 그때부터 시작된 것이다.

출근을 시작하고 한 달쯤 지났을 때의 일이다. 아침에 출근하면 빨간 조끼를 입고 머리띠를 두른 사람들이 도로에 바리케이드를 쳐 놓고 지나가는 차들을 세우고 일일이 전단지를 나눠주고 있었다.

우리 회사 인근에 있었던 '○○광학'의 노조원들이었다. 바쁜 출근길에 도로에 바리케이드를 치고 차를 막아 세우는 그들의 태도가 못마땅하기는 했으나 말없이 전단지를 받을 수밖에 없었다. 읽어보지 않아 내용은 알지 못했다.

나는 마음속으로 쟁의가 벌어지고 있는 그 회사의 사장님을 걱정하고 있었다. 누군지는 모르지만 "얼마나 힘드실까?"

그런데 며칠 뒤 고용노동부(전 노동청)에서 전화가 걸려 왔다.

"회사에 별일 없으십니까?"

나는 아무 문제가 없다고 답했고, 실제로 아무 문제가 없었다. 전 직원들이 정 직원들이 되었다고 그 어느 때보다 사기가 높았고, 축제 분위기 속에서 열심히 일들을 하고 있었으며, 회사의 분위기는 더없이 좋았기 때문이었다.

그런 일이 있은 후 얼마 뒤에 나는 서울에 가기 위해 대전역을 갔다. 하필 그날 그 시간에 대전역 광장에서 ○○광학 직원이 분신하기 위해 퍼포먼스를 하고 있었다.

가운데 한 사람이 서 있었고 소화기를 든 많은 사람이 빙 둘러서 있었다. 그 끔찍한 사건을 끝까지 다 지켜보지는 못했으나 나는 엄청난 충격을 받았다.

그 이후 ○○광학은 직장 폐쇄하였다고 들었다. 그리고 다시 고용노동부의 연락을 받았고 전·후 사정을 알 수 있게 되었다.

○○광학과 우리 회사에 ○○○○회 노조원 5명씩 동시에 위장취업을 했었다고 했다. 내 집안의 불화도 모르고 남의 집 화재만 걱정하고 있었던 셈이었다.

등골이 오싹해져 확인해 본 결과 5명이 입사를 했다가 동시에 퇴직을 한 사실을 알게 되었다. 그때 나는 정말로 큰 깨달음을 얻을 수 있었다.

직원들에 의해 기업이 성장할 수도, 망할 수도 있다는 사실을 말이다. 그때 그 사건을 계기로 일찍 직원들의 소중함에 대해 깨닫게 되었고 백신을 맞았던 셈이다.

살면서 깨달음을 얻고 쌓여가는 과정이 삶의 완성으로 향해가는 길이다. 물론 완성을 다 이룰 수는 없지만 말이다.

경험과 배움을 통해 앎이 늘어나는 경지야말로 환희다. 책을 통해 배움을 얻고 앎이 쌓여가는 것도 같은 이치이긴 하지만, 경험만큼은 아니다.

경험해 보지 않은 것은 가보지 않은 길과 같은 것이다. 그래서 간접경험을 쌓는 것도 좋은 비결이 아닐까 싶다. 그때 그 사건은 나의 가치관을 송두리째 바꿔 놓았던 셈이다.

그렇게 일찍 백신을 맞고서 나의 가치관이 바뀌게 된 것이 어쩌면 오늘의 나를 있게 한 것이 아닐까 싶다.

일찍이 직원들에 대한 감사함을 깨달을 수 있었기에 말이다. 경영자의 입장에서 자칫 '월급도둑'으로 직원들을 바라본다면 과연 그런 예우를 받는 직원들의 입장은 어떨까? 자신을 존중 해주지 않는 회사를 위해 일하고 싶을까? 절대 아닐 것이다.

나는 직원들을 나를 성공시켜 주는 '동반자'라고 여긴다. 그래서 절대로 함부로 대하지 않는다. 그때 그 사건을 통해 백신을 맞지 않았다면, 아무것도 깨닫지 못하고 그저 돈을 벌기 위해 직원들을 필요로 하는 속물이 되었을지도 모르겠다. 그래서 경험은 참으로 소중한 자원이 되는 것이다.

존중과 사랑을 담아 오로지 가족이라는 마음으로 대하면서 가족이 행복해지길 바란다면 직원들도 마음을 열고 가족으로 다가오게 되어 있다. 나는 직원들이야말로 회사를 이끌어가는 진정한 구성원이라고 여기기에 그들을 존중하고 예우를 해주려고 노력한다.

그리고 기업은 늘 위험에 준비되어 있어야 한다. 그래야 비상시 대처를 잘할 수 있고, 대응을 잘할 수 있게 된다. 그리고 제일 중요한 것이 사람이다.

나는 내 마음이 직원들에게도 통해 오늘의 우리 회사가 존립할 수 있었다고 생각한다. 직원들의 협조와 도움 없이 기업 경영이란 있을 수 없다는 중요한 사실은 잊지 말기 바란다.

한번 신뢰가 싹튼 기업의 문화는 오래가는 법이기 때문이다. 직원들과 함께 좋은 회사를 만들어야 모두가 행복한 인생을 보낼 수 있는 것이다.

소는 고사리를 먹지 않는다. 그런데 소도 피하는 고사리를 인간은 먹는다. 고사리에 함유되어 있는 셀룰로스(포도당으로 된 단순 다당류)로 세포벽을 만든다.

웬만해서는 분해되지 않는다. 그런데 불을 이용해 익히면 부드러워지면서 분해가 이루어진다. 소도 피하는 고사리를 먹을 수 있는 것은 익히기 때문이다. 이게 기초 과학이고 이런 발견이 깨달음이다.

깨달음을 얻고도 실천하지 못하는 것은 아무 소용이 없다. 행동하지 않고 실천하지 않는 것은 "부뚜막의 소금도 집어넣지 않는다면 10년이 가도 짜지 않다"라는 것과 같다.

나는 직원들에 대한 소중함을 깨닫게 되면서 그들의 삶의 질을 조금이라도 높여주고 싶은 마음이 들었다. 그래서 실천하기로 한 것이 그게 바로 '특별상여금' 제도이다.

내 아이디어는 아니다. 나는 '유한양행'을 설립하신 유일한 박사님을 기업인으로 가장 존경하는데 그 분께서 몸소 실천하신 '3가지 방법의 분배론'이다.

기업의 수익이 100%라면, 기업의 재투자를 위해 40%를 사용하고 주주들에게 30%의 배당을 하고 나머지 30%를 종사자와 사회로 환원하는 방법인데 나는 그 방법을 벤치마킹한 것이다.

매년 창립기념일인 2월 19일 전년도 결산을 한 후 수익금의 30%를 직원들에게 되돌려주는 제도가 바로 '특별상여금'이다. 그중에서 10%는 사회로 환원하고 있다.

우리는 수익구조가 좋은 편이 아니라 지금까지 가장 많이 지급한 게 380%가 최고이다. 하지만 우리의 목표는 1,000%이다.

지금까지 380%를 준 것이 최고로 많이 지급한 것일 뿐, 그래도 우리에게는 1,000%라는 공동의 목표가 생긴 것이다.

쉽게 도달할 수 있는 수치는 아니지만 간절히 원하면 이루어진다고 하지 않던가? 포기하지 않는다면 말이다.

물론 우리는 아직도 작은 중소기업에 불과하고 여유가 있는 것도 아니다. 굳이 특별상여금을 지급하지 않아도 된다. 누구도 요구한 적도 없고 반드시 지급해야 할 책임도 아니다.

하지만 직원들에게도 소중한 인생이 있고, 그들은 회사에서 나오는 수입이 전부인 사람들이다. 일만 하다 끝날 수는 없는 일이 아닌가? 그래서 같이 살자는 의미에서 시작한 일이었다.

이 '특별상여금제도'의 효과는 상상 이상이었다. 처음 특별상여금을 지급했을 때 직원들은 그냥 좋아만 했다. "회사에서 공짜로 보너스를 주는가 보다"라는 식의 반응이었다.

그러나 10년이 지나고, 20년이 지나면서 이제 직원들은 당연하게 '특별상여금'의 의미를 이해하게 되었고, 당연하게 기다리게 된 것이다. 반면에 그에 비례한 애사심도 같이 자라나고 있었다.

아직은 다는 아니지만, 많은 공감대가 형성되고 있다. 이직률도 낮아지고, 제품 불량률도 줄어 들었다. 그래서 더 미안해진다.

마음 같아서는 하루라도 빨리 매출을 올려 이익을 많이 내 1,000%의 '특별상여금'을 주고 싶어진다. 그래서 우리 직원들의 삶의 질을 조금이라도 높여줄 수 있다면 얼마나 좋을까 싶다.

직원들을 부하 직원이 아닌, 같은 일을 하고, 같은 목표를 지향하는 동반자라고 깨달았기 때문에 행동할 수 있었다.

그 덕분에 오히려 회사가 이익을 보는 문화를 만들 수 있었다. 이 깨달음은 정말 환희였다.

우리가 만드는 족발은 누구나 원가를 다 알고 있다. 가격을 비싸게 받을 수가 없는 원천적인 구조를 가지고 있다.

또한 고객은 가성비에 매우 민감하므로 우리는 합리적인 가격을 받을 수밖에 없다. 그런 연유로 수익성이 매우 낮아 우리 분야에 대기업은 진입할 수가 없는 구조이다. 이익이 많이 따르지 않기 때문이다.

이 세상에 싸고 좋은 제품이란 있을 수가 없는 것이다. 그래서 만드는 우리가 이익을 많이 본다는 것은 사 먹는 고객 입장에서는 비싸게 사는 셈이고, 손해를 보게 된다. 뻔히 아는 것을 비싸게 사서 먹을 고객은 있을 수가 없기 때문이다.

이런 열악한 환경이기 때문에 누구도 쉽게 진입할 수가 없는 분야이다. 그럼에도 우리가 살아남을 수 있었던 것은 직원들의 주인의식 때문이었다고 여긴다.

'특별상여금'도 한몫을 했을 것이라 여기기에 나는 이 깨달음을 통해 또 다른 꿈을 꿀 수 있었고, 그 꿈을 이루기 위해 참 열심히 살 수 있었으니, 깨달음은 이렇듯 참으로 값진 것이지 싶다.

우리의 목표인 1,000% 특별상여금을 주는 꿈이 목표가 되어 그 목표를 향해 뚜벅뚜벅 나아갈 수 있는 것이다.

4. 3無

우리에게는 공동의 목표가 있다. 1,000%의 '특별상여금'이다. 매년 1,000% 상여금을 줄 수 있다면 대기업보다 나은 대우를 받을 수 있게 되고, 구성원들의 자존감도 지켜줄 수 있고, 삶의 질도 높여줄 수 있는 것이다.

그러기 위해서는 먼저 지켜야 하는 3무(無)가 있다.

1無 - 식품회사이기 때문에 늘 식품 사고에 노출되어 있다. 평소 아무리 잘해도 식품사고 한 번에 회사가 위험에 빠지게 되기 때문이다. 그래서 식약처에 단 한 건의 식품 사고로 처벌을 받지 않는 것,

2無 - 프랜차이즈 본사이기 때문에 늘 가맹점들과의 분쟁이 발생할 수 있는 구조이다. 그래서 공정거래위원회에 단 한 건의 분쟁도 신고 되지 않는 것,

3無 - 150명이 넘는 직원들이 있고, 이렇게 식구가 많다 보면 의견이 대립하는 경우가 생기게 된다. 그래서 고용노동부에 단 한 건의 민원도 제기되지 않는 것

이 3無는 우리의 목표가 되어가고 있다. 한 해를 마무리하는 종무식에서 나는 "올해도 3無를 지켜주셔서 감사했습니다."를 외치고 첫 시작을 하는 시무식에서 또 나는 "올해도 3無를 지켜주시기 바랍니다."라고 직원들에게 부탁을 드리는 것이다.

이 3無만 지킬 수 있으면 사회에 민폐를 끼치는 기업은 되지 않을 것이다. 그리고 쉽게 사라지지도 않을 것이다.

기업은 살아만 있으면 조금씩이나마 자라게 되어 있다. 누구에게도 해가 되지 않는 '바른 먹거리'가 우리의 핵심 가치이기에 빨리 성장할 수는 없는 구조라 비록 속도는 늦더라도 오래 살아남은 기업은 되어야 하는 것이다.

오래된 기업에는 그만큼의 가치와 노하우가 쌓이게 된다. 한 분야에서 30년 이상을 사회에 물의를 일으키지 않고 지켜온 것은 이미 검증이 된 것이나 마찬가지이다.

오래 살아남는 기업이 되길 바라는 것이 우리가 지향하는 목표이다. 체인점주로 있다가 본사를 인수하고 보니, 한 가게의 주인에서 한 회사의 경영주로 탈바꿈이 되어 있었다.

경영을 전공한 것도 아니고, 경영을 해본 경험도 전혀 없었던 나는 두려움이 앞섰다. 책임감의 무게가 달랐기 때문이다. 그래서 무조건 배우기로 한 것이다.

서울대, 고대, 연세대, 충남대, 전경련 등을 통해 기회가 되는 대로 공부를 하였다. 공부를 위해서 해외도 많이 다녔다. 앎이 자라면서 내가 바라보는 시각도 바뀌기 시작하였다.

2001년에서 2005년까지 다녔던 국가가 족히 수십 나라는 될 것이다. 이런 과정을 통해 어렴풋이 느끼고 있던, 우리나라가 처해있는 환경과 현실에 대해 깨달을 수 있었다.

우리나라 대한민국에는 자원이 없다는 실상도 알게 되었다. 우리에게는 인재만이 있기에 무엇이건 만들어서 다른 나라에 팔지 않으면 먹고 살 수가 없는 원천적인 구조를 가지고 있다는 사실도 깨달을 수 있었다.

그래서 우리의 선배들이 무역을 통해 달러를 벌어들이려고 그토록 노력했고, 그 덕분에 전쟁의 폐허에서 세계 10대 경제 수준까지 올 수 있었다는 사실도 깨달을 수 있었다.

이러한 깨달음을 통해 우리 제품을 해외에 수출해야겠다고 마음을 먹게 되었고, 나는 수출하기 위한 방법을 찾기 시작했다.

참으로 난관이 많았다. 식품을 수출하기 위해서는 당사국의 승인이 필요했는데, 우리나라는 구제역 발생 국가라 아예 차단되어 있었고, 무엇보다 우리나라 담당 공직자들을 이해시키기가 더 힘이 들었다.

돼지의 부산물인 족발을 수출한다고 하니 황당하게 여겨진 것이다. 하지만 이 세상에 불가능이라 없다는 사실을 깨달을 수 있었다. 여러 시행착오를 범하면서 2012년 드디어 일본 정부의 승인을 받을 수 있었다.

제일 먼저 일본을 선택한 것은 일본이 식품에 있어서는 워낙 엄격하고 전 세계에서 가장 까다롭다고 알려져 있어서이다. 그만큼 우리는 우리 제품에 대해 자신감이 있었다.

하지만 2013년부터 급격하게 냉랭해진 양국 관계와 엔저로 인해 아직 수출이 활발하지는 못하다. 지금은 홍콩으로 수출하고 있지만, 앞으로 우리는 미국시장으로 진출하는 목표로 그 준비를 해왔었다.

여러 문제가 있었지만, 이제 미국 시장 진출을 눈앞에 앞두고 있게 되었다. 미국 시장에서 성공한다면 전 세계시장을 장악할 수 있다. 우리나라가 먹고 살길은 수출밖에는 없다.

물건을 수출하건, 사람을 수출하건, 문화를 수출하건, 무조건 수출해서 돈을 벌어야만 하는 원천적 구조를 가지고 있기 때문이다. 지금 한류열풍이 대단하다. 해외에 나가보지 않는다면 쉽게 느낄 수 없지만 실로 엄청난 것이다.

누군가의 노력으로 인해 '한류'가 생겼고, 또 대기업들을 통해 대한민국 제품의 품질에 대한 신용이 생겼고, K-푸드에 대한 욕구도 커져 있다. 이럴 때 빨리 시작하여 우리 제품에 대한 인지도를 쌓아야 한다.

여러 분야에서 그런 환경을 조성해 놓았기에 이제는 얼마든지 가능하다. 우리나라는 '인재'라는 엄청난 자원이 있기 때문이다.

그것은 그 어떤 것보다 경쟁력이 커 일류 국가를 만들 수 있는 힘의 원천이다. 아이들을 '인재'로 키워야 하는 이유이기도 하다.

수출만이 살길임을 잊지 말아야 한다.

이제는 세계라는 시장 하나가 있을 뿐이기 때문이다.

5. 제주 무 탄생되다

　동치미는 족발을 먹는데 천상의 궁합이다. 무에 함유되어 있는 '디아스타제'는 소화를 돕고, 칼륨, 식이섬유, 베타카로틴, 셀레늄, 글루코시놀레이트 등 여러 기능이 들어 있다.

　족발에는 젤라틴과 단백질 함량이 많다. 그래서 무와 족발과는 가장 잘 어울리는 구성 성분이다. 따라서 우리는 제일 먼저 족발과 동치미를 곁들여 내는 것이다.

　그런데 동치미를 담그는데 가장 알맞고 좋은 것이 가을무이다. 가을에 나오는 무는 단단하고 덜 매워서 동치미 무로서는 최상의 품질이지만 가을무를 일 년 내 내 사용할 수가 없는 것이 흠이었다.

　가을무가 끝나고 봄에 나오는 무는 맵고 물러서 동치미를 담가 놓으면 위로 둥둥 떠 오르고 맛이 현저히 떨어지는 단점이 있어 클레임이 들어왔다.

　처음에는 가을무를 오래 보관할 수 있는 방법을 찾았었다. 수많은 시행착오를 겪고 난 후에야 알게 된 것이 있다.

　무는 90일 정도의 자기 수명을 다하면 어떤 식으로건 생명이 다 끝나고 22℃~25℃의 온도에서 성장해야 단단하고 서리나 눈을 맞아야만 매운맛이 없어진다는 무 본연의 성질에 대해 알 수 있게 되었다.

그래서 탄생한 것이 제주 무다. 맨 처음 제주 무 재배를 시작한 첫해(2002년)에는 엄청난 손해를 보았었다. 세 사람이 공동 투자하여 대량으로 생산했었는데 판로가 없었다.

시장에서 겨울 끝자락과 봄의 시작에 난데없이 깨끗하게 세척이 되어 나타난 제주 무가 생소했던 것이다. 첫해는 그렇게 품질이 좋아도 시장에서 외면당했었다.

판로가 막히자 같이 하기로 했던 두 사람은 도피를 해버렸으나, 기업의 이미지가 있기에 나는 그럴 수가 없었고 끝까지 책임을 질 수밖에 없었다.

2002년 당시 제주 농민들에게 2억 원가량의 무값을 치르고 무를 갈아엎었다. 날씨가 따뜻해지자, 무가 매일매일 쑥쑥 자라나 더 이상 상품으로서의 가치를 잃어버렸기 때문이었다.

드넓은 밭에 허옇게 나뒹굴고 있는 무를 바라보니 참으로 기가 막히고 억장이 무너져 밭 한가운데서 펑펑 울고 말았다.

약속을 지키지 않은 두 사람에 대한 원망스러운 마음도, 이런 상황을 만든 것도 다 받아들이기가 너무 힘이 들어 견딜 수가 없었다.

무엇보다 피해에 대한 손실도 큰 부담이었다. 2002년 당시 2억이란 액수는 우리가 감당하기엔 작지 않은 금액이었다.

한참을 울고 났더니 희한하게 후련해지면서 가슴이 뻥 뚫리었다. 지금도 기막힌 일을 겪으면 슬픈 영화를 보면서 실컷 울곤 한다.

그렇게 카타르시스를 느끼고 나면 답답하기만 했던 현실의 문제들이 객관적으로 보이기 시작하면서 새로운 힘이 생기게 된다. 엄청나게 효력을 볼 수 있는 경험이었고 깨달음이었다.

처음 수확했을 때 제주 무는 9~10브릭스가 나올 만큼 당도가 높고 겨울을 지나면서 엄청나게 단단해지게 되어 가을무를 능가하는 품질의 무가 탄생한 것이었다.

지금은 연작 피해로 인해 당도가 많이 떨어지긴 했으나, 그래도 봄 무를 대신해 봄에서 초여름까지 전 국민이 맛있고 품질 좋은 무를 먹을 수 있게 되었다. 우리의 희생은 값진 보람이 되었다.

제주 무를 개발하면서 참으로 많은 깨달음도 얻을 수 있었다. 가을로 접어들면서 파종하여 추위가 닥치기 전에 지상 위로 빼꼼하게 무가 자라나고, 그러다 기온이 영하로 떨어지면서 땅 위로 올라와 있는 무의 윗부분은 얼게 된다.

그러면 땅 밑에 있는 무 밑 부분이 얼어 죽지 않으려 엄청난 발버둥을 치게 되면서 얼었다 녹기를 반복하는 과정에서 최상의 품질이 된다.

우리는 이 과정을 '회돌이'라고 명명했다. 다시 돌아간다는 뜻이다. 얼었다 녹는 과정을 죽었다 살아나는 것과 같은 의미로 본 것이다. 영하 10℃ 이하의 온도에서는 회돌이가 되지 않았고, 그대로 얼어서 죽었다.

반면 제주 무가 탄생하기 전, 육지에서 봄에 파종하여 키우는 봄 무는 따뜻하고 적당히 비도 와주어 무가 자라기에는 최적의 환경이라 무는 아무런 노력을 하지 않아도 잘 자랐다. 대신 품질은 형편없게 되었지만 말이다.

사람의 인생 또한 이와 같다는 생각이 든다. 좋은 환경이 결코 좋은 것만은 아니라는 뜻이다. 제주 무를 개발하면서 나는 또 엄청난 깨달음을 얻을 수 있었다.

이제 육지의 봄 무는 세상에서 사라지고 만 것이다. 제주 무에 밀려버린 것이었다. 처음에 시장에서 외면받던 제주 무는 그다음 해부터 엄청난 주목을 받기 시작했다.

인기가 좋아 사람들은 무를 과일처럼 깎아 먹었을 정도였다. 무는 껍질에 영양소가 많아 무 껍질째 먹으라고 수확과 동시 깨끗이 세척을 해서 시장에 내놓았는데도 사람들은 굳이 껍질을 깎아 먹곤 하였다.

감귤 농사가 힘들어진 제주 농민들은 무 재배로 소득을 올려 재미를 보기도 했다. 나의 눈물을 바탕으로 제주 무는 세상 사람들의 사랑을 받는 품목이 된 것이다.

우리는 이제 더 이상 제주에서 무 농사를 짓지 않는다. 농장도 정리를 했으며 농협을 통해 수매하고 있다. 그리고 우리 회사가 개발했다는 사실을 아는 사람도 그리 많지 않다.

물론 고마워하는 사람도 그리 많지 않다. 하지만 우리는 사계절 내내 품질이 좋은 동치미를 생산할 수 있게 되었고, 그 덕분에 고객의 권리를 지켜드릴 수 있게 되었다.

전 국민들이 맛있는 무를 먹을 수 있게 되었으니 이미 충분한 대가는 받은 셈이다. 이 일은 나에게 얼마나 보람 있는 일인지 모른다.

처음에 주변에서 특허를 내라고도 했었다. 그런데 나는 전 국민이 맛있는 무를 먹는 것으로 충분히 보상받았기에 특허를 내지 않았다.

지금도 후회하지 않으며 잘한 일이라 여기고 있다. 이미 충분한 보답을 받았기 때문이다.

세상에 없는 것을 개발했다고, 그것을 독점한다면 세상은 공평하지 못하게 된다. 힘이 한곳에 쏠리는 것은 사회적으로는 도움이 되지 못하기 때문이다.

이 세상에 돈이 전부가 아니기 때문이라는 상투적인 말을 하고 싶지는 않다. 하지만 돈보다 더 많은 가치가 있는 것은 사실이다.

비록 많은 손해를 보기는 했고, 별로 알아주는 사람은 없을지라도 제주 무의 탄생은 우리가 세상을 위해 정말 잘한 일 중 하나라고 여기고 있다.

또 나는 가치에 대한 깨달음을 하나 더 보탤 수 있었으니 얼마나 감사한 일인지 모른다.

6. 살면서 하지 말아야 할 5가지

절대로 해서는 안 되는 5가지의 행동이 있다.

첫째, 도박하지 말아야 한다.

도박은 힘들여 노력하지 않고 쉽게 돈을 벌겠다는 욕심으로부터 기인하는지라 절대로 성공할 수가 없다.

남의 돈을 쉽게 탐내기 때문에 결코 내 것이 될 수가 없을뿐더러 보상도 따르지 않는다.

돈은 내 노력이 수반되어야만 그에 비례한 만족감이 따르기 때문에 땀 흘려 내 노력으로 벌어야 보람도 주어지는 법이다.

또한 돈을 땄을 때의 짜릿한 쾌감은 도파민 호르몬을 생성시켜 중독성을 불러오게 되어 매우 위험하다.

그 중독에서 벗어나지 못해 결국은 패가망신을 당하게 된다. 그리고 힘들이지 않고, 쉽게 번 돈으로 얻을 수 있는 만족감은 지극히 낮을 수밖에 없다.

그리고 그 중독성의 폐해가 너무 크다.

둘째, 보증을 서지 말아야 한다.

돈거래는 반드시 은행을 통해서만 해야 하고 그것도 제1 금융권에서만 거래해야 한다. 그리고 주거래 은행에서 거절하는 사업은 하지 않아야 한다.

금융권 사람들은 비즈니스 속성을 너무도 잘 안다. 그런 그들이 거절하는 데에는 반드시 이유가 있다. 승산이 없기 때문일 것이다.

그런데 하물며 보증을 서 달라는 것은 이미 승패가 보이므로, 재물도 잃고 사람도 잃는 어리석은 짓이다.

지금은 연대보증이 많이 없어지는 추세라 다행이긴 하다만 보증은 위험한 행위이다.

셋째, 담배 피우지 말아야 한다.

담배로 인한 유독성은 누구나 잘 알 것이다. 현재 조 정갑 할머니 자손들인 우리 집안에는 담배 피우는 사람이 단 한 사람도 없다.

담배를 피우던 사위들도 희한하게도 담배를 끊는다. 대대로 이 전통을 꼭 지켜졌으면 하는 바람이다.

말할 필요 없이 해로운 게 담배이기도 하지만 곁에 가면 악취가 난다. 그 사실을 당사자만 모른다. 담배를 피우는 것은 이 세상에 가장 어리석은 짓이다.

담배를 피우지 말라고 담배 가격을 올리고 담배 포장지에 독성 경고문을 부착하는 것은 참으로 아이러니가 아닐 수 없다.

그럼에도 그 해로운 담배는 중독이 되면 끊기가 매우 어려운 것이다. 우리 회사에서는 금연을 하면 포상금을 주고 있으며 그 덕분인지 이제는 몇 사람을 빼고는 대부분 금연을 하고 있다.

넷째, 범죄를 저지르지 말아야 한다.

이 세상에서 가장 큰 경쟁력은 법을 지키는 것이다. 범죄를 저지르는 순간 현세에서는 살기가 어려워진다. 아무리 인맥이 좋아도 범죄자를 도와줄 수는 없기 때문이다.

한번 전과자는 아무리 노력해도 쉽게 신용이 회복되지 않고 그 노력은 참으로 피눈물 나는 과정이 따른다. 범죄를 저지르지 않는 것이 훨씬 쉽다.

다섯째, 마약을 하지 말아야 한다.

마약은 세상의 최후이다. 그만 살고 싶다면 마약을 해도 된다. 하지만 이 세상은 너무도 아름다워서 살만한 가치가 있다.

어리석은 행동으로 잃어버리기에는 너무 아까운 것이다. 그리고 맑고 밝은 정신으로 살아야 그 가치가 빛을 발한다.

어떤 경우에도 마약을 가까이해서는 안 된다. 그것으로 인생은 끝이다. 이 얼마나 무서운 일인가?

정신이 나약해지고 마음이 허해지면 손대는 게 마약이다. 사회지도층이 마약으로 인해 추락하는 모습을 뉴스를 통해 볼 수 있기에 그 비참함은 이해가 될 것이다.

신께서 주신 고귀한 생명을 잘 지키며 보람되고 유익하게 보낼 수 있는 그 시간을 허비해서는 안 된다.

다음 생이 있는지는 잘 모른다만, 있다고 믿으면 훨씬 마음이 편해질 수 있을 것 같다.

현생에서 덕을 많이 닦아 다음 생을 기대할 수 있을 것이니 말이다.

내 생각과 행동이 그대로 운명이 되고 인생이 된다.

이 사실을 망각하지 않았으면 좋겠다.

7. 깨달음을 주신 귀인을 만나다

　2001년 사업시찰단에 합류하여 삿포로에 가게 되었다. 일정 중에 하루 골프를 치는 날이 있었다. 지금도 마찬가지이지만 나는 골프를 치지 않는다.

　골프를 치지 못하는 나는 하루를 호텔에서 보낼 수밖에 없었다. 우두커니 호텔에 있는 것보다 가까운 관광지라도 다녀오자는 마음으로 찾은 것이 '아사히카와'에 있는 '미우라 아야코' 기념관이었다.

　1922년생인 선생님은 1999년에 작고를 하셔서 만나 뵙지는 못했으나 평소 그분이 쓰신 책을 밤새워 읽었을 만큼 흠모했던 분이었기에 그분의 기념관이 있다 참 반가웠었다.

　젊은 시절 교사였던 선생님은 폐결핵을 앓아 학교를 그만두고 요양했다고 한다. 지금이야 '폐결핵'은 병도 아니지만 그 당시에는 불치병이었다.

　하루하루 죽을 날만 기다리면서 심심하여 펜팔을 하게 되었고, 여성 이름이라 여성인 줄 알고 서로 속마음을 터놓게 되었고, 위로를 받았는데 나중에 찾아와 만나보니 남성이었다.

　그래서 그분과 결혼하게 되었고, 결혼하니 생활비가 필요해 작은 가게를 열게 되었다고 한다. 욕심 없이 두 사람의 생활비만 벌면 되었기에 좋은 물건을 싸게 팔았더니 장사가 너무 잘 되었었다고 한다.

　어느 날 외출에서 돌아온 남편께서 "여보! 우리 가게가 장사가 너무 잘 되어 인근의 다른 가게들이 피해를 많이 보고 있나 봐. 그들에게는 자녀들이 있고,

그 자녀들을 교육하기 위해서는 돈이 많이 필요하지 않겠어? 우리 영업을 좀 줄이면 어떨까?"

다른 이웃을 위해 내 영업을 줄일 수 있는 사람이 이 세상에 과연 몇 이나 될까? 그런데 이에 크게 깨달은 선생님께서는 취급하는 품목 수를 절반으로 줄이고 영업시간도 반으로 줄이셨다고 한다.

그럼에도 장사는 더 잘되었다고 한다. '만고불변의 원칙'인 고객은 싸고 질 좋은 상품에는 진심이고 관대한 법이라는 사실이다. 고객은 가성비에 민감한 것이기 때문이다.

참으로 가슴을 적시는 감동적인 사연이다. 나는 그 사연을 접한 후 그 자리에서 바로 그분의 초상화 앞에서 약속드렸다. 이웃과 더불어서 살겠다는 선생님의 가르침을 본받겠다고 말이다.

영업시간을 줄인 아야코 선생님께서는 시간이 남아 도서관에서 책을 읽었고, 문학적 소질이 되살아나 '아사히 신문' 신춘문예에 당선된 것이 바로 「빙점」이었던 것이다.

나는 그분의 천재적 재능과 글솜씨에도 감동받았지만, 더불어 같이 살겠다는 마음으로 지역사회를 배려하고 양보하는 철학에 더 큰 감동을 받게 되었다.

그래서 그분의 초상화 앞에서 다짐하게 되었다. 그분처럼 이웃을 위해 나 자신의 이익을 버리면서 살 자신은 없으나 적어도 남의 이익을 내 것으로 하지는 않겠다는 맹세를 한 것이다.

"누군가 다른 사람이 개발한 제품을 가지고 브랜드를 만들지는 않겠다."라고 말이다. 나는 지금까지 그 맹세를 지키고 있다.

그 오랜 시간 동안 브랜드 달랑 하나로 지금까지 온 것이 그 이유이다. 남의 시장을 빼앗지도 않았으며 함부로 침범하지도 않으면서 말이다. 그래서 기업을 성장시키지 못해 직원들에게는 한없이 미안한 마음이긴 하다.

을 수 있는 장수기업이 될 수 있다.

나는 지금도 번민이 생기거나 답답함이 있을 때는 훌쩍 아시히카와에 있는 미우라 아야코 문학관을 간다.

가서 책도 사고 선생님의 사진 앞에서 그분의 숨결을 느끼면서 그분의 정신을 배우고 돌아오곤 한다. 참으로 유익한 나를 위한 나만의 시간이다.

CEO의 최고 덕목은 이윤 창출이라고 할 만큼 경영자는 기업의 이익을 최우선으로 생각해야 하는 것이다.

그런 책임감이 따르는 사업가인 내게 미우라 아야코 선생님의 정신세계는 아무런 갈등하지 않고, 무리한 욕심과 경쟁을 하지 않으면서, 천천히 그리고 스스로 책임질 수 있도록 돕는 셈이다.

괴로움의 정체는 결국 욕심 때문이다. 욕심을 내려놓으면 괴로움은 생기지도 않는다. 무리한 욕심을 내지 않고 기본과 원칙을 지킬 수 있다면 최고의 경쟁력이 되어줄 것이다.

경쟁이 치열한 산업 환경에서 욕심을 내려놓는다는 것은 말처럼 쉽지는 않다. 하지만 미후라 아야꼬 선생님의 정신세계는 그것을 쉽게 행동할 수 있게 해주시는 것이다. 옳고 그름에 대한 가치에 대해서 말이다.

또한 시간이 흐른 다음 양보에 대한 대가는 따라오게 된다는 사실도 깨달을 수 있게 되었다. 그렇지 않더라도 이 세상에 가장 큰 경쟁력은 기본과 원칙을 지키는 것이다.

지금 많이 괴롭고 힘들다면 내려놓으면 편해진다. 돈은 내가 품위를 지킬 수 있고 사람답게 사는데 불편하지 않은 정도면 충분하다.

물론 사회에서 평가하는 것은 외형이고 숫자가 항상 먼저이다. 하지만 그런 것에 너무 휘둘려서는 안 된다. 나 스스로 행복해질 수가 없기 때문이다

오직 내 인생일 뿐이다. 재미있고 편하고 행복하게 사는 것이 제일이다. 조금

양보한다고 엄청난 손해가 따르지도 않는다.

우리는 납품받는 물품 대금을 10일씩 결재를 해준다. 한 달에 세 번, 1일에서 9일까지 들어온 물품 대금을 10일 결재를 해주고 있으며, 11일에서 19일까지의 대금은 20일에, 이런 식으로 대부분 현금 결제다.

내일 사업을 그만두더라도 단 한 명의 피해자도 만들지 않겠다는 맹세를 했기에 행동할 수 있었던 일이다. 그런데 그게 오히려 많은 도움이 되어주었다. 무엇보다 월말 결산이 필요 없게 되었다.

결재 시스템이 아주 단순화되어서 그냥 순풍에 돛이 흐르듯 자연스레 돌아가는 시스템이 갖추어진 것이다. 직원들의 업무량이 대폭 줄어들고, 이것은 실로 대단한 효율적인 경쟁력이 된 셈이다.

납품업체의 신뢰는 덤이다. 우리는 납품을 하였다. 종종 거액의 손실을 보기도 한다. 납품 대금을 회수하지 못하게 되는 일이 발생이 되기 때문이다.

글을 쓰는 현재도 우리는 위메프에 거액의 손실을 보는 상황이 발생하였다. 그들이 입힌 피해 금액이 어림잡아 1조가 넘을 것이라고 한다.

그로 인해 많은 영세업체가 위기에 몰리게 되었고, 벌써 몇몇 업체는 도산도 하게 되었다고 한다. 사회에 엄청난 민폐를 끼치는 이런 행위는 범죄이다.

절대 해서는 안 되는 행동이다. 도덕성이 결여되어 있어 다른 사람들에게 피해를 입히는 행위에 대해 무감각하기 때문에 하게 되는 행동이다.

하지만 남의 가슴을 아프게 한 그 대가는 어떤 식으로건 따르게 되어 있다. 그 사실을 모르고 있을 뿐, 안타까움이 엄습해 온다. 참으로 어리석기 짝이 없는 배짱이다.

인생을 살면서 누구에게도 피해를 줘서는 안 되고, 주지 않겠다는 각오가 필요한 것이다.

'미우라 아야코 선생님'처럼 이웃을 배려해 내 이익을 줄이는 숭고한 행동은 할 수 없더라도 절대 다른 사람에게 피해를 주는 행동을 해서는 안 되는 것이다.

미우라 아야코 선생님께서는 오랜 세월 병고에 시달리면서도 여러 책을 집필하셨고, 늘 양심적인 마음으로 사람들을 대하셨다고 한다.

그중에서 가장 감동적인 것은 잘못에 대해 사죄하는 아름다운 마음이다. 생전에 그분은 남편께 이런 말씀을 하셨다고 한다.

"평생을 참회해도 여전히 죄가 남아 있다. 일본이 한국 사람들에게 저지른 만행은 일평생을 사과해도 모자란다. 내가 만약 한국에 가게 된다면 비행기에서부터 머리를 하늘로 향하지 않고, 무릎으로 기어서 일일이 한국 사람들에게 일본의 잘못에 대해 사과하고 싶다."라고 말씀하셨다고 한다.

하지만 건강상의 이유로 끝내 그분은 한국을 방문하지 못하고 세상을 떠나셨다고 한다. 참으로 아쉽고 안타까운 일이다. 그분께서 한국을 방문하셔서 몸소 실천을 해주셨다면 참 좋았을 텐데 말이다.

비즈니스에 있어 정치 이야기는 금물이다. 하지만 양심적인, 양식이 있는 분들의 사고는 가장 아름다운 모습이 아닐까 싶다. 살아계신다면 꼭 만나고 싶은 가장 아름다운 분이시다.

지리적으로는 가장 가깝게 접해있으면서도 심리적으로는 가장 먼 이웃 일본이다. 그런 연유 때문에라도 그분의 존재가 참으로 아쉽고 그분의 부재는 안타까운 것이다.

만약 그분이 한국을 방문하셔서 평소 마음속으로 생각하신 것을 실천해 주셨더라면 한·일 관계에 뭔가 변화를 주었을 것이라는 생각도 든다.

잘못을 인정한다는 것은 가장 용기 있는 행동이기 때문에 그분의 양심 어린 용기가 아름답게 여겨지는 이유다.

어떤 생각과 마음가짐으로 세상을 살 것인지에 대한 선택은 자신이 하는 것이다. 하지만 정직하고 진실한 것은 반드시 인정받게 되어 있다는 사실을 잊지 말아야 한다.

8. 바른 먹거리에 눈뜨다

2002년 어느 대학교의 식품공학과 교수님께서 「음식혁명」이라는 한 권의 책을 보내 주셨다. 처음에는 책이 너무 두꺼워서 읽을 엄두가 나지 않아 그냥 두었었다.

어느 날 무심코 그 책을 읽게 되었는데, 나는 그 책을 손에서 놓을 수가 없었다. 너무도 큰 충격이었다.

저자인 '존 로빈스' 씨는 그 유명한 다국적 기업인 '베스킨 & 라빈스 아이스크림'의 창업주의 아드님이신데, 베스킨 씨는 삼촌이시고 로빈스 씨는 아버지였다.

어릴 때 아이스크림콘처럼 생긴 수영장에서 아역 모델도 하셨다고 한다.

하지만 삼촌과 아버지가 만든 아이스크림이 인체에 해(害)가 된다는 사실을 깨닫게 되면서 모든 상속을 포기하고 섬으로 들어갔다.

스스로 생체실험을 통해 아이스크림의 유해성을 세상에 알리기 시작했으며, 삼촌인 베스킨 씨가 심장병으로 세상을 떠나자, 책을 통해, 방송을 통해 아이스크림을 먹어서는 안 된다는 주장을 펼치기 시작했다.

그 두 형제가 개발한 것이 바로 유화제인 것이다. 유화제는 물과 기름이 분리되는 것을 방지해 식품의 질감을 향상시키고 풍미를 좋게 하는 첨가물이다.

이런 진실을 알게 된 그 분은 그 유명한 기업의 경영권도 스스로 포기하고 진실을 밝히기 위해 집필하신 책이 「음식혁명」 이다.

용기 있는 그분의 책을 통해서 나는 '바른 먹거리'에 대해 새삼 고민하게 되었고 새로운 사실을 깨닫게 되었다.

당시는 우리 회사의 재정 상태가 매우 열악하였고, 직원들이 늘어나면서 그 부담과 압박감에 시달리고 있을 때이다.

그래서 오로지 목적은 매출을 올려 늘어나는 식구들을 책임져야겠다는 일념으로 동분서주 뛰고 있을 무렵이었고, '바른 먹거리'에 대한 중요성을 어렴풋이 느끼고 있을 때였다.

하지만 '존 로빈스' 씨가 쓴 「음식혁명」 을 통해 먹거리가 인체에 미치는 엄청난 영향력에 대해 눈뜨게 되었고, 누구에게도 해가 되지 않는 안전한 식품을 만들어야겠다는 결심을 더 하게 되었다.

식품은 누군가의 건강을 담보로 하며, 나아가 생명을 지키기도 하다는 매우 중요한 사실을 새삼스레 깨닫게 된 것이다. 기업의 성장은 매출이다.

그게 얼마나 중요하면 매출을 올려 이익을 극대화하는 것이 경영인의 최고 덕목이라고도 하겠는가?

처음 회사를 인수했을 때는 나도 법에 저촉이 되지 않는 한도 내에서 이것저것 집어넣어 맛있게 만들어 많이만 팔겠다는 목적으로 오로지 고객들의 입맛을 사로잡을 궁리만 하고 있었다.

그런 나에게 그 책을 읽는 순간 정말 모골이 송연해지는 느낌을 받았다. 스스로가 부끄러웠고, 중대한 발견을 한 양, 나는 우리가 만들고 있는 제품들에 대해 철저한 점검부터 해나가기 시작했고, 그때서부터 '바른 먹거리'에 대한 도전이 시작된 것이다. 하지만 쉽지 않은 도전이었다.

그 선택으로 한때는 회사가 휘청거릴 정도로 위기를 겪기도 하였다. 대놓고 표현은 하지 않았지만, 직원들도 두려워하고 걱정하고 있었다.

다들 적당히 만드는데 우리만 유난을 떤다는 생각도 했을 것이다. 하지만 나는 '바른 먹거리'의 중요성을 깨달았기에 양보도 타협도 할 수가 없었다.

고민은 나날이 쌓여만 갔었고, 나는 결국 기업의 성장을 포기하기로 마음먹었다. 기업을 경영하는 사람이 성장을 포기한다는 것은 쉽게 결정할 수 있는 행위가 아니다. 나 역시 엄청난 용기가 필요했던 일이었다.

우리보다 뒤늦게 창업한 다른 프랜차이즈 본사들이 쭉쭉 눈부시게 성장하고 있을 때 우리는 제자리걸음을 하고 있었으니, 무엇보다 직원들에게 미안하기가 그지없었다.

비전이 보이지 않는 기업에 남아 있을 직원들은 많지 않기 때문이다. 그런데 우리 직원들은 속으로는 불만이 있을지언정 내색하지 않고 사장인 나를 믿어주었다.

나는 위험을 무릅쓰면서까지 '바른 먹거리'에 대한 신념을 버릴 수가 없었다. 「음식혁명」책을 통해 더욱 '바른 먹거리'의 중요성에 관심을 가지게 되었다.

그렇게 수많은 시행착오를 겪으면서 지금까지 '바른 먹거리'에 올인해 왔다. 그런데 이상한 일이 생긴 것이다.

우리보다 조금 뒤늦게 창업한 다른 프랜차이즈 본사는 높은 성장을 하다가 망했으나 우리는 아직도 살아남아 있다.

우리는 비록 크게 성장은 하지 못하였으나 살아 남아 있다. 나는 또 하나의 깨달음을 얻게 되었다.

이 사실이 뜻하는 의미를 이해하고, 주목을 하여야 하며, 고객에 대하여 감사함을 기억해야 한다.

「음식혁명」책을 통해 첨가물의 실체에 대해 알게 되었고, 첨가물의 유해성에 대한 심각성을 깨달으면서 나는 무첨가 식품에 도전하겠다는 무모하리만치 용감한 선언을 하게 되었다.

당시 우리도 족발을 가공하는 과정에서 빙초산을 사용하고 있었다. 우리나라에서만 법적으로 문제가 되지 않았으나 인체에는 도움이 되지 않는 첨가물이라 서양이나 일본에서는 식품에 사용이 허용되지 않는 화학물질이다.

빙초산은 산도가 99%나 되고, 음식을 쫀득하게 만들어주는 역할을 하기도 한다. 북어를 빙초산에 담그면 금방 쫄깃해지는 것이 바로 그런 연유이다.

우리는 이 빙초산을 자연 첨가물인 현미식초로 대체하는 데 몇 년이 걸렸다. 산도 99% 빙초산에 비해 현미식초의 산도는 겨우 0.8 ~ 0.9%였기 때문이었다.

화학첨가물을 빼고 천연 조미료로 바꾸는 우리의 노력은 흡사 전쟁을 치르는 거와 같았다. 처음에는 '맛이 없다'라는 항의가 빗발쳤으며 반품도 많이 들어왔었다.

이대로 가다간 회사가 망할 것 같다는 위기감도 고조되어 가고 있었다. 대놓고 말은 하지 않아도 "누구나 다 하는데 왜 우리만 유난해야 하나?"라는 불만이 조직 내에서도 쌓여가고 있었다.

하지만 나는 '바른 먹거리'의 중요성을 알게 되면서 도저히 적당하게 타협할 수가 없었다.

그렇게 힘든 시기를 보내면서 자극적이지도 않고 감칠맛도 없는 닝닝하고 담백한 우리 제품은 시장에서 인기는 없었다. 그러나 점차 마니아층이 생기기 시작했다.

수많은 족발 회사가 우후죽순으로 생겼으나, 이내 사라지는데 우리는 아직도 살아남아 있는 것이 그 예이다.

비록 성장은 못 했을지라도 시장에서 브랜드에 대한 이미지는 나쁘지 않게 자리를 잡을 수 있었다. 또 규모를 키우지는 못했어도 아직 살아남을 수 있다는 이 사실만으로도 얼마나 감사한지 모른다.

프랜차이즈 업계에서 우리는 가장 오래된 브랜드임에도 불구하고, 외형과 매출은 키우지 못했으니 어찌 보면 나는 무능한 CEO일 수도 있을 것이다. 그러나 후회하지 않는다.

유해한 첨가물을 사용하지 않아 자극적이고 감칠맛이 없어 국내시장에서는 성장 하지 못했으나, 그 덕분에 전 세계시장으로 수출할 수 있는 제품을 만들 수 있었다.

이게 앞으로 우리 회사 최고의 경쟁력이 되어줄 것이다. 지나간 시간을 돌이켜보면 나는 오로지 '바른 먹거리'를 찾기 위해 인생을 보낸 것 같다.

그 바람에 골프를 칠 시간도 없었고 다른 취미를 갖지도 못했었다. 하지만 좋은 책을 읽고 정보를 얻으면서 '바른 먹거리'를 찾아 참 많은 사람을 만나고 찾아다녔다.

그 시간은 참으로 즐거웠고 재미있었고 무엇보다 보람이 있었다. 그 어떤 취미 생활보다 재미있었고 더 나았다. 내가 보낸 그 시간은 결코 허비한 것이 아니었다.

좋은 기업은 저절로 되지 않는 법이다. 쉽지 않았던 '바른 먹거리'를 향한 우리의 노력은 '바른 먹거리'의 싹을 틔울 수 있는 자양분이었다고 생각한다.

우리 인체는 스스로 치유하는 기능이 있다. '바른 먹거리'를 통해 좋은 영양소를 균형 있게 공급해 주기만 하면, 우리 몸 스스로 면역력을 키워 우리 몸을 지켜주는 것이 그 진실이다.

건강한 삶을 살고 싶으면 입에 맞는 음식보다는 내 몸에 좋은 음식을 섭취해야 한다. 내가 먹는 음식이 내 건강으로 보답해 주기 때문이다.

이 너무도 당연한 사실을 많은 사람이 인지할 수 있기를 바라고 있다. 나는 '바른 먹거리'에 대해 공부를 하면서 너무도 감사한 한 가지를 깨달을 수 있었다.

그것은 이 세상의 가장 좋은 음식이란 제철에 나는 흔하고 싼 것들이란 사실이었다. 신이 인간의 생명을 만드시면서 그 생명을 지킬 수 있는 먹거리도 함께 주셨다는 사실이다. 그 깨달음은 환희였으며 엄청난 감동이었고 감사함이었다.

　건강하기만 하면 먹거리는 주변에 지천으로 널려 있었다. 먹고 살기 위해서는 굳이 많은 돈이 필요할 이유가 없다는 사실을 깨달았다.

　제철에 나는 싸고 흔한 먹거리들은 내 몸을 지켜줄뿐더러 쉽게 구할 수도 있다는 장점이 따른다.

　몸에 좋은 영양소의 섭취 방법은 그런 원재료들을 되도록 가공을 적게 하고 거칠게 먹고 볶고 굽고 튀기는 방법보다는 삶고 찌는 방법이 좋은 것이라는 사실도 깨달을 수 있었다.

　이런 기본을 먼저 알아야 그에 맞는 방법으로 제품을 만들 수 있다. 이런 '바른 먹거리'를 통해 영양의 균형을 갖춰주기만 하면 우리 몸은 스스로 알아서 치유하게 된다.

　맛을 좋게 만들기 위해서는 무수한 첨가물들인 보존제, 살균제, 산화방지제, 효력증강제, 착색제, 발색제, 감미료, 표백제, 품질개량제, 증점제(허용된 것만 49종), 유화제(39종), 산미료, 거품 제거제(7종), 결착제, 팽창제, 항생제, 피막제 등 셀 수 없는 수많은 첨가물이 존재한다.

　우리의 역할은 이런 첨가물에 의존하지 않고 자연 그대로의 맛을 지키는 것이다. 그게 우리 회사가 추구하고 나아갈 방향이다.

　가는 길이 비록 힘들고 어렵더라도 그게 사람의 건강과 생명을 담보하는 식품을 만드는 사람으로서의 기본적인 자세임을 잊어서는 안 된다.

　사람이 살아가는 데 윤리와 규범이 있듯이 돈을 버는 방법에도 윤리와 도덕은 필요한 것이다. 돈을 내는 사람에게 예의를 갖추지 않는 것과 같은 이치이기 때문이다.

나는 사람이 사람에게 예의를 갖추지 않는 사람을 제일 싫어한다. 하물며 우리를 먹여 살리는 고객에 대한 기본적인 자세와 도리는 그분들의 건강을 지켜주고자 하는 마음으로부터 시작되어야 한다고 생각한다.

생색내지 않아도 진심으로 한다면 언제인가는 알아주게 되어 있다. 우리가 공짜로 마음껏 마시고 있는 공기는 양이온과 음이온으로 구성되어 있다고 한다.

전문적인 용어가 있다만, 쉽게 말해서 양이온은 나쁜 공기, 음이온은 좋은 공기라고 생각하면 된다. 매연과 오염된 공기가 많은 곳에서는 숨쉬기가 힘들고 숲속에서는 숨쉬기가 수월한 것이 그 예이다.

양이온이 많은 곳은 숨쉬기가 힘들고, 그렇다고 음이온만 많은 곳은 무균실과 같은 것이다. 사람이 항상 무균실에서만 살 수는 없는 노릇이다.

양이온과 음이온이 균형을 갖춘 상태를 우리는 숨쉬기 좋은, 즉 공기가 좋은 곳이라 여긴다. 우리 인체도 이와 똑같은 것이다. 영양소의 균형이 갖춰지지 못하면 제대로 살 수가 없는 구조이다.

나는 이런 가치에 대해 눈 뜨게 되면서 전율이 이는 감동을 받았다. 인체와 자연은 같은 것이다. 좋은 먹거리로 균형을 갖춰주기만 하면 우리 몸은 스스로 알아서 치유도 해주면서 건강을 지켜주는 것이다.

이 얼마나 대단한 것인가? 나는 이런 가치를 깨닫게 되면서 식품을 만드는 우리의 책임이 얼마나 큰지도 자각할 수 있었다.

이런 기본적인 원리를 알고서 제품을 만들어야 하는 것이 우리의 책임인 것이다. 쉽고 편하게 돈을 벌려고 하는 노력보다 더 중요한 부분이다.

요즘 많은 사람이 거의 '미각 중독'에 길들여져 있다고 한다. 한 번 '미각 중독'에 중독이 되면 점점 더 자극적인 음식만을 찾게 되어 있다.

그래서 웬만한 음식에는 만족하지 못하게 된다. 단 짠 등 달고 짜고 맵고 자극적인 맛을 찾아 소위 '대박'집을 찾아다니기도 한다.

하지만 그게 인체에는 얼마나 해로운지 모른다. 음식으로 인해 자율신경계가 균형을 잃게 되기 때문이다. 그 후유증은 의외로 크다.

심하게 되면 욱했다 다운되었다를 반복하는 자율신경계의 이상으로 사회적 문제로까지 발전하게 되는 것이다. 그런데 딱 두 달이다.

두 달만 자연식을 섭취하게 되면 '미각 중독'에서 벗어날 수가 있다. 자연의 맛을 찾게 되면 이제는 자극적인 맛이 싫어지게 되고 맛에 대한 구별도 가능해 지게 된다.

자연의 맛을 찾을 수 있도록 돕는 일이 우리가 해야 할 일이라고 여겨 지금까지 그 오랜 시간을 올인해 온 것이다. 음식을 맛있게 만드는 것은 너무도 쉬운 일이다.

관능을 만족시키고, 보기에 좋은 음식은 얼마든지 쉽게 만들 수 있지만 진정 인체에 도움이 되는 '바른 먹거리'를 만들기는 쉽지 않은 일이었다.

L- 글루타민산 나트륨(화학조미료)을 중국 음식 증후군의 원인이라고 하는 이유도 감칠맛 때문이다. 그 감칠맛을 능가할 수 있는 물질은 자연계에선 찾을 수가 없다.

또한 항생제는 미생물을 생산하는 대사물질로서 다른 미생물을 억제하거나 사멸시키는 물질이다. 그런데 내성균이 생겨서 더 강한 항생제를 사용해야 하 는 문제점이 생긴다.

이처럼 인위적인 첨가물 등으로 맛이나 효능을 찾기보다는 우리 인체가 진정 으로 원하는 자연에서 자연스럽게 얻는 맛을 찾는 일은 매우 중요한 일이다.

나는 그 사실을 깨닫고선, 힘들고 어려운 길을 선택하여 오늘까지 온 것이다. 모든 사람이 '미각 중독'에서 벗어날 수만 있다면 성인병을 유발하는 물질로 부터 자유로워진다.

그것은 나아가 의료수가를 줄일 수도 있을 것이라고 믿기 때문이다. 주변 사람들을 잘 관찰해 보면 보이는 모습이 있다.

반드시 섭생이나 생활 태도에서 스스로 병을 유발하는 행동을 하는 것을 알 수 있을 것이다. 그리고 그 선택은 자신의 몫이다.

내 몸을 위하는 마음을 가져야 한다. 우리 몸도 그냥 두면 쇠퇴하고 질병과 노화에 취약하게 되기 때문이다. 적게 먹고 많이 움직여야 하는 이유이다.

식물이 위기를 느끼면 종족을 보존하기 위해 열매를 많이 열리게 노력하는 것과 같은 맥락이다. 그리고 화학첨가물 등은 공장 폐수를 오염시킨다.

오염된 공장 폐수는 인근 하천의 생명체를 오염시키고, 바다로 유입되어 어패류에 유독물질을 축적하기도 한다는 사실이다.

자연은 우리 세대만이 사용하는 것이 아니다. 미래 세대들을 위해 자연은 반드시 보존되어야 한다는 사실이다. 이 얼마나 중요한 사실인가?

첨가물, 중금속 등을 사용하지 말아야 하는 이유는 이 외에도 수없이 많다. 자연환경의 중요성을 절대 망각해서는 안 되는 일이고 자연은 후손들이 살아갈 터전임을 잊지 않아야 한다.

후손들이 잘살기를 바란다면 재물을 남겨주기보다는 자연을 훼손시키지 않고 사회적 기반을 좋게 만드는 게 더 이익이 된다. 나는 음식물을 먹고 난 후 남는 양념을 그냥 설거지통에 버리지 않는다.

물로 헹구어서 페트병에 담아 냉동이나 냉장으로 보관했다가 찌개를 끓일 때 사용해 왔다. 하수구에 함부로 버려 물을 오염시키지 않기 위해서이다.

그리고 과일 껍질과 채소 찌꺼기 등은 씻어서 잘게 잘라 회사에서 키우는 닭들에게 간식으로 제공해 준다.

나 하나 이런 행동이 얼마나 하천이나 강과 자연환경을 깨끗하게 할 수 있을까 싶지만 나는 나만이라도 작은 실행을 하고 싶은 것이다.

나의 작은 이 실천이 후손들에게 좋은 자연환경을 남길 수 있을 것이라 여겨서이다. 자연과 인체는 따로 가 아니고 하나로 여겨야 하는 것이다.

'미각 중독'은 우리 인체의 뇌에도 영향을 미친다. 과도한 행복감과 들뜸, 슬픔과 절망감을 반복하는 조울증을 유발하는 원인제공을 한다는 사실이다.

우리 인체는 자연식에 의해서만 대사되게끔 되어 있기 때문이다. '미각 중독'에 걸리지 않도록 노력하고 만약 '미각 중독 증후군'이 나타나면 재빨리 호모사피엔스 식사법으로 돌아가야 한다. 딱 두 달이면 된다.

내 몸을 스스로 망치는 어리석은 짓은 절대 해서는 안 된다. 한번 망가지게 된 장기들이 회복하는 데는 시간이 너무 오래 걸리기 때문에 미리 사전 예방이 중요하다.

좋은 먹거리로 나 자신의 몸과 정신을 지킬 수 있어야 다른 큰일도 도모할 수가 있기 때문이다. 과학은 진보해야 하지만, 사람의 생명을 지켜주는 먹거리는 신석기 시대인 호모사피엔스로 돌아가야 한다.

내 몸을 지키고 자연을 보호하는 작은 행동으로 인해 사회가 얻는 이익은 엄청난 것이 된다. 그 가치를 잊지 않아야 한다.

9. 기업의 존재 이유

기업은 제품의 품질로써 고객을 만난다. 그래서 제품의 품질은 정말 중요하고 기업의 존재 이유가 된다.

그런데 그 소중한 제품의 품질을 좋게 만드는 것도 품질을 떨어뜨리는 것도 직원들에 의해서 이루어진다는 사실이다.

제품은 사장이나 임원들이 만드는 것이 아니고, 현장 직원들이 만드는 것이기 때문이다. 그리고 품질이 좋은 제품은 행복한 사람들에 의해 만들어지기도 한다.

기분이 언짢거나 불행한 사람들은 절대 좋은 제품을 만들 수 없게 된다. 그래서 사장이나 경영진들은 언제나 제품을 직접 생산하는 직원들을 행복하게 해줄 수 있는 방법을 찾아야 한다.

좋은 품질의 제품을 얻기 위한 것이며 그게 리더가 할 수 있는 최선의 방법이다. 그리고 기업의 최고 경쟁력은 법을 잘 지키는 것이다.

아무리 인맥이 좋아도 잘못한 일에 대해 도움을 줄 수 있는 사람은 이 세상에 아무도 없기 때문이다. 그리고 부탁을 해 부담을 줘서도 안 된다. 그런 일이 반복된다면 인맥이 끊어질 것이다.

법을 어기지 않으면 지자체 등 주변에서 도와주려고 할 것이다. 그런데 법을 지키지 않는다면 도와주고 싶어도 도와 줄 수가 없다.

항상 내 행동을 지켜보는 눈이 있다는 의식을 해야 한다. 법을 지키는 것이 최고의 경쟁력이라고 하는 이유이다.

직원들이 있고, 또 신이 있고, 바람도 있고, 늘 지켜보는 많은 눈이 있기 마련이다. 내부자 고발을 두려워할 것이 아니라 그런 환경을 만들지 않는 게 훨씬 지혜롭고 쉬운 것이다.

사장이 공금 유용을 하거나, 세금 탈루 등 불법을 하게 되면 절대로 직원들을 교육할 수가 없다. 존중은커녕 '너도 하니 나도 해도 하겠다.'라는 심리가 싹트게 된다.

정당하지 않은 방법으로 취한 것에는 그에 상응하는 대가가 따르게 된다. 떳떳하지 못한 몰래 한 사랑에도, 정직하지 않은 방법으로 취한 재물에도 반드시 응징의 대가가 따르게 되어 있기 마련이다.

진실이 아니기 때문이다. 그래서 하지 않는 게 훨씬 쉽고 편한 것이다. 많은 공직자나 사회지도층들이 여자와 돈 문제로 곤욕을 치르는 모습을 종종 보게 되는데, 그게 바로 부도덕한 일이 되는 것이다.

스스로에 부끄럽지 않으면 누구 앞에서도 당당할 수가 있게 된다. 비록 최대 주주이고 경영자라 하더라도 급여나 배당을 받는 것 외 기업의 자금을 함부로 사용하는 것은 바로 공금을 횡령하는 '배임죄'가 성립된다는 사실을 알아야 한다.

뉴스에서 대기업 오너들이 걸핏하면 배임죄로 구속이 되는 게 바로 그 때문이다. 회사 돈은 곧 공금이고, 공금은 누구도 함부로 사용할 수가 없도록 법으로 되어 있다.

법을 위반하는 행동은 기업을 위기에 빠트리는 행위이고 개인적으로도 엄청나게 불명예스러운 일이다. 명예를 훼손하는 어리석은 짓은 할 필요가 없다.

CEO의 행동은 곧 직원들의 거울이 되기도 한다. 직원들은 오너의 행동을 그대로 따라 하게 될 수밖에 없다. '오너 리스크'가 기업을 위기에 빠트리게 되는 원인을 제공하게 된다.

조직의 신뢰를 잃은 경영자가 무엇을 할 수 있을까? CEO의 생각과 태도는 곧 기업의 브랜드 이미지다.

구성원 모두가 만족하는 기업의 문화야말로 최고의 가치가 될 수 있다고 생각한다. 기본과 원칙은 지키는 게 가장 쉬운 방법이고 법대로 살면 절대 두려울 일이 생기지 않는다.

지금 불행한가? 그럼 되뇌어 곰곰이 생각해 보아라. 불행은 두려움으로부터 기인하는지라 반드시 그 걱정의 정체는 욕심에서 비롯된 것일 것이다.

욕심을 내려놓으면 곧 두려움에서도 놓여나게 되고 불행하지도 않게 된다. 현명한 경영자가 되는 길은 자신에게 부끄럽지 않아야 가능할 수 있다.

기업의 존재 이유는 좋은 제품을 만들어 회사를 키우는 것이다. 그 혜택을 복지로 받는 직원들이 행복해지고 행복한 직원들은 또다시 질 좋은 제품을 만드는 선순환구조가 형성되어 조직의 문화를 만들 게 된다.

그래서 직원들의 행복을 위해 경영진들은 노력해야 한다.

10. 후쿠자와 유키치를 기억하자

오늘날 선진국이라 하는 국가들은 일찌감치 공업화를 경험했었고, 공업화가 경제 선진국으로 성장하는 출발점이었다. 일본도 19세기에 동아시아에서 유일하게 공업화를 달성하여 먼저 경제 선진국이 될 수 있었다.

일본은 明治維新(메이지유신) 이후를 근대국가라고 한다. 근대 일본 최대의 영향력이 큰 인물로서 일본인들의 존경을 받는 후쿠자와 유키치(福澤諭吉, 1834-1901)가 있다.

근대 일본의 계몽 사상가이자 일본 화폐 만 엔의 초상화 인물이기도 하다. 게이오 대학을 설립하였고, 산케이 신문의 전신인 지지신보(時事新報)의 창립자이기도 하며 그는 「학문의 권유」라는 책의 서두에 "하늘은 사람 위에 사람을 만들지 않고 사람 아래 사람을 만들지 않는다."라는 유명한 말을 남기기도 했다.

일본인들의 존중을 받는 그는 자국 일본인이 동아시아에서 가장 우월한 민족이라는 자긍심을 심어주기 위해 많은 책과 말들을 남긴 것으로 유명하다.

「오리엔탈리즘」은 '에드워드 사이드'가 쓴 책으로 서구의 문화에서 본 동양 문화에 대한 굴절되고 왜곡된 인식으로 동양인에 대한 폄하를 한 내용이기도 하다.

후쿠자와 유키치는 '신 오리엔탈리즘'을 주장하며 일본에 유리한 방향으로 오리엔탈리즘적 사고를 변형시켰다.

그 내용을 보면 "중국인과 조선인들은 '완고하고 고루하며 편협하고 의심이 많고, 구태의연하고 겁 많고 게으르며 잔혹하고 염치없으며, 거만하고 비굴한 속성을 가지고 있다."라고 하였다.

이미 고인이 되어 버린 그가 왜 그런 비난을 하였는지 확인할 길은 없지만 안타까운 사실이 아닐 수 없다.

교과서에도 수록된 그의 책을 읽은 일본인들의 속마음에는 이웃 나라인 중국과 조선 사람들에 대한 왜곡된 편견을 갖고 있을지도 모르겠다.

특히 그는 아시아 침략의 선두에 서 있었다. "압제도 내가 당하기는 싫지만, 내가 아니라면 남을 압제하는 것은 몹시 유쾌하다."라고도 했다.

1876년 강화도 사건을 통해 일본이 조선에 불평등 조약을 체결했을 때 "조그마한 야만국의 하나인 '조선이' 스스로 조정을 찾아와 머리를 조아려 우리의 속국이 된다고 해도 이를 기뻐할 만한 가치가 없다."라고 하기도 했다.

중요한 것은 그가 쓴 책들은 베스트셀러가 되어 일본인들의 필독서가 되어 있다는 사실이 참 반가웠었다.

물론 전부는 아니겠으나 가장 가까운 이웃 나라이면서 갈등의 골이 깊어진 양국 관계에 그의 영향을 받은 다수의 일본인이 있다.

따라서 그의 영향을 받은 일본인의 뇌리 속에는 굴절되고 편협한 인식과 왜곡된 사실이 잠재해 있을 수도 있을 것이라 여겨져 엄청난 충격을 받았고 마음이 무겁다.

그래서 나는 뒤늦게 방송통신대학 일본학과에 진학하여, 일본의 역사를 공부하게 되었다. 어쩌면 내 생애에 제대로 알지도 못하고 내 목표를 달성하지 못할 수도 있겠으나 내게는 숙제가 생긴 것이다.

내가 가장 존경하는 미우라 아야코 선생님과 후쿠자와 유키치씨의 어긋난 시선과 상반된 사고를 연구해 보고 싶어서였다.

역사는 절대 없어지지 않는다. 그리고 오늘이 바로 미래의 역사이다. 그래서 좋은 흔적을 남겨야 하는 이유이기도 하다.

국력은 국민에 의해 국민이 키우기 때문이다. 우리가 일찍이 개방하여 공업화를 일본보다 먼저 시작했더라면 ~, 6·25가 발생하지 않아 분단되지 않았다면~ 돌아보면 아쉬운 것들이 너무도 많다.

그러나 어쩌랴? 되돌릴 수가 없는데, 그래서 오늘을 잘 살아야 한다. 주어진 시간을 어영부영 헛되이 보내지 말아야 한다. 나는 이 연구를 통해 무슨 결과를 도출할 수 있을지는 잘 모른다.

다만 적나라한 진실을 알고 싶어서이다. 하지만 한편으로는 염려도 된다. 내 나이가 이미 너무 많고 그 일을 하기에는 늦었기 때문이다.

그래도 할 수 있는 데까지 해보기로 결심을 한 것이다. 하다가 중단이 되면 대를 이어서 누군가 해주기를 바라는 마음이다.

안 하는 것보다는 나은 일이라 도전을 해보기로 용기를 낸 것이다.

성숙한 인격을 갖춘 사람은 다른 사람을 함부로 무시하거나 업신여기지 않는다.

그래서 아름답다고 하는 것이다.

11. 오해와 진실

사는 동안 우리는 얼마나 많은 오해를 받으며 사는 것일까?

어느 날, 아는 후배로부터 전화가 걸려 왔다. 평소 나를 존경한다면서 잘 따르던 사람이었다. "선배! 나 오늘 은행 하나를 완전 마비시켰어요."라고 말했다.

이유를 들어보니 그 은행에서 돈을 빌렸는데, 상환 날짜가 도래하자 상환할 것인지, 연장할 것인지를 은행 여직원이 전화해서 의견을 물었다고 한다.

그런 일은 통상적으로 있는 지극히 당연한 일인 것인데, 이에 격분을 한 그녀는 천 원짜리로 바꿔 이억이나 되는 돈을 현금으로 상환해 버렸다고 한다.

포대 자루에 담긴 천 원짜리를 헤아리느라 은행 업무가 마비되어 버린 것이다. 사실인지 여부는 잘 모른다. 그녀의 표현에 의한 것이니까.

하지만 나는 이성적으로는 도저히 이해되지 않았고 경악하지 않을 수 없는 사건이었다. 그래서 나는 "OO야! 너 실수한 거야. 너는 지역의 성공한 오피니언 리더잖아? 어찌 그런 부끄러운 짓을 할 수가 있느냐?"라고 말했다.

내 딴에는 그녀를 위한답시고 한 충고가 그녀의 자존심을 건드린 꼴이 되었다. 밤늦게 그녀는 다시 내게 전화를 해 "네까짓 게 뭔데 나에게 충고질이냐?"라면서 욕설을 해 나는 전화를 끊어버렸다.

이후 그녀가 밥 한번 먹자고 하는 것을 무시해 버렸다. 상대할 가치가 없는 사람이라 여겼다. 내 태도가 그녀의 오기에 불을 지핀 셈이 되어 그 이후 나는 무수한 유언비어에 시달리게 되었었다.

그때나 지금이나 매한가지지만 나는 그런 경우 속상하긴 하지만 무시해 버린다. 소문이란 해명을 할수록 증폭이 되는 속성이 있어서 변명하기가 싫은 것이다.

그런데 의외로 그 후유증은 컸었다. 그녀와 가까운 기관장이 그녀의 말을 믿고 오해를 했었기 때문이었다.

나는 그 이후로 내가 직접 보지 않은 사실에 대해서는 절대 함부로 판단해 이야기하지 않기로 했다. 우리는 얼마나 많은 오해와 진실 속에서 살고 있을까?

법적, 윤리적 개념이 형성되지 않아 옳고 그름에 대한 판단력이 부족한 것을 Psychopath(사이코패스)라고 하고, 반사회적 인격 장애를 가진 사람을 Sociopathy (소시오패시)라고 한다고 한다.

타인의 고통에 공감하지 못하고 어쩌다 힘을 가졌다고 해서 그 힘을 행사하는 행동도 이에 다를 바 없다고 여긴다. 힘은 가진 자가 잘 사용해야 지혜로운 법이기 때문이다.

한동안 일체의 사회적 활동을 줄이고 사람을 안 만나면서 보냈던 것 같다. 시간이 흐르고 그녀는 대전을 떠났다고 들었다. 그리고 그 이후 그 기관장과도 오해를 풀었다.

기억의 문제는 단순한 과거의 문제로 그치는 것이 아니라 현재의 문제이자, 미래의 문제가 될 수 있다는 것을 깨달을 수 있었던 사건이었다. 남에게 충고는 쉽게 해서는 안 된다는 사실도 깨달을 수 있었다.

다른 사람에게 하는 충고는 종이 한 장을 드는 것처럼 가볍다고 한다. 하지만 자신이 그 행동을 실천하기에는 지구를 드는 것보다 더 어렵다. 그래서 절대 쉽게 다른 사람들에게 충고하지 않아야 한다.

나는 직원들에게도 쉽게 충고를 하지 않는다. 충고할 일이 생기면 협상을 한다. 이미 스스로 알고 있으니까, 지적하지 않아도 된다. 그 협상테이블에 올리는 순간에 문제는 해결이 되기 때문이다.

12. 프리덤 푸드

프랑스 어느 농장에서 프리덤 푸드(Freedom food)에 대해 알게 되었다. 프리덤 푸드는 동물의 각자 타고난 본성과 습성에 맞게 5가지 자유를 지켜주면서 윤리적 방법으로 동물의 라이프 스타일을 존중해주는 방법으로 가축을 키워 인간에게 안전한 먹거리로 제공한다는 의미이다.

첫째, 배고픔, 목마름부터의 자유

둘째, 불편함으로부터의 자유

셋째, 고통, 상처, 질병으로부터의 자유

넷째, 공포, 스트레스부터의 자유

다섯째, 라이프스타일을 존중해 정상적인 활동을 할 자유

이 다섯 가지 자유를 보장해 주면서 가축을 사육한다는 취지이다.

현재 가축은 대부분 공장식 시스템에서 대량, 밀식 사육되고 있다. 열악한 환경에서 자라는 것을 당연하게 여기고 있고, 익숙한 모습이기도 하다.

그런데 이런 환경에서 라이프 스타일(life style)을 잃어버리고 오로지 먹고 살만 찌우며 성장하는 가축들은 무수한 스트레스를 받는다고 한다.

이미 건강한 먹거리는 될 수가 없다. 예로 닭은 스스로 땅을 후벼 파면서 부리로 모이를 쪼며 먹이활동을 하는 동안 두 발로 땅을 파헤치며 먹이활동을 하면서 자연스럽게 발톱이 닳게 하는 것이 닭들의 라이프 스타일이다.

그런데 꼼짝도 할 수 없는 게이지에 갇혀 모이만 먹고, 새벽이면 홰를 치고 해가 지면 횃대에 올라가 잠을 자야 하는 닭들의 습성을 무시하고 알을 많이 낳게 하려고 밤새 불을 끄지 않는 환경에서 살게 한다.

프랑스를 비롯한 유럽에서 본 목장은 여러 개의 구획으로 나뉘어져 있었고, 바닥에 레일이 깔려 있어 컨테이너 박스를 이동할 수 있게 되어 있었다.

구획된 한 곳에서는 소 몇 마리가 풀을 뜯고 있었다. 얼마나 평화롭고 아름다운 모습인가?

말할 수 없는 울림이 가슴 속에서 뭉클뭉클 끓어오름을 느꼈었다. 얼마간 풀을 뜯으면 소들을 다음 구획으로 옮기고 그곳에 닭들을 풀어놓는다.

소들을 옮긴 곳에는 소들의 배설물들이 군데군데 무더기로 쌓여있었으나, 쇠똥구리 유충을 잡아먹기 위해 닭들은 그 배설물을 잘게 부숴 사방으로 흩어지게 만들고 있었다.

무더기로 쌓여있는 소들의 배설물들은 땅을 황폐화하지만, 닭들에 의해 잘게 부수어진 배설물들은 사방으로 흩어져 오히려 땅을 비옥하게 만들어줘 소가 먹을 수 있는 풀을 잘 자라게 해준다.

이런 식으로 서로가 상생하고 있었다. 순환 사이클의 농법인 셈이었다. 닭의 배설물 또한 최고의 퇴비 역할을 해주기도 한다.

닭들에 의해 배설물들의 잘게 부서지는 청소가 끝나면, 그다음 구획으로 소를 또 옮기는 식의 프리덤 푸드 순환농법으로 가축을 사육하는 방법은 너무 이상적이고 자연스러운 것이었다.

라이프 스타일을 존중받으며 성장한 가축들에게는 스트레스가 없어 자라는 아이들에게 제공할 최고의 먹거리가 될 수 있다. 가슴이 뛰었다. 나에게 꿈이 하나 더 보태졌다.

나는 이것이야말로 자라나는 아이들을 똑똑한 인재로 키울 수 있는 방법이라 여겼고, 그래서 '바른 먹거리 타운'을 만들 생각을 하게 된 것이다.

프리덤 푸드야 말로 자연 그대로의 완전한 식품의 원재료가 되어줄 수 있다고 여긴다. 육류에서 얻을 수 있는 단백질은 최고의 영양소가 될 수 있기 때문이다.

비건(채식주의자)이 아닌 이상 단백질은 피할 수 없는 필수 영양소이고 반드시 해야 하는 영양 섭취 방법이다. 특히 성장기의 어린이들에게는 반드시 필요한 영양소이기도 하다.

안전하고 좋은 먹거리는 그 자체가 자라나는 아이들을 좋은 인재로 키울 수 있는 기본이 되는 일이라 절대 간과해서는 안 되는 일이기 때문이다.

현실과 이상을 구분하지 못하는 어릿광대로 비추어질 수도 있을 것이다. 하지만 이게 진실이기 때문에 나는 포기할 수가 없다. 내 대에서 끝낼 생각도 안 한다.

나는 시작만이라도 하고 싶을 뿐이다. 누군가는 반드시 해야 할 일이라고 생각하고 있기 때문이다. 그 일을 내가 시작만이라도 해보고 싶은 것이다.

희한하게도 내 앎의 영역이 커지면서, 반비례로 모르는 미지의 세계는 점점 더 넓어지었다. 그것은 경이로움이었다. 그러다 보니 끊임없이 탐구할 수밖에 없었다.

어찌 보면 생의 대부분을 오로지 '바른 먹거리'를 찾는 일로 보냈던 것 같다. '바른 먹거리'에 올인해 오느라 비록 기업을 성장시키지는 못해 직원들에게는 미안했고, 나 자신도 취미 생활 하나 없이 살아왔었다.

그러나 나 개인은 참으로 재미있었고 행복했었다. 앎이 커지면서 모르는 세계가 자꾸 넓어지고 있었으므로 쉴 수가 없었다.

결핍은 욕망을 키우는 동기부여가 된다. 늘 갈구하고, 방법을 찾기 위해 무수히 많은 사람을 만났고, 전 세계를 쫓아다니며 '바른 먹거리'에 대한 자료를 모으고 연구하면서 책도 많이 읽었다.

수없는 시행착오도 범했었다. 그러느라 골프조차 치지 못해 주변에서 "도대체 무슨 재미로 사느냐?"라는 얘기를 자주 듣곤 했다. 그런데 나 개인은 늘 감사했고 행복했었다.

건강한 먹거리를 만들어 감사한 고객들께 제공할 수 있길 바라는 마음으로 제품을 만들어 왔었고, 그게 감사한 고객께 보답하는 것이라 여겼다. 그래야만 될 것 같아서이다.

어찌 보면 자극적이지도, 감칠맛도 하나 없는, 우리 제품을 사주시는 고마운 고객님들이 계셨고, 그 덕분에 우리가 지금까지 살아있는 것이기 때문이다.

나는 그게 늘 감사했다. 그런 고객들께 보답하겠다는 일념으로 보내온 것 같기도 하다. 그런 과정을 통해 나는 많은 방법을 찾을 수 있었다.

희한하게도 구제역 발생 등으로 원재료 수급이 원활하지 않아 때론 경영상 위기를 맞기도 했었으나, 그럼에도 불구하고 그 긴 세월 단 한 번도 결손을 낸 적도 없었다.

나는 이 부분에 주목한다. 이 얼마나 감사한 일인지 모른다. 이 모든 것은 우리 제품을 알아주시고 인정 해주시는 고객님들이 계셨기에 가능한 일이었다.

그 깨달음은 더욱더 오로지 '바른 먹거리'에 매달리게 해주었다. 그렇기에 그 오랜 시간을 '바른 먹거리'에 올인할 수 있었지 싶다.

나는 고객의 소중함을 깨달을 수 있었기에 그에 보답하는 마음으로 '바른 먹거리'를 만들려는 노력을 했고, 그러면서 새로운 가치에 눈뜰 수 있게 된 것이다.

그 시작은 너무도 많은 것을 깨닫게 해준 '바른 먹거리'에 대한 가치였다. 존 로빈스씨의 '음식혁명' 이라는 책을 통해 '바른 먹거리' 에 대한 가치를 깨달을 수 있었기에 도전을 할 수 있었고, 고객에 대한 감사함을 깨달을 수 있었기에 가능했던 일이었다.

그러면서 감사함이 주는 엄청난 가치에 대해서도 깨달을 수 있었다. 감사함에 대한 보답으로 나는 고객들의 건강을 지켜주고자 하는 마음이 앞섰고 그런 마음으로 제품을 만드는 것을 당연하게 생각했다.

또 가장 먼저 고려해야 하는 것도 고객에 대한 감사함이라는 것도 깨달을 수 있었다. 그게 우리의 도리이자 책임이라고 여겼다. 깨달음의 연속이었다.

그렇지 못했다면 다른 비슷한 브랜드들처럼 우리도 세상에서 사라졌을 것이기 때문이다. 생색내지 않아도 시간이 지나면 저절로 알아주게 되어 있다는 사실도 깨달을 수 있었다.

제품을 팔려고 하지 말고 가치를 팔려는 생각을 해야만 가능한 일이다. 그러다 보면 돈은 저절로 따라오게 된다.

그 깨달음이 시작되어 이제 우리는 전 세계로 우리 제품을 팔 수 있게 된 것이다. 감사하는 마음으로 시작한 일이었다. 이 얼마나 감사하고 다행한 일인지 모른다.

이제 인터넷 시대에 세상이 바뀌고 있다. 너무도 많은 정보가 공유되고 있어서 우리가 진심으로 대하면 그 사실을 인정받을 수 있게 될 것이다.

물론 자원이 부족한 우리나라에서 식품 제조업을 경영하기 쉬운 일이 아니다. 그리고 이제는 전 세계가 공동체다.

직접적인 관계가 없는 것 같으나 가만히 있어도 영향을 받게 된다. 세계 질서에 맞출 수밖에 없는 구조이다. 국제시장의 생리는 영원한 적도, 영원한 아군도 없이 경계를 허물고 있다. 그래서 fact(팩트)만이 인정받을 수 있다.

우리나라가 비록 자원은 없으나 창의성이 높은 인재들은 많고 그들을 잘 키우는 방법밖에 없다는 현실을 직시할 수 있어야 한다.

지금도 이미 한류라는 신화를 쓰고 있는 무수한 인재들이 많지만 조금 더 노력한다면 얼마든지 인재로 성장시킬 수 있을 것이다.

한국 아기는 태어나는 순간 아무것도 가진 게 없다. 그러나 산유국이나 자원이 많은 나라의 아기들은 석유와 자원을 가지고 태어난다. 그 차이점을 기억하여야 한다. 그래서 그에 맞는 사고를 해야 한다.

그런데 희한한 것은 자원도 없고, 남북이 분단된 참으로 열악한 환경임에도 불구하고 우리는 탁월한 인재를 기르고, 그들은 세계시장을 누비며 달러를 벌어들이고 있다는 사실이다.

'한류'의 가치에 주목하여라. 전 세계시장에서 최고의 브랜드 가치가 되어줄 것이다. 그런 인재들을 키우기 위해서는 '바른 먹거리'가 필요한 것이고 나는 그 초석을 다지고 있는 것뿐이다.

흔히 운명은 타고난 것이라고 여기고 체념하고 받아들이게 된다. 그런데 내 생각은 단연코 아니다. 운명은 내 생각만으로도 얼마든지 바꿀 수 있다. 항로를 틀 듯, 생각의 틀을 조금만 바꾸고 행동하게 되면, 운명은 어느새 바뀌고 있는 것을 느끼게 된다.

'밥 먹고 바로 누우면 소 된다.'라는 속담이 있다. 그런데 소는 되새김질할 수 있는 기능이 있는 데 비해 그런 기능이 없는 인간이 밥을 먹자마자 눕는 행위는 건강한 몸을 스스로 망치게 하는 행동이 된다.

소화를 방해하고, 역류성 식도염을 유발하기 때문이다. 위산이 거꾸로 넘어오는 것은, 청산가리 성분을 거꾸로 올라오게 하여 식도 점막을 손상하게 하는 행위와 같은 것이다.

우리의 장기는 한번 손상되면 회복이 참으로 어렵다. 이렇게 작은, 무심코 하는 행동이 건강을 잃게 만드는 원인이 된다. 위산이 거꾸로 넘어오면서 장기를 손상되면 어떻게 되겠는가?

건강을 해치는 아주 위험한 행동은 무심코 하고 있다. 그리고 그 대가는 참으로 혹독하다. 잠자기 두 시간 전에는 물 외에는 먹지 않아야 하고, 식사 후 바로 눕는 행동만 고쳐도 우리의 삶은 바뀔 것이다.

아주 작은 차이일 뿐이다. 그런데 그 차이로 얻는 결과물은 너무도 다르다. 이렇게 생각이 바뀌면 행동이 바뀌게 되고, 행동이 바뀌면 운명도 바뀌게 되는 것이 신체 건강 & 정신 건강이기 때문이다. 신체 건강이 곧 정신 건강과 같다는 뜻이다. 신체가 건강하면 정신도 건강하고 신체 건강이 나쁘면 정신 건강도 나쁘다.

활기차게 행동하고 몸이 가뿐하다는 것은 건강한 사고를 하고 있다는 뜻이기도 하다. 그 건강한 사고는 태도를 바르게 해주고, 그 태도는 운을 불러들인다.

건강한 생각은 이기심이 아니다. 이타심이다. 다른 사람에게 이익이 되게끔 하는 게 꼭 내 손해를 의미하는 것이 아니기 때문이다. 주변 사람들을 보살피면서 그들의 마음을 다치지 않게 하는 작은 실천이다.

친절한 말 한마디, 따뜻한 미소만으로도 기부 활동이 된다. 멀리 일부러 찾아다니면서 돕겠다고 할 필요도 없다.

그냥 생활 속에서 이슬처럼 스며들 듯이 내 주위에 어려운 이웃이 생기면 내 능력껏, 아낌없이 도우면 된다. 그리고 돕는 순간 잊어야 한다.

그 작은 선행들이 쌓여 좋은 평판을 만들고, 그 평판은 그대로 큰 이익이 되어 내게로 다시 돌아오게 된다. 믿기지 않으면 해보면 알게 될 것이다.

무엇보다 내 삶이 편안하고 풍성해지고 있다는 사실을 느끼게 될 것이다. 갈등도 생기지 않고, 누구를 만나건 즐겁고 재미가 있다.

다들 나를 믿어주고 있기 때문이다. 이 가치를 알게 된다면, 누군가에게 목적을 가지고 의도적으로 접근하지 않아도 평판이 씨앗이 되어 사람들이 저절로 인정 해주고 마음을 열어주게 될 것이다.

생각이 바뀌면 행동이 바뀌고, 행동이 바뀌면 운명도 바뀌게 되 바로 이런 이유 때문이다. 습관적으로 투덜대는 것은 바보 같은 짓이다.

말속에 짜증이 묻어있는 것 역시 바보가 하는 어리석은 행동이다. "웃으면 복이 온다."라는 말은 그냥 있는 말이 아니다. 웃는 모습이 가장 좋은 마케팅이 될 수 있기 때문이다.

그것은 건강한 신체와 건강한 정신으로부터 시작된다. 잘 먹고, 잘 자고, 잘 배설하는 행동으로 얼마든지 가능하다. 나는 한때 이 세상에서 내가 가장 불행하다고 여겼고 내 삶을 온통 우울하고 칙칙하게 만들었었다. 참으로 아찔하다.

생각만으로 그 환경을 바꿀 수 있었는데 말이다. 내 생각이 바뀌었을 뿐, 세상은 바뀌지 않았다. '대상은 그대로인데 내 마음만 천국이었다, 지옥이었다'를 반복하는 것을 깨달을 수 있었기에 가능했던 일이었다.

감사함은 이렇게 운명까지 바꿔주는 힘이 있다. 감사함의 가치를 깨달을 수 있다는 것은 엄청난 자산이 되는 셈이다. 그 원인제공이 바로 바른 영양소의 균형으로부터 시작이 된다는 사실이다.

나는 프리덤 푸드야 말로 최고의 '바른 먹거리'임을 깨닫고선 그 실천을 하기로 마음을 먹었다. 우리나라 국토의 65% 이상이 산야인지라 거기에 맞는 수익성 높은 사업이 될 수도 있을 것 같았다.

그래서 지구의 온난화 시대에 맞는 최고의 장소를 찾기 시작했다. 사람이 숨쉬기 가장 좋은 곳이 해발 700m 고지라 해피 700이라는 용어도 있다. 그렇게 지대가 높은 곳을 찾아 헤매기 시작했다.

그러나 우리나라에서 해발 700m 고지가 넘는 곳은 강원도와 경북 일원이었고 그곳은 우리 회사에서 너무 거리가 멀어 이용이 불편하였다.

회사에서 가장 가까운 곳, 그리고 해발이 높은 곳을 찾기 시작했으나 마땅한 장소를 구하기가 쉽지 않았다. 간혹 있기는 했으나, 작은 평수라 마땅치가 않았다. 그렇게 20년이 흘렀다. 그리고 드디어 경남 거창군 고제면 봉계리에 약 3만 평의 부지를 확보할 수 있게 되었다.

해발 800m 고지라 여름에 고랭지 채소를 키울 수 있는 곳이기도 하다. 한낮의 뙤약볕이 해가 지면 서늘한 공기와 교차 되어 여름에도 무와 배추를 재배할 수 있는 곳이다.

여름에 채소가 자라는 곳, 그곳은 사람에게도 가장 좋은 환경이 된다. 나는 이곳에 '바른 먹거리 타운'을 만들 것이다. '바른 먹거리'의 가치에 대해 깨닫게 되면서 나를 가장 힘들게 한 것은 진실을 말할 수 없다는 사실이었다.

예로 빵이나 아이스크림은 색소나 향신료 등 헤아릴 수 없이 많은 첨가물이 들어가고 그런 첨가물 없이는 도저히 만들 수 없는 식품인지라 두뇌가 완성되기 전 6세 이하의 아이들에게는 먹이지 않는 것이 좋다.

이 사실을 얘기하면 누군가의 비즈니스를 헐뜯게 되는 셈이 되기 때문이었다. 그럴 수는 없는 노릇이었다.

존 로빈스 씨의 「음식혁명」 책을 계기로 끊임없이 '바른 먹거리'에 대해 파고들면서 나는 진실을 알게 되었지만, 내 입으로 그 사실을 표현할 수는 없었다. 누군가의 비즈니스를 폄훼하는 것 같은 행위를 해서는 안 되기 때문이었다.

아이들은 태어나 6세까지, 두뇌의 95%가 완성된다고 한다. 두뇌가 완성되는 이 시기가 가장 중요한 것이다. 이 시기에는 정말 자연 그대로의 '바른 먹거리'만을 먹여야만 좋은 인재로 키울 수 있다고 한다.

SBS스페셜의 '집밥의 힘'을 보면 성장기 아이들에게 바른 영양소의 균형이 얼마나 중요한지를 알 수 있다. 그러나 현실은 전혀 그럴 수 없는 환경이다. 바쁘게 일을 하는 엄마들은 육아를 타인의 손에 맡길 수밖에 없다.

그러다 보니 어쩔 수 없이 아이들은 간편하고 만들기 쉬운 음식을 섭취하게 된다. 특히 식중독균에 취약한 자연 먹거리는 자연스레 멀리하고 기름에 튀기는 음식을 선호하게 된다.

대자연의 섭리는, 시간이 지나면 상하거나 썩게 마련인데 높은 온도의 기름에서 튀긴 음식들은 보관을 오래 할 수 있기 때문이다. ADHD 증후군 등 주의력 결핍 장애의 원인도, 나는 섭취하는 음식물의 영향 때문일 거라 믿는다.

나는 마음이 답답해졌다. 생산되는 원재료부터 음식을 조리하는 방법, 그리고 섭취까지의 모든 자료를 한군데 모아 두뇌가 완성되는 시기의 아이를 키우는 엄마들에게만이라도 전해주고 싶어서였다.

요즘은 인터넷에 검색만 하면 모든 정보를 알 수 있는 좋은 세상이다. 인터넷이 백과사전인 셈이다. 내가 굳이 말하지 않아도 되게끔 사실에 접근할 수 있는 동기부여만이라도 해주고 싶은 것이었다.

그 선택은 자신이 하기에 결과는 자신의 몫이겠지만 말이다. 예로 취나물과 시금치는 영양덩어리이다. 하지만 수산이라는 성분이 있어 생으로 섭취하게 되면 체내에서 수산이 단백질과 결합이 되어 결석을 만들게 된다.

그러나 수산은 70℃ 이상에서 없어지니까 익혀서 먹으면 된다. 이 모든 것은 조금만 관심을 가지고 인터넷에 검색만 해봐도 금세 알 수 있는 사실이다.

내가 굳이 설명하지 않아도 되는 그 동기부여만 해주고 싶었다. 마음은 급하지만 나는 천천히 준비할 것이다. 내 생애에 다 완성하지 못하더라도 상관이 없다. 나는 시작만이라도 해볼 생각이다.

이제 부지를 확보했으니, 반은 시작이 된 셈이다. 도전은 용기이다. 도전하지 않으면 세상은 바뀌지 않는다. 그렇다고 세상을 다 바꿀 의도가 있는 것은 아니다.

나는 이 세상에 태어나 내가 알게 된 작은 앎을, 세상을 위해 되돌려주고 싶을 뿐이고 진실만을 알려주고 싶은 것뿐이다.

그게 얼마나 큰 도움이 될지는 모르겠으나 안 하는 것보다는 나을 것이고 그 일은 누군가가 해야 할 일이라면 내가 할 수 있어서 감사하게 여긴다.

정말 간절하게 원하면 이루어진다고 한다. 「시크릿」 (저자 론다 번)은 베스트셀러가 된 책이고, 나도 그 책을 500권 이상 사서 우리 직원들과 체인점 사장님들에게 선물하기도 했었다.

"정직한 마음으로 간절히 원하면 끌림의 법칙에 의해서 반드시 이루어진다."라는 내용이다. 나는 그 책의 내용에 대해 어느 정도는 공감한다.

진심으로 간절히 원하는 것들은 대부분 이루어지는 것을 느꼈기 때문이다. 다만 구체적이고 명확해야만 한다.

목표를 정했으면 그 목표를 향해 무슨 행동을 어떻게 할 것인지 분명해야 한다. 그리고 내가 간절히 원하는 것이 무엇인지 정확하게 인지해야 한다.

막연하게 잘 살게 해달라고 바라는 것은 사지도 않은 복권을 당첨되게 해달라는 것과 다를 바가 없기 때문이다.

나에게는 많은 목표와 꿈이 있었다. 수출을 할 수 있는 생산설비를 목표했었는데 이루어졌고, 지금은 수출까지 하고 있다.

사내 어린이집도 만들었고, 가족과 떨어져 홀로 사는 직원들의 쾌적한 환경을 위해 기숙사도 여러 곳 만들었고, 봉계리에 '바른 먹거리 타운'도 시작이 되었다.

이제 마지막 목표이자 나의 오랜 꿈이고 목적이었던, 직원들의 반값 아파트를 만들어주는 일이 남았는데 그 일도 시작하려고 한다.

인간의 기본 권리인 먹고, 입고, 잠자는 이 세 가지는 사람으로 태어난 이상 당연하게 누려야 하는 기본 권리이다.

현재 우리나라에서는 먹고 입는 것은 자신의 노력으로 얼마든지 가능하고 어렵지 않다. 그런데 편안하게 잠잘 수 있는 공간을 마련하는 것은 너무 어렵다.

나는 비록 오래되어 낡기는 했으나, 넓은 집에서 편안하게 살고 있는데, 열심히 성실하게 일하는 우리 직원들은 집 하나 마련하기 위해 인생의 절반을 보내는 모습을 보면서 꿈꾸게 된 것이다.

2003년 일본 교토(京都)에 있는 MK 택시를 방문했을 때, 유태식 회장님으로부터 정보를 듣게 되었었기 때문이다.

일본의 일류 대학 출신들이 MK 택시 기사로 취직하기 위해 줄 서서 교육받는 모습을 내가 직접 보았고 그 이유에 대해 알게 되었다. 구체적인 얘기는 정치가 결부되어 있어 여기서 언급은 않겠다. 나는 그때 결심을 하였다.

국가와 사회가 못하는 일이라면, 나라도 해보자고 말이다. 그때부터(2004년) 지도를 놓고 대전에서 가장 입지가 좋은 곳을 점 찍어 그곳을 사들이기 시작했었다.

당시는 세종시가 활성화되기 전이어서 저평가가 되어있던 곳이었다. 내 꿈은 전체 10만 평을 사서 대전시와 공동개발을 하여 5만 평을 환지받아 공장도 이전하고 직원들에게 반값 아파트도 지어주려는 목적이었다.

자금 여력이 없었던 나는 수입의 전부를 그곳에 투자했으나 진전은 빨리 진행되지 못했다. 골프도 치지 않았고, 사치나 취미 생활도 포기하면서 겨우 만 오천 평을 확보했을 때, 한 통의 안내문을 받게 되었다.

우리 땅에 조합을 만들겠다는 안내문과 동의를 해 달라는 요청이었다. 이후 땅을 매각하겠다는 사람들이 사라져 버렸고, 내 꿈은 그야말로 꿈이 되고 말았다. 그 땅은 개발도 못 할뿐더러, 재산권 행세도 못 하게 된 것이다.

그런데 간절하면 이루어진다고 하지 않았던가? 이제 전혀 엉뚱한 곳으로부터 요청이 있었고, 나는 그 시작을 하려고 하고 있다. 물론 어떤 결과가 올지 나는 모른다. 그런데 가슴이 뛰고 있다.

반드시 이루어지리라는 예감과 기대가 생기고 나는 이루어질 것이라 믿는다. 기뻐서 어쩔 줄 몰라 하는 착하고 성실한 직원들의 모습도 보인다.

사실은 나보다도 현장에서 열심히 일하는 우리 직원들 같은 성실한 사람들이 더 잘살아야 하는 것인데 말이다. 그들은 그럴 자격이 너무 충분한 사람들이기 때문이다.

특히 사람의 기본 권리인 편안하게 잠자는 공간을 만드는 일이다. 그게 어려워서야 되겠는가? 나는 그 실천을 해보려고 다소의 리스크를 감수할 생각이다.

두려움이 없는 것은 아니다. 하지만 안 하는 것보다는 하는 게 옳은 것 같아 시크릿의 신비를 기대하면서 이제부터는 편안하게 살아야 할 노인네가 모험을 하려고 하는 것이다.

70대에도 꿈을 잃지 않는다면 얼마든지 가능하다는 것을 행동으로 보여줄 생각이다.

두렵고 걱정은 되지만, 사회를 진화시키는 일이기 때문이다.

시크릿의 신비를 기대하면서 이제 편안하게 살아야 할 노인네가 모험을 하려고 한다.

13. 기생충 알 사건

우리나라는 반만년의 역사를 자랑하고 있지만 외세의 침입, 동족 간의 전쟁 등으로 식품 위생 관련 법령은 가장 늦게 갖추어진 국가라고 한다.

「식품위생법」은 1962년에 만들어졌고, HACCP 등 식품 관리시스템도 가장 늦게 갖췄다고 한다. 그러나 그런 늦은 출발에도 불구하고 식품 안전관리 시스템과 HACCP의 체계 등은 전 세계에서 가장 빠르게 정착되고 있다.

정확하게 기억은 나지 않지만 아마 2004년쯤 일 것이다. 갑자기 '합동단속반'에서 나와 김치를 수거해갔다. 우리가 취급하는 제품이 식품인지라 늘 감시 대상이긴 했으나 그날은 좀 달랐다.

단속 나온 사람들의 태도에서 왠지 심상치 않음을 감지할 수 있었다. '서슬이 퍼렇다.'가 그 경우에 적용될 것이다.

그렇게 김치 샘플을 수거 해간 후, 검사 결과가 나오기까지 약 보름 동안 나는 불안해서 잠이 오지 않았다. 뭔가 불길한 예감이 엄습해 와서 안절부절하고 있었다.

실상 김치 매출은 그다지 크지 않았으나 브랜드가 장충동왕족발 김치이다 보니 브랜드가 입을 타격은 크지 않을 수 없었다.

직원들의 얼굴과 가여운 체인점주들의 모습들이 겹치면서 불안감과 압박감으로 가슴이 답답해 잠을 잘 수가 없었다.

본사인 회사뿐만이 아니라 그들에게까지 피해를 줄 것 같아 너무 미안하고 걱정스러워 뜬눈으로 지새우다시피 했다.

어느 날 길을 걷는데 갑자기 인도의 보도블록(당시는 인도에 보도블록이 깔려 있었다)이 나를 향해 달려오는 것 같은 착시현상이 오는 것이었다.

오랜 시간 잠을 자지 못하면 그리되었다. 잠이 얼마나 중요한지 모른다. 오죽하면 '잠이 보배다'라고 하겠는가? 그 사건을 통해 나는 잠의 중요성에 대해 또 하나를 깨달을 수 있게 된 것이다.

얼마 후 중국산 고춧가루에서 기생충 알이 검출되었다는 뉴스가 떴다. 당시 김치 매출 20억 이상의 업체가 모두 단속 대상이었고, 우리도 그 대상에 포함이 되었었다.

다행스럽게 우리 김치에서는 기생충 알이 나오지 않았으나, 당시 기생충 알이 검출된 17개 업체의 명단이 뉴스에 연일 발표되면서 그 업체들은 대부분 문을 닫게 되었다고 한다.

그 사건이 나를 그렇게 힘들게 했던 바로 '기생충 알' 사건이었다. 그 사건을 통해 참으로 큰 깨달음을 얻을 수 있었다. 사람이 극도의 공포심이 찾아오면 정신에 이상이 온다는 사실을 통해 정신의 소중함에 대해 깨닫게 된 것이다.

"호랑이 굴에 잡혀가도 정신만 차리면 산다."라는 속담이 맞는 말이었다. 만약 우리 제품에서 기생충 알이 검출되었다면 정신 줄을 놓고 있던 나는 허둥지둥하다 회사를 그대로 문을 닫게 했을 것이다.

정신력이 약하다는 것은 삶의 질과 바로 직결된다는 깨달음도 얻었다. 강한 정신력을 갖고 있으면 어떤 문제가 발생해도 차분히 대처할 수가 있는데 극도의 공포심으로 정신을 고갈 시켜버리면 방법이 없다.

그리고 잠을 통해 얻을 수 있는 건강의 중요함도 알게 되었다. 기업을 경영하다 보면 사건 사고는 끊임없이 발생한다.

그럴 때는 이성적으로 대처를 해야 하고 변명이나 핑계보다는 정직하고 진실하게 사실을 인정하는 것이 가장 쉬운 방법이다. 인정한다는 것은 그런 일을 다시 반복해서 만들지 않겠다는 약속이다.

깨어있을 때, 뇌에서 오는 파장을 '알파파'라고 하고 잠을 잘 때 뇌에서 오는 파장을 '델파파'라고 한다. 깨어있는 각성상태에서는 알파파가 1초에 8회 정도이나, 깊은 잠에 빠지면 점차 느려져서 1초에 3~4회 정도라고 한다.

얕은 잠을 자는 것을 REM(렘) 수면이라고 하는데, REM(렘) 수면에서는 깨어 있을 때와 같이 뇌파가 빨라진다고 한다.

잠을 잘 때는 되도록 정신이 편안한 상태여야 숙면을 취할 수 있고 잠이 보배인 이유다. 숙면을 통해 휴식을 취하는 것은 이렇듯 중요하고 소중하다.

그 사건 이후 나는 정신력이 좀 강해졌다. 무슨 일이 생기면 차 한 잔을 마시면서 심호흡을 하고 휴식을 취한 뒤 무조건 잠을 잔다.

한잠을 자고 나면 머리가 맑아지고 새로운 힘이 생긴다. 생존을 위한 방법을 터득하게 되었다.

'기생충 알' 사건이 생긴 이후 김치는 무조건 HACCP(해썹) 인증을 받게끔 법이 개정되었다.

당시 신탄진 공장은 부지가 1,400평 밖에 안 되는지라 그곳에서 족발을 만들면서 김치를 위한 HACCP 시설을 할 수가 없었다.

효율이 너무 떨어지기 때문이었다. 그래서 공장을 이전하기로 마음을 먹게 되었다. 그런데 수중에 가진 돈이 없었다.

그러나 HACCP(위해요소분석중요관리점) 설비를 위해서는 어쩔 수 없는 선택이었다. "간절히 원하면 이루어진다."라고 하지 않았던가.

무조건 방법을 찾기 위해 동분서주하였었다. 위기는 위험과 함께 기회도 찾아오는 법이다. "어쩌지? 어쩌지?" 이렇게 헤매고 있을 때, 어느 강사님의 말씀에 나는 용기를 낼 수 있었다.

"기업에 있어 혁신은, 배가 바다로 항해하는 것처럼 위험이 따른다. 배는 항해를 위해 바다로 나아가야 하는데, 항해하는 순간 풍랑과 암초를 만날 수도 있다.

그렇다고 안전하게 배를 항구에다 정박해 둘 수는 없지 않은가? 기업도 리스크는 크지만, 혁신해야 한다."라는 요지의 내용이었었다.

나는 그날 그 강사님의 말씀이 바로 나를 향해 해주신 어드바이스라고 여겼다. 그렇다. 안전만을 생각하고 가만히 있으면 그대로 도태되어 버렸다. "기업은 성장 아니면 도태이지, 중간은 없다."라고 하지 않던가?

혁신(革新)은 가죽 혁(革)자에, 새 신(新)자이다. 가죽을 벗기고 새살을 입히는 것처럼 고통스러운 것이다. 그래도 살아남기 위해서는 해야만 한다.

"그래 그거다."

"무조건 해보자'라는 각오로 방법을 찾기 시작했고, 마침 중소기업진흥공단의 자금과 지금까지 주거래 은행인 신한은행의 도움을 받아 지금의 공장으로 이전을 하게 되었다.

공장을 이전 할 때 제일 중요하게 생각한 것이 기존 근무하던 직원들의 출퇴근 거리를 제일 먼저 고려해서 선택했다. 거리가 멀면 그들은 사직할 수밖에 없었기 때문이었다.

지금까지 성실하게 일해 온 동료를 그렇게 내몰 수는 없는 일이었다. 그렇게 선택한 것이 지금의 현도 공장이다.

그런데 우리는 본사를 대전에 두고 있다. 그럴 수밖에 없는 이유가 있지만 여기에서는 거론하지 않겠다. 그 덕분에 본사와 공장이 이원화되어 불이익을 보는 일이 수없이 발생하였다.

그렇지 않았다면 그 엉뚱하게 사용한 에너지를 수출에 쏟을 수 있어 지금

쯤 수출 역군이 되었을지도 모르는데 말이다.

식품공장 하나를 만드는 일은 결코 쉬운 일이 아니기 때문이다. 이렇게 정책이라는 것이 누군가에게는 매우 치명적인 손실을 입힐 수도 있는 일이다.

이제 우리는 공장을 다시 대전으로 옮기려고 한다.

첫째는 외곽지역이라 젊은 직원들을 채용할 수 없는 이유이다.

두 번째는 우리 공장 바로 앞에 들어선 골재공장 때문이다. 소음과 먼지가 심해 식품 공장은 너무도 위험하여 그것을 방지하기 위해 우리는 지금 많은 비용이 들어가고 있다.

우선 임시방편으로 방지책을 강구하고는 있지만 언제까지 이렇게 할 수는 없는 노릇이다. 지자체에서는 공청회를 거쳐 허가를 해줬다고 주장은 하지만 5m도 안 되는 코앞에 있는 우리는 전혀 알지도 못했다.

아직도 이렇게 황당하고 불합리한 경우가 보호받아야 할 지자체로부터 일어났다는 사실이 어이없지만 힘이 없는 우리는 달리 방법이 없었다. 그냥 당하고 참는 수밖에는 없었다.

2008년에 우리 회사가 이전을 하였고, 2014년에 골재공장이 들어선 것이다. 처음에는 지자체에 항의도 해보았으나 어쩔 수 없다는 대답뿐이었다.

담당과장이라는 사람은 자기 목을 내놓겠다는 협박성 엄포까지 했었다. 아마 영원히 잊지 못할 것이다. 너무 어이없는 서글픈 상황 앞에서 나는 울고 싶었다.

그 이후 다시는 항의도 하지 않았고 찾아가지도 않았다. 대신 울타리를 치고 최대한 소음과 먼지 유입을 막기 위한 노력을 하고 있을 뿐이다.

그러나 언제까지 이런 식으로 갈 수는 없는 노릇이다. 이런 경우를 당하면 사업하기가 싫어진다.

보호받아야 할 지자체를 믿을 수 없다는 현실 앞에 망연자실해진다. 하지만 많은 직원들이 있는 우리는 그냥 참아야만 한다. 방법이 없기 때문이다. 그렇다고 회사 문을 닫을 수는 없는 노릇이기 때문이다.

내 개인의 감정보다는 CEO로써의 책임이 더 크기 때문이다. 불합리하고 부당함이지만, 힘의 논리 앞에서는 어쩔 수가 없다. 억울하면 사업을 접으면 간단하게 해결될 것이다.

그러나 그렇게 할 수가 없는 형편인 우리로서는 달리 방법이 없다. 그래서 나는 누구에게도 부당한 짓은 하지 않으려고 노력한다.

기업이 있어 고용도 하고 세금도 내 사회와 국가가 돌아가는 것인데, 아직도 그 중요한 사실을 모르고 있다는 것은 아쉬움으로 남는다. 경제보다는 정치의 힘이 강해서일 것이다.

하지만 힘이 있다고 해도 정치 쪽은 기웃거리지 않아야 한다. 참으로 안타까운 일인데 우리 사회가 언제부터인지 보수와 진보로 명확하게 갈라지고 있다.

기업인이 정치를 한다는 것은 절반의 고객을 잃는 행위를 하는 것과 똑같은 것이다. 다만 정치의 발전을 원한다면 능력이 있는 정치인을 조용히 도와주면 된다.

그리고 애국하는 길은 정치와 권력을 통해 세상을 바꾸는 것보다, 수출하여 단 한 푼의 달러라도 벌어들이는 것이 먼저이고 더 중요하다.

인내는 지는 것이 아니다. 인내할 수 있는 것은 참으로 큰 용기라 여긴다. 그리고 국민은 권리보다 책임이 우선한다.

국가로부터 무엇을 받을 것인가를 바라지 말고 국가를 위해 양보하는 것이 국민이 해야 할 책임이고, 그런 의식이 모아져서 일류 국가를 만들 수 있다.

그런 일류 국가의 국민은 비로소 일류 국민이 될 수 있기에 결국은 자신을 위하는 자업자득의 행위가 되는 것이다.

내 이익을 위해 시위를 한다거나 단체로 데모하는 행위를 해서는 안 되는 일이다. 만약 그럴 경우가 생기면 내 이익을 포기하면 된다.

분노보다는 내 경쟁력을 기르는 것이 먼저이다. 또 그런 행동들은 분열을 야기하기에 사회적 비용도 많이 지불하게 만들 것이다.

국민이 국가의 재정을 낭비해서는 국민의 도리가 아니다. 그리고 회사의 규모를 키워놓으면 절대 부당한 일을 당하지 않을 것이다.

대기업들이 지자체로부터 받는 혜택이 바로 그 증거이다. 먼저 힘을 기르는 것이 최선이다.

그리고 양보하고 인내한다고 해서 그렇다고 굶어 죽는 일은 생기지 않을 것이다.

국민에게는 국민으로서 지켜야 하는 책임이 먼저이지 권리가 먼저는 아니기 때문이다.

14. 건강한 먹거리의 중요성

우리 인체는 20세까지 왕성하게 성장을 하다가 성인이 된 이후 25세부터 지속해서 산화되고 있다고 한다.

산화란 금속이 녹이 슬거나 사과의 단면이 공기에 접하는 순간 갈색으로 변하는 것과 같은 현상이다. 이것은 자연스러운 현상이다.

사람을 늙고 병들게 하는 산화는 대사 과정에서 호흡을 통해 들어온 산소에 의해 발생한 활성산소와 스트레스, 흡연, 유해한 물질 등 여러 원인이 있다.

우리 몸속에 활성산소의 비율이 높으면 노화가 빨리 촉진된다고 한다. 목표는 오래 살기 위해서가 아니라 건강하고 활기차게 사는 것이다.

어차피 신이 정해주신 수명은 사람마다 다르긴 하지만 정해져 있다. 수명대로 살되 건강하게 사는 것을 목표로 해야 한다. 육체가 건강하면 곧 정신도 건강해지기 때문이다.

가뿐한 몸으로 올바른 사고를 한다면 누구나 좋아하는 사람이 될 수 있다. 그것은 세상을 살아가는데 가장 큰 경쟁력이 되어줄 것이다.

그렇다고 건강식을 찾을 필요는 없다. 세상에서 가장 좋은 불로초는 영양소를 골고루 갖춘 균형 있는 식단이다. 그래서 건강식을 찾는 것보다 나쁜 식습관을 하지 않는 게 더 지혜롭고 쉬운 것이다.

나쁜 식습관은 너무 뜨거운 음식, 너무 짜거나 맵고 자극적인 음식, 비타민, 미네랄 등 영양소의 결핍과 불균형한 식단, 곰팡이 독소가 있는 곡물류, 흡연과 지나친 음주, 나쁜 콜레스테롤의 과다 섭취, 고지방 고칼로리 음식, 튀기거나 구운 음식, 불규칙한 식사 시간 등 여러 요인이 있다.

건강하게 오래 살고 싶은 것은 모든 사람의 욕구이다. 그래서 건강보조식품 시장이 엄청나게 성장을 하고 있다. 그런데 나는 건강보조식품을 잘 먹지 않는다.

명절 등으로 선물이 들어와도 버리거나 필요로 하는 사람에게 주기도 한다. 건강보조식품은 말 그대로 보조 식품이다. 결코 건강을 지키는 데 도움이 되지 않는다.

처음에는 다소 도움이 되는 것처럼 보이지만, 지속해서 한 가지를 섭취하면 어느새 효과는 줄어들게 된다. 내성 때문이다. 우리 인체는 자신의 힘으로 대사를 해야 하는데 내성으로 인해 그 기능을 잃게 될 수도 있다.

내가 건강 보조 식품에 의존하지 않는 것은 제철에 자연에서 나오는 식재료로 만든 음식이 최고이기 때문이다.

그런 음식으로 영양소의 균형을 갖춰주기만 하면 우리 몸 스스로 알아서 면역을 길러 건강을 지키게 된다는 사실을 알았기 때문이다.

이런 인체의 신비함을 깨달으면서 나는 더욱 '바른 먹거리'의 중요성에 대한 가치를 생각하게 되었다.

최대한 단순한 것이 최고라는 것을 깨달을 수 있었기에 그 기본과 원칙을 지키려고 노력하고 있다. 가장 자연스러운 식품은, 화학첨가물을 사용하지 않으며 덜 가공하고 천연의 재료를 통해 맛을 찾는다.

우리 인체에는 자연적인 '바른 먹거리'만이 건강한 몸과 마음을 지켜줄 수 있다는 사실이다. 나는 이런 사실을 깨달았기 때문에 그 오랜 시간을 '바른 먹거리'에 올인해 올 수 있었다.

'바른 먹거리'의 중요성은 아무리 강조해도 부족한 것이다. 식품은 누군가의 건강이 달린 아주 중요한 문제이다.

이것을 소홀하게 생각해서는 언제인가는 그에 상응하는 대가를 받게 되어 있어 늘 한결같은 마음으로 진심을 다해 정직한 먹거리를 만들어야 한다.

그게 우리 회사의 비전이고 전략이 되어야 한다. 미래를 위해서이다. 사람의 두뇌와 자연은 같은 원리이다.

그래서 자연에서 나는 바른 먹거리를 통해 신체의 건강을 얻게 되면, 정신 건강도 얻을 수 있다. 그것은 두뇌를 관장하는 자율신경이 신체 건강 & 정신 건강과 같은 맥락이기 때문이다.

보이스피싱 등 범죄가 직업이 된 사람들이 있고, 이유 없이 다른 사람을 해치는 사람들이 자꾸 늘어나고 있다. 정신이 건강하지 못해서이다. 이래서는 절대 좋은 사회를 만들 수는 없는 노릇이다.

이것을 막으려면 사람들이 저마다 바른 먹거리를 섭취하여서 평정심을 가져야만 가능한 일이다. 왜냐하면 신체 건강과 정신 건강은 같기 때문이다.

신체가 건강한 사람은 정신도 건강하기에 절대 자신에게 부끄러운 짓을 하지 않기 때문이다. 나는 그게 먹는 음식으로부터 얻는 균형을 갖춘 영양소의 영향이라는 것을 깨달았을 수 있었다.

자신이 하는 일에 부끄러운 줄도 모르고 저지르는 범죄자들이 많은 사회에서는 살기가 쉽지 않다. 바른 먹거리의 중요성은 이렇게 위대한 것이다.

모든 것이 먹는 음식에 의해 좌우된다는 사실이다. 그래서 우리가 그 일을 해야 하는 것이다.

반드시 피해야 할 식품군은 다음과 같다.

트랜스 지방

식물성 기름을 경화시키면 트랜스 지방으로 전환이 된다. 또, 식물성 기름을 높은 온도로 끓였다 식히면 산패가 진행되어 트랜스 지방이 생성되기도 한다.

트랜스 지방은 성인병을 유발하는 지방산으로 피해야 할 식품이다. 식물성 유지를 경화시킨 마가린 등도 트랜스 지방 함량이 높다.

그래서 음식을 만들 때 되도록 높은 온도로 튀기는 방법보다 찌거나 삶는 조리법이 좋은 이유이다.

벤조피렌(Benzopyrene)

다환 방향족 탄화수소로 육류를 까맣게 태우면 벤조피렌 물질이 발생한다. 일급 발암물질로 지방과 단백질의 탄화에서 발생이 되므로 지방과 단백질을 태우게 되면 벤조피렌 물질이 생성된다.

우리 제품을 생산할 때 가장 주의해야 할 부분이다. 인삼과 커피콩은 식물성임에도 불구하고 지방과 단백질의 함유량이 높다. 그래서 엄청나게 좋은 식품이다.

다만 가공 시 육류와 같이 취급해야 할 만큼 주의력이 요구된다. 절대 태우면 안 된다.

아크릴아마이드(Acrylamide)

탄수화물이 함유된 물질을 높은 온도로 가열했을 때 발생하는 발암물질이다. 후추를 뿌려 높은 온도로 가열하는 것도 피해야 한다.

후추는 조리 후에 첨가해야 하는 것이다. 그런데 희한하게 120℃ 이하에서는 검출이 되지 않는다고 하니 특히 유념해야 한다.

산분해 간장

염산 가수분해 간장, 된장을 보통 산분해 간장이라고 일컫는다. 이것은 인터넷에 검색해 보면 ('산분해 간장 유해성') 금방 알게 되어 있다.

내가 우리 직원들에게 재래식 된장을 담가주는 이유이기도 하다. 우리 회사는 매년 메주를 쑤어 간장, 된장을 담그고 있다.

인체에 해(害)가 되는 식품에 대해 인지하지 못했었다면, 맛있게 만들어 많이 파는 목적만을 가졌을 것이다.

그렇게 했더라면 우리 회사는 성장은 좀 되었을지 모른다. 그러나 바른 식품을 만들어야 하는 것이 우리의 책임이라는 깨달음을 통해 나는 '바른 먹거리'를 선택한 것이다.

그러려면 내가 먼저 알아야 한다. 나는 가르쳐주는 사람이 없어 힘들게 쫓아다녔지만 내 후손들은 그렇지 않기를 바라는 마음으로 이 책을 쓴다.

경험처럼 훌륭한 스승은 없다. 가보지 않은 길은 두렵고 힘든 법이다. 하지만 이미 경험을 한 자의 기록을 통해 간접경험은 길잡이가 되어줄 수 있다.

이런 것을 득템이라고 하는 것이 아닐까? 시행착오를 줄일 수도 있을 것이고, 실패를 사전에 막을 수도 있을 것이다.

책 속에 온 우주가 다 들어있다고 한다. 책을 통해 얻는 것이 너무 많은 것을 깨달을 수 있었고 그래서 나는 나의 후손들이 나처럼 시행착오를 겪지 않게 이 글을 쓰기로 한 것이다.

되도록 단순하게 쓰려고 노력하였다. 그리고 진심으로 도움이 되길 바라는 마음으로 이 글을 쓰게 된 것이다. 내 경험이 미래를 살아갈 나의 후손들에게 작은 도움이라도 되기를 바라는 마음이다.

항산화 작용이란, 활성산소의 발생을 억제하는 작용과 산화에 의해 손상된 세포를 회복시키는 작용을 말한다.

항암 식품군은 우리 인체가 꼭 필요로 하는 물질이고, 매우 중요하다. 특히 통곡물은 항산화물질이 풍부한 자연식품으로 유전자의 손상을 미연에 방지해 주며 발암 억제 물질은 암 발생을 억제해 주기도 한다.

밀의 껍질에는 비교적 다양한 영양소가 많이 함유되어 있다. 그런데 밀의 껍질을 전부 벗기고 흰 밀가루로 정제했을 때 대부분의 영양소가 유실된다.

92% 이상 도정을 한 흰 백미 역시 영양소의 가치는 별로 없다. 쌀의 구성성분은 배아(씨눈)에 66%의 영양소가 들어있고, 미강(노란 껍질)에 29%의 영양소가 함유되어 있고, 나머지는 당질 5%로만 구성되어 있다.

백미(흰쌀)은 배아와 미강이 떨어져 나간 것이니 결국 5%의 당질만이 남아 있을 뿐, 영양소가 없다. 그래서 흰 밀가루, 흰 쌀밥을 지속적으로 먹는 것은 건강에 도움이 되지 않는다고 한다.

영양학자들이 삼백(三白)을 피하라고 주장하는 이유이다. 삼백은 흰 설탕, 흰 밀가루, 흰 쌀밥을 말한다. 우리 입맛은 근본적으로 달고 부드럽고 고소한 것을 좋아하게 되어 있다고 한다.

하지만 건강에는 반대로 도움이 되지 못한다. 건강 하려면 달고 고소하고 부드러운 음식은 피해야 한다.

현대 의학이 눈부시게 발전하고 있지만 현대인의 불치병인 암을 아직은 정복하지 못하고 있다. 암 유발 인자는 불균형한 음식, 불규칙한 식습관으로 시작된다.

설탕은 암이 가장 좋아하는 먹이라고 한다. 달고 고소하고 부드러운 음식을 섭취하는 것은 암 유발 인자를 몸속에 축적하는 것과 진배없는 행위가 된다.

그래서 평소에 되도록 달콤하고 고소하고 부드러운 음식보다는 다소 식감이 거친 음식을 가깝게 하는 습관을 들여야 한다.

나 자신이 스스로 바른 먹거리 섭취에 유의하여야 그런 좋은 제품을 만들 수가 있는 것이다.

그리고 내 몸이 건강해야 건강한 정신으로 바른 생각과 행동을 할 수 있게 된다. 결코 소홀하게 여겨서는 안 되는 일이다.

이런 예방은 매우 중요하고, 예방하는 방법은 스스로 선택하는 생활 습관뿐이다. 그리고 우리 몸이 원하는 영양소를 균형 있게 공급해 줘야 하는 일이다.

우리 몸이 필요로 하는 영양소는 5가지이다. 누구나 다 알고 있는 탄수화물, 단백질, 지방, 비타민, 무기질이다. 이 5가지 영양소를 골고루 공급해 주는 것이 우리 몸에 대한 예의이다.

또한 중요한 것은 조리 방법이다. 기름에 튀기거나, 불에 직화로 굽는 방법은 맛은 좋으나 건강에 대한 위험은 상대적으로 높다.

되도록 삶고 찌는 방법으로 조리하고 거친 통곡물을 먹고, 과식하지 않으며, 적당히 운동하는 생활 습관으로 건강을 지키려는 노력을 해야 한다.

내 건강은 자신의 몫이고 책임이다. 오로지 나만이 내 건강을 지킬 수 있기 때문이다. 건강한 육체에서 건강한 정신도 생기기 때문에 결코 소홀히 해서는 안 되는 일이다.

고로 건강하지 못한 사람은 그 어떤 성취도 이룰 수 없다는 사실이다. 이렇듯 중요한 건강은 유전적인 요소도 있을 수 있겠으나, 생활 습관에 의해 좌우되는 부분이 많다.

건강하지 못한 육체에서 건강한 정신은 생길 수가 없다. 신체 건강 & 정신 건강이기 때문이다. 몸도, 정신도 건강하지 못한 삶에서 행복이란 있을 수 없다.

내 건강을 지키는 것을 최우선으로 여겨야 하는 매우 중요한 이유이다. 건강하지 않으면 아무것도 할 수 없기 때문이다. 그리고 정신이 건강하지 않았을 때 나타나는 폐해는 참으로 크다.

길거리에서 불특정 다수에게 이유 없이 칼부림하는 참으로 어처구니없는 상황도 정신이 건강하지 못해 생기게 된다. 정신 건강이 나약해서이다.

올바른 사고를 할 수 없어 판단이 흐리게 되어 똑바로 살 수가 없다. 그래서 자신도 불행하게 만들고 다른 사람의 인생도 망치게 하는 악행이 된다.

소중한 내 인생이다. 그것도 단 한 번뿐이다. 그렇게 소중한 내 인생을 헛되이 가치 없게 보내는 것은 어리석기 짝이 없고, 낭비 요인이 너무 큰 것이다.

이성적인 판단으로 주변 사람들을 잘 보살피면서 알차게 산다는 게 바로 행복의 첩경이지 싶다.

올바른 사고는 올바른 영양소로부터 기인하는지라 '바른 먹거리'는 아무리 강조해도 부족한 것이다. 가만히 내 행동을 돌이켜보면 보일 것이다. 정신적인 만족감이 곧 행복이기 때문이다.

좋은 말을 하려고 노력하는 것보다, 나쁜 말을 하지 않는 것이 더 쉽듯이 좋은 음식을 찾으려고 노력하기보다 나쁜 음식을 섭취하지 않는 게 더 쉽다.

더군다나 우리는 건강을 담보로 하는 식품을 만든다. 이런 중요한 사실을 인지하지 못하고선 절대 좋은 제품을 만들 수가 없다.

누가 먹어도 해가 되지 않는 ' 먹거리'를 만들어야 한다. 그래야만 오래갈 수 있다는 사실을 잊지 않아야 한다. 고객이 똑똑하기 때문이다.

이런 마음과 정신으로 제품을 만든다면 3대까지 가기도 전에 이미 인정을 받을 수 있을 것이다.

나는 그 초석을 다져놓은 것뿐이니, 앞으로 대를 이어 바른 먹거리를 만든다면 엄청난 경쟁력이 되어줄 것이다.

이 세상에는 바른 먹거리가 그리 흔하지 않기 때문이다. 무조건 아무 고민 없이 편안하게 믿고 살 수 있는 제품이 있다면 고객들은 얼마나 편리할 것인가?

우리는 그 일을 해야 하는 것이다. 나의 인생을 오롯이 바친 이유가 바로 그런 가치에 대한 깨달음이었다.

보람을 찾을 수 없다면, 정신적인 만족은 기대하기 어렵다.

정신적으로 만족이 따르지 않으면 행복 또한 따르지 않는다.

곧 보람되게 살아야 정신적으로 만족을 얻을 수 있고 행복할 수가 있다는 것이다.

이 중요한 사실을 잊지 않길 바란다.

15. 일이 보배다

인간은 지루함, 심리적 갈등, 질병 등으로 죽는다. 일하다 죽는 사람은 없다. 일을 많이 해서 죽지는 않는다. 오히려 열심히 일할수록 행복하다.

일은 인간의 삶에서 숨결과 같은 것이기 때문이다. 일을 통해서 자아를 성취하고, 일을 통해 진정한 삶의 가치를 얻는다.

옛말에 '몸이 가벼우면 입도 가볍다.'라고 했다. 일하지 않아 몸이 편안하면 먹지도 말라는 뜻이다. 인간의 삶 속에서 일은 피할 수 없는 선택이다. 그래서 이왕이면 즐길 수 있는 일을 하는 것은 축복이다.

스포츠는 엄청난 에너지와 노동을 필요로 한다. 그런데 그 고통스러운 스포츠를 하면서 괴로워하지 않는다. 힘들수록 오히려 즐겁고 재미 있어 한다.

스포츠는 즐거운데 일은 힘들다고 한다. 이는 생각의 차이다. 일을 운동이라고 생각하면 괴로울 일이 없다.

인생을 사는 것은 재미, 즐거움, 보람을 찾기 위한 것이고 그것은 마음먹기에 달려있다. 스포츠는 즐거운데 일은 노동이라 즐겁지 아니한 이유이다.

일을 스포츠처럼 즐긴다면 능률은 배가 될 것이고 인생 또한 행복할 것이다. 일을 즐기는 자가 성공도 할 수 있다. 땀 흘려 번 돈이 값진 것과 같은 이치이다.

그래서 나는 부동산 투기나 주식투자 등은 하지 않는다. 쉽게 번 돈은 왠지 내 돈 같지 않아서이다.

그래서 경영자는 구성원들이 즐길 수 있는 일이 되도록 작업환경을 만들어주는 것을 가장 중요하게 생각해야 한다. 좋은 작업환경에서 일을 즐길 수만 있다면 최고로 능률이 높아질 것이기 때문이다.

우리 어머니 세대는 참으로 불운한 세대이다. 일제의 침략을 받았고, 해방을 맞이하여 겨우 숨 돌리려고 하는데, 동족상잔인 6·25 전쟁이 발발하여 가족이 생이별하는 비극도 겪었다.

그분들이 그런 상황을 원했을까? 아니다. 그분들은 아무런 잘못도 없이 오직 그런 희생을 당했을 뿐이다.

오직 시대적 상황에 의해 고통을 겪었을 뿐이다. 원하지도 않았고 아무런 잘못도 없는 사람들끼리 좌니, 우니 하면서 이념 전쟁으로 또다시 혼란스러운 상황이 전개되었다.

아무 죄가 없는 국민은 숨죽이며 살아온, 가슴이 먹먹한, 어찌 보면 가장 불행한 세월을 살아오신 분들이라고 할 수 있다.

내가 1954년 첫딸로 태어났으니, 전쟁이 끝난 직후라 먹을 게 제대로 있었겠나? 입을 게 제대로 있었을까?

그럼에도 허리띠 졸라매고 전쟁의 폐허 속에서 강인한 정신력으로 국가의 재건을 도왔고 자식들을 교육했고 키웠다.

우리는 그분들의 희생과 헌신 덕분에 수복 후 70년 만에 세계 경제 10위 국가가 될 수 있었고, 후손들인 우리는 이렇게 잘살게 된 것이다.

국운이 나빴던 시기에 태어났다는 이유만으로 우리 어머니 세대들이 겪은 고통이란 말로서는 표현하기 어려운 지경이었다.

그분들의 취미는 일이었다. 일밖에 모르고 살아와, 일밖에 좋아하시는 게 없다. 놀아본 적도 없으니 놀 줄도 모르고 돈을 써 본 적 없어 돈 쓸 줄도 모르신다. 그런데 누가 감히 그분들의 희생을 무시하고 폄하할 수 있겠는가?

절대 그렇게 해서는 안 된다. 그럴 권리는 누구에게도 없다. 못 배우고 잘나지 못해도 꿋꿋하게 살아오신 분들이다. 그저 존경의 마음으로 감사를 표현해야 한다. 그분들 희생의 대가로 오늘이 있기 때문이다.

나는 어머니 세대에 태어나지 않은 것을 다행스럽고 감사하게 여긴다. 물론 우리 세대도 고생을 하기는 했다. 하지만 우리 어머니 세대만큼은 아니었다.

그래서 늘 안쓰럽고 죄송한 마음이 든다. 미안하고 또 그저 미안하기만 하다. 그래서 어머니를 위해 정말 많은 것을 해드리고 싶다.

자주 여행도 모셔 다니고, 맛있는 것도 사드리고, 좋은 옷도 사드리려고 노력한다. 아파트도 사드리고 온갖 호강을 다 시켜드리고 싶은 마음이다.

그러나 우리 어머니는 어느 것에도 행복해하지 않으시고 오로지 일에서 성취를 느끼시었다. 그런 어머니를 위해 나는 일거리를 만들어 드리기로 한 것이다.

미니족발에 들어가는 비닐장갑을 접는 일을 드렸고, 일주일에 한두 번씩 회사에 모시고 와 함께 간단한 일을 하기도 한다.

한 상무님과 나, 어머니 이렇게 셋이 한 조가 되어 3시간가량 일을 한다. 그럴 때면 우리 어머니는 신바람이 나신다.

일이 아니라 취미활동을 하시는 것 같다. 일이 보배라는 가치를 느끼게 해주신 것이다. 때로는 같이 모시고 봉사활동도 다닌다. 어머니는 일을 자주 하시길 원하신다.

그러나 내 일정 때문에 겨우 일주일에 한두 번 정도 밖에 못하고 있어 아쉬움이 따른다. 효도라는 게 별거 아니라고 본다.

부모가 무료하고 심심하지 않도록 자주 시간을 함께 하는 것이 바로 최고의 효도라는 생각이다. 하루를 어떻게 보낼 것인지를 고민하고 외로움을 느끼게 되면 우울증이 찾아들기 때문이다.

부모는 이 세상에 나를 태어나게 해준 그 하나의 이유만으로 무조건 충분히 효도 받을 권리가 있으시다. 나의 삶에서 가장 우선순위가 어머니이신 것이 바로 그 이유이다.

물론 때로는 말도 안 되는 일로 나를 서운하게 만들기도 하시지만, 나는 아랑곳하지 않고 무조건 이해를 해드리고 잘 모시려고 노력한다. 그저 어머니 마음을 편하게만 해드리려고 마음먹는다.

일을 갖고부터 우리 어머니는 웃는 날이 많아지셨다. 그런 시간을 자주 해드리지 못해 아쉽긴 하지만 말이다.

세상에 일밖에 모르고 일이 취미인 그 인생이 얼마나 짠하고 가슴 아픈지 모른다. 그 슬픈 인생을 어떻게 보상을 해드릴 수 있을 것인가?

태어나 일만 해 오신 그 세대 분들의 희생에 새삼 고개가 숙여지는 이유이다. 부모에 대한 효도는 내 마음이 편하기 위해서 하는 것이 아닐까 싶기도 하다.

살아계시는 동안 정성을 다해 드리고 싶을 뿐이다. 그래서 살아계시는 동안 정성을 다해 드리고 외롭지 않게, 심심하지 않게 시간을 내 모시고 싶을 뿐이다.

그리고 취미로 일거리를 제공해 드리기로 한 것이다. 그래서 지금은 사촌 동서에게 부탁하여 같이 회사에 와서 몇 시간씩 일을 하실 수 있게 해드린 것이다.

한때는 섬망증이 와서 정신이 오락가락 하시던 분이 이제는 완전 정상이 되셨다. 일이 얼마나 중요한지 깨달을 수 있었다.

우리 같은 중소기업에서 유능한 인재를 채용하기는 쉽지 않은 일이다. 그래도 기업에는 유능한 인재가 필요하다. 대부분의 직원은 평범한 사람들이다.

그 평범한 사람들의 역량을 강화해 유능한 인재로 키우는 것이 CEO의 능력이고 책임이다.

흔히 책임보다는 권리를 먼저 찾는데, 나는 그 반대라고 생각한다. 사람에겐 항상 책임이 먼저이다. 책임이 앞서는 사람은 잘 실패하지 않기 때문이다.

직원들의 역량을 키우는 일은 하루아침에 되는 일이 아니라서 시간이 필요한데, 직원들은 기다려 주지를 않는다는 애로가 따른다.

그래도 포기하지 않고 꾸준하게 교육하고 훈련을 시켜줘야 한다. 무수한 시행착오도 따른다.

겨우 숙련을 시켜놓으면 회사를 그만두기도 하고, 육아휴직을 두 번이나 사용한 후 회사를 떠나는 사례도 있었고, 야간대학을 마치자마자 도망치듯 회사를 떠난 사람들도 있었다.

그래도 해야 한다. 사회에 도네이션을 한 것이나 마찬가지니까 말이다. 교육은 처음에는 효과가 전혀 없는 거 같을 것이다. 하지만 교육이란 콩나물에 물을 주는 거와 같은 것이다.

콩나물에 물을 주면 물이 다 빠져나가 버리고 남 없다. 그럼에도 콩나물은 쑥쑥 자라나고 있는 것처럼, 직원들에게 교육을 해도 표가 나지 않는 것 같지만, 지속해서 하다 보면 어느새 직원들의 역량은 자라나고 있을 것이다.

앞서도 얘기했지만, 행복한 직원들이 품질 좋은 제품을 만든다. 그래서 나는 우리 직원들을 행복하게 해주기로 했다.

대체적으로 직원들의 만족감은 남들 놀 때 놀고, 남들과 비교해 같은 조건이어야 만족을 느낀다는 것을 알게 되었다. 주 40시간을 가장 먼저 도입한 것도 그런 연유에서다. 무조건 국가 시책을 따르는 것이 직원들도 만족을 하기에 거기에 따르기로 하였다.

내 인생이 소중하듯이 누군가의 인생도 소중한 것이다. 하물며 우리 직원들의 인생은 가장 소중하게 존중받아야 마땅한 것이다. 기업은 구성원들의 애사심에 비례해 성장이 되기도 하지만 반대가 되기도 한다.

그렇기에 기업에 있어 직원들의 가치는 전부라고 할 수도 있기 때문이다. 그만큼 중요하게 생각해야만 한다.

직원들에 의해 제품의 품질이 높아질 수 있고, 질 높은 제품은 기업의 최고 경쟁력이 되어주기 때문이다. 또, 우리 직원들은 존중받을 가치가 충분히 있는 사람들이다.

모두가 성실해 이 사회에 어떠한 민폐도 끼치지 아니하고, 헛된 욕심도 내지 않고, 정당하게 땀 흘려 번 돈으로 한 가정을 지키고 한 사람의 사회인으로 당당하게 살아가고 있기 때문이다.

나는 우리 직원들 같은 사람들이 이 사회에서 가장 위대한 사람들이라 생각하고 있기에 존중하고 있다. 그리고 예우를 해주려고 노력한다.

존중받아 마땅한 사람들이기에 나라도 나 한 사람만이라도 인정 해주고 존중 해주고 싶은 것이다.

국가도 위기 때마다 늘 민초들인 백성들이 구해 왔듯이, 기업의 성패도 직원들에 의해 좌우된다. 경영하면서 늘 어려울 때마다 직원들과 상의했고, 직원들의 물심양면 도움으로 오늘날까지 올 수 있었다고 여긴다.

나는 우리 직원들을 내가 급여를 주는 대상이 아니라 나의 동반자라는 생각으로 의지하면서 대해왔었다.

그만큼 직원들은 내게 소중한 사람들이다. 그래서인지 이직률도 낮아 대부분 정년까지 일을 해주는 고마운 사람들이다. 회사가 열악할 때, 회사를 키워주고 혜택도 받지 못하고 회사를 떠난 사람들이 자꾸 늘어나고 있다.

그래서 나는 마음이 조급해진다. 그들이 정년이 되어 회사를 떠나기 전에 그들에게 혜택을 주고 싶어서이다.

그리고 나도 이제 나이 들어 곧 은퇴해야 한다.

내가 떠나기 전에 해줄 수 있다면 좋겠지만, 만약 그렇지 못하더라도 나의 후손들이 그들을 늘 존중하고 배려해 주길 바라는 마음이다.

16. 벤치마킹을 하다

우리 직원들은 적은 월급으로 생활을 하면서도 틈틈이 돈을 모아 집도 사고 노후대책도 한다. 사회에 어떤 잘못도 하지 않으면서 살고 있다.

묵묵히 자기의 운명을 받아들이면서 맡은 책임을 다하고 사는 그들을 보노라면 고맙고 든든하기가 이를 데 없다. 이 얼마나 대견한가?

급여를 지급할 때마다 적은 액수에 늘 미안하고 마음이 아팠다. 지금의 급여를 딱 2배만 주고 싶다는 바람도 생겼다. 그 정도면 대기업보다 나을 테니까.

그런데 우리의 여건도 어렵지만 주변의 다른 중소기업도 배려해야만 한다. 유독 우리만 급여가 높은 것은 다른 기업에는 폐가 되는 일이기 때문이다.

물론 그런 여건도 되지 못하지만 말이다. 그래서 궁여지책으로 묘안을 찾은 것이 '특별상여금 제도'이다.

앞에서도 언급했듯이 이 아이디어는 내가 고안한 것이 아니라 유한양행을 설립하신 '유일한' 박사님께서 주장하신 3가지 분배법이다. '특별상여금' 1,000%를 주게 되면 급여가 딱 2배가 되게 되어 있다.

그런데 늘 '바른 먹거리'가 발목을 잡는다. 몇십 년을 계속해 온 번민이건만, 그래도 나는 '바른 먹거리'를 포기할 수는 없다. 달랑 브랜드 하나로 몇십 년을 버텨오면서 늘 이렇게 갈등해 왔다.

직원들에게 '특별상여금'을 많이 지급하려면 매출을 올려 이익을 극대화시켜야 가능하기 때문이다. 그런데 제2브랜드의 아이템을 찾지 못하고 있다.

인체에 해가 되지 않는 '바른 먹거리'를 찾지 못해서이다. 나와 내 자손들이 안심하고 먹을 수 있는 안전한 먹거리를 찾는 일이다.

그런 먹거리가 아니면 만들고 싶지 않았고, 또 만들어서도 안 되는 일이라는 일념으로 버티어 온 것이다.

하지만 세상에 그런 안전한 먹거리를 찾는 일이란 게 매우 힘이 들고 어려운 일이었다. 그 오랜 시간을 수없이 아이템을 찾아 연구도 해왔었으나 문제는 늘 마지막에 인체에 유해한 물질이 발견되곤 했었다.

그래서 막대한 비용을 쓰고서도 결국은 포기를 할 수밖에 없었고 그로 인해 직원들에게 돌아갈 '특별상여금'이 줄어드는 우를 범하는 꼴이 되어버렸다.

'바른 먹거리'를 지향하는 일이 기업의 성장을 저해하는 요인이기도 하고, 유난스럽다는 평가를 받을 수도 있다는 생각이 들기도 한다.

그러나 '바른 먹거리'에 대한 집념은 버릴 수가 없었다. 그게 늘 미안하여 나는 지금까지 기사도 없이 직접 운전도 하고 골프도 치지 않으면서 일만 해온 것이다.

그 덕분에 나 자신도 근검절약을 실천할 수 있었으니 그나마 다행인지도 모르겠다. 그런데 나는 믿는다. 꿈은 이루어진다고 말이다.

우리 직원들이 다들 여유롭고 행복하게 살 수 있는 환경을 조성해줄 수 있는 날이 올 것이라고 믿는다

'탓 증후군'이 있다. 부모 탓, 운명 탓, 환경 탓, 회사 탓, 직원 탓, 심지어 국가 탓까지, 모든 것을 탓으로 돌리는 것을 의미하는 말이다. 주변을 보면 유독 탓을 많이 하는 사람들이 있다.

그것이 본인 인생에 전혀 도움이 되지 않는다는 것을 뻔하게 알면서도 그런

바보스러운 생각을 한다.

'내 인생은 나의 것이고, 어떤 선택을 하든 그것은 자신의 몫이고 그 선택이 운명이 된다.'라고 한다. 그런데 희한하게도 우리 직원들은 '탓'을 하지 않는다. 그 사실에 나는 늘 감동을 한다.

회사가 위기에 처하면 우리 반장님들 중에선 슬그머니 내게 피로 회복제를 건네주곤 한다. 물론 나는 마시지는 않는다. 하지만 그 감동은 말로 표현하기가 힘들다. 가슴 밑바닥에서 형언할 수 없는 뭉클함이 피어오르는 것을 느끼게 된다. 그리고 막 힘이 생긴다. 거짓말처럼 말이다.

그래서 나는 세상에서 내가 가장 행복한 CEO라고 여긴다. 직원이 처음 입사를 하여 20일이 선택의 시간이다. 20일을 견디기만 하면 서서히 적응이 시작된다.

21일은 계란도 병아리가 되는 기일이다. 20일까지 버틸 수 있도록 배려 해주고 관심을 가지고 대해줘야 한다.

애사심이 생기기만 하면 직원이 아니고 동반자가 되어줄 것이다. 회사가 위기 때마다 늘 버팀목이 되어주고 위로가 된 사람들도 직원들이었고 그들은 내 인생의 동반자들이었다.

덕분에 외롭지 않게 경영해 올 수 있었다. 그래서 그들이 회사를 믿고 편안하게 일할 수 있도록 환경을 만들어 주는 것이 내가 가장 먼저 하고 싶은 일이다.

그렇게 해서 우리만의 기업문화가 탄생할 수 있었다. 끊임없이 자동화를 도입하는 것도 직원들을 줄이려고 하는 것이 아니라 노동의 질을 높여주려는 의도였다.

조금이라도 편안하게 일할 수 있는 환경을 만들어야 직원들도 그 마음과 정성을 믿고 따라줄 것이다.

'반보기'라는 말이 있다. 옛날에 딸을 시집보낸 친정엄마와 딸은 서로가 너무도 보고 싶었으나, 출가외인이라는 인습으로 인해 만나볼 수가 없었다.

그 간절한 마음을 이해해 명절날 중간 지점에서 만나 회포를 풀게 해준 것이 '반보기'이다.

살아보니 이 세상에 '반보기'가 적용되지 않는 것은 하나도 없는 것 같다. 고객과 상인, 회사와 직원, 사는 자와 파는 자가 반씩만 양보하면 이 세상은 한결 살기가 수월해질 수 있을 것이라 믿는다.

상대에게 90을 주고 100을 받을 수 있는 방법은 없기 때문이다. 설혹 있다고 하더라도 살기가 쉽지 않다. 누구도 손해를 보려는 마음이 없기 때문이다.

그래서 공평한 것이 좋긴 하지만, 실제로는 작은 손해를 보는 것이 훨씬 지혜로운 것이 될 수 있다. 당장은 손해인 것 같지만, 나중에는 씨앗이 되어 돌아오게 된다.

씨앗의 가치는 한 개가 아니라는 사실이다. 엄청나게 많은 것이 돌아오게 되는 것이 씨앗의 기능이다. 그래서 한번 뿌린 씨앗의 가치는 실로 엄청난 것이다.

그리고 물은 위에서 아래로 흐르게 되어 있고, 그것이 자연의 법칙이다. 회사가 직원에게 먼저, 윗사람이 아랫사람에게 먼저 양보하는 것과 같은 이치이다.

거꾸로 흐르는 물은 쓰나미가 되듯이 재앙이 따르게 된다. 사람 관계도 자연의 순리처럼 위에서 아래로 향하는 것이 지혜로운 법이다.

회사가 먼저 베풀어야 하는 이유이다.

순리를 따라야 하는 것이 맞지 싶다.

17. 고객의 권리

최근에는 어디를 가든 손님으로 특별한 대접받는 느낌이 들지 않는다. 고객은 예우받는 느낌이 들어야 단골이 될 수 있는데 말이다.

손님을 대하는 무뚝뚝한 표정, 훈시하는 것 같은 말투, 누가 돈을 내는 고객인지 헷갈리게 된다. 그래서 나는 불쾌한 기분이 들었던 매장은 다시는 찾지 않게 된다.

그렇기에 뭔가 돈을 벌기 위해 업을 선택했다면 업에 대한 개념과 책임이 먼저 필요하다. 그래서 나는 단골이 별로 많지 않다. 대신 프로 정신으로 영업하는 곳은 평생 단골이 되어 돕고 있다.

돈을 벌기 위해서 매장을 열었다면, 그 매장 역시 고객의 것이지 내 것이 아니다. 프로의식이 필요한 것이다. 고객의 관점에서 답을 찾으면 되는 아주 간단한 원리이자 기본이다.

그런데도 자기가 투자했으니 자기 매장이라 여기고, 고객에게 함부로 대하는 무 개념인 주인들을 자주 만나게 된다. 절대 성공할 수 없는 행동을 해놓고선 실패의 원인을 사회 탓으로 돌린다.

이러한 기본도 모르고 영업을 하는 사람들을 보면 참으로 아쉽다. 역지사지의 입장에서 영업해야 하는데 말이다. 돈을 벌 수가 없는 행동을 하면서 돈을 벌려고 하니, 돈이 벌려 지지가 않는 것이다.

돈은 인생을 사는 동안 반드시 필요하다. 하지만 돈을 버는 방법도 매우 중요한 것이다. 또 돈을 사용하는 방법은 더 중요하다.

사회에 해(害)가 되는 방법으로 돈을 벌어서는 안 된다. 설혹 돈을 벌었다고 해도 지켜지지 않는다. 이 사회는 내가 지켜야 하는 소중한 자산이고 미래의 후손들이 살아가야 하는 터전이기 때문이다.

선한 영향력을 끼치면서 돈을 버는 행위는 전염의 효과가 따르기 때문이다. 누군가는 끊임없이 더 배우려고 노력하고, 누군가는 가르쳐줘도, 알려줘도 들으려고도 알려고도 하지 않는다.

어떤 선택을 하든 그것은 자신의 몫이고 책임이다. 그런데 나중에 그 결과물은 엄청나게 다르다. 그리고 그 선택은 곧 운명이 된다.

모든 사람에게 공평하게 일생이 주어졌으나 그 일생을 어떻게 가꾸어 갈 것이며, 어떻게 디자인할 것인지는 자신의 선택에 의해 결정되어 진다.

그래서 운명은 타고나는 것이 아니라 자신의 선택에 의해 만들어지고, 또 새롭게 탄생한다고 하는 것이다.

영업이 잘되는 곳은 반드시 잘되는 이유가 있다. 고객은 돈을 주고 제품을 산다. 그 돈에는 제품의 품질이 좋아야 하는 것은 기본이고 대접받아야 하는 권리도 포함이 된다. 그래서 고객을 왕(王)이라고 한다.

왕(王)은 누구인가? 무소불위(無所不爲)이다. 못 할 게 없는 사람을 일컫는 말이다. 고객을 진정 왕(王)으로 생각하고 그 권리를 지켜줘야 하는 것이 업에 대한 철학이고, 파는 사람의 무한 책임이다.

이 기본을 절대 잊어버려서는 안 된다. 사업의 기본이 제품을 팔기 때문이다. 사는 사람의 만족 없이는 절대 팔리지 않는다는 것이 사실이다. 고객은 친구가 아니다.

재물은 살아가는데 불편하지 않을 정도가 최고인 것 같다. 품위를 지키는 정도면 충분한 것이다. 자식을 키우는 데 부족함이 없고, 부모에게 효도할 만큼, 또 형제나 지인들에게 작은 도움이 될 정도면 족하다.

돈은 사람으로 살아가는데 불편하지 않고, 품위를 유지할 수 있는 정도이면 족한 것이 된다. 쪼들려서도 안 되지만 너무 넘치는 것도 살아가는 데 불편을 준다.

쪼들리면 품위를 유지할 수 없고 너무 넘치면 돈에 짓눌리게 되기 때문이라고 한다. 돈의 무게를 감당할 수 없다면 그 돈으로 인해 오히려 불행해질 것이기 때문이다.

그런데 중요한 것은 살면서 돈벌이를 게을리하면 사는 재미가 없어진다는 사실이다. 경제활동은 살아가는 동안 활력소가 되어주기 때문이다.

돈 버는 재미가 최고라고 하는 이유다. 돈을 버는 행위에는 성취감이 따라주기 때문에 사는 동안에는 아무리 자산이 많아도 일을 가져야 하고 일을 해서 돈을 버는 행동을 해야 한다.

정당한 방법으로 열심히 돈을 벌어야 하고 돈이 쌓이기 전에 적당히 흘려보내야 하는 이치를 깨달을 수 있어야 한다.

도네이션은 반드시 해야 하지만, 이슈가 되게 많이 하는 것보다 조금씩 이슬처럼 서서히 사회에 스며들도록 하는 것이 지혜로운 방법이다.

권력이 높거나 재물이 많으면 그에는 힘이 따른다. 그 힘을 갖는 과정은 성취감을 느끼게 해주고 사람을 흥분시켜 주기도 한다.

그 재미 때문에 끊임없이 탐닉하게 되는 것이 바로 돈과 권력이라는 힘의 속성이다.

하지만 매우 중요한 것은 그 즐거움만이 내 것이라는 사실이다. 힘이 너무 커져서 감당되지 않을 정도이거나 그 힘을 내 것이라고 착각하는 순간 재앙이 따르게 되어 있기 때문이다.

주변 사람들을 통해 간접적으로 경험을 많이 할 수 있었기에 나는 어렴풋이나마 깨달음을 얻을 수 있었다. 물론 나는 그런 큰돈을 가져본 적도 없었고, 권력 또한 가져보지 못했기에 충고를 해줄 자격은 없다.

하지만 내 후손들은 큰 잘못을 하지 않는 한 앞으로 기업은 계속 성장이 될 것이고, 그에 따라 재물도 생기게 될 것으로 보인다. 그래서 나는 그 깨달음을 실천하라는 당부를 하는 것이다.

사람이 평범하게 살 수 있다는 것이 최고의 축복인 것을 깨달을 수 있었기 때문이다. 평범하게 일상을 즐길 수 있다는 것은 생각보다 참으로 큰 가치가 있고 행복할 수 있는 최상의 조건이다. 너무 유명해지면 그에 비례해 자유가 없어지기 때문이다.

나는 나의 후손들이 어떤 인생을 살게 될지는 모른다. 또한 간섭을 할 수도 없다. 어떤 인생을 살건 자신의 몫이고, 또 스스로 선택도 할 것이다.

하지만 사람은 사회적 동물이라는 사실이다. 사회적 상식과 통념을 벗어난 행동으로 소외가 되지 않기를 바랄 뿐이다. 외로운 인생은 실패하는 인생이 되기 때문이다.

왜 굳이 모난 행동으로 고귀한 인생을 후회하며 살 필요는 없는 것이다. 주변 사람들을 보면 그 사람의 마음이 보인다. 그러면 그것을 탓할 필요가 없다.

그대로 내버려두면 된다. 내가 연락을 하지 않으면 절대 먼저 연락을 하지 않는 사람들도 있을 것이다. 그러면서 자기가 꼭 필요할 때는 연락을 취한다.

바쁠 거 같아서 연락을 하지 않았다는 변명도 할 것이다. 고양이가 쥐를 생각하는 격이다. 가장 겸손한 척 행동을 하고 또 무의식 속에 자신은 겸손한 사람이라는 착각을 담아두고도 있다. 그러나 그것은 교만과 오만이다.

그런 사람은 가까이 하지 않는 게 좋다. 절대 도움이 되지 않을뿐더러 늘 질투하고 있는 것이라 피곤만 하다.

또한 생각하는 것과 보이는 것이 좁아 큰일도 하지 못한다. 굳이 그런 사람을 가까이할 필요가 없는 것이다.

가끔은 안부도 묻고 작은 마음이라도 써주는 사람들을 만나라. 그래야 즐겁다. 크고 너그러운 마음을 지닌 사람들을 만나야 에너지를 얻을 수 있다.

옹졸하고 피곤한 사람에게는 내 에너지만 빼앗기게 되는 법이다. 그런 사람들은 그만큼의 자기 삶을 살게 내버려두면 된다.

태도가 운명을 만드는 것임을 잊지 않아야 한다. 그리고 易地思之(역지사지)의 입장에서 내 행동을 뒤돌아봐야 하는 것이다.

세상을 사는 동안 만남을 통해 수많은 인연을 만들 것인데, 굳이 피곤한 사람들로 시간 낭비를 할 필요도 없을뿐더러 나 역시 그런 옹졸하고 못난 사람으로 살고 있지 않은지 말이다.

그렇다면 빨리 바꾸어서 내 인생을 외롭게 만들지 않아야 한다

18. 암 환자들과의 인연

2002년쯤 어느 날, 젊은 직원 부인이 암에 걸렸다고 했다. 매우 애처가였던 그 직원은 모든 것을 상실한 양 고통스러워하고 있었다. 내가 돕겠다고 했다.

당시는 암에 대해 아는 것은 전혀 없었지만, 애처로워서 용기를 냈다. 한 가정에 암 환자가 발생이 되면 당황해서 무엇을 어떻게 해야 할지 갈피를 잡을 수 없고 잘 대처를 못하게 된다.

억장이 무너지고 그저 넋이 나가 '어쩌지, 어쩌지' 할 뿐이었다. 그렇게 우왕좌왕 하다 암 환자들은 치료할 기회를 놓치게 된다.

침착하게 잘 대처하여도 극복하기 힘든 일인데 말이다. 그렇게 해서 그 직원과의 인연이 암환자들과 함께하는 시간으로 시작되었다.

참 많은 책을 읽었고, 암을 극복한 사람들도 많이 만났었다. 그래서 더욱 '바른 먹거리'의 중요성을 깨닫게 된 것인지 모르겠다.

다행스럽게 그 직원 부인은 암을 이겨냈고 지금도 생존해 있다. 아직도 단언할 수는 없지만, '바른 먹거리'가 결국은 약이었다는 생각이 든다.

내가 암 환자들을 돕는다는 소문이 퍼져 많은 암 환자들이 나를 찾아왔었다. 하지만 나는 오로지 말기 암 환자들만 돌보기로 했다.

이미 병원에서도 말기 암 진단을 받고, 심지어 자기 자신마저도 포기한 말기 암 환자들은 선택의 여지가 없었기 때문이었다.

목숨을 눈앞에 둔 그들이 너무도 처절하고 애처로워서였다. 세상에서 버림받았다는 분노와 좌절감으로 인한 고통이 더 커 보였다. 그래서 그들에게 나는 도움을 주고 싶었다.

말기 암 환자를 만나면 나는 제일 먼저 "축하드립니다."라는 말을 건넨다. 그러면 대부분 "내가 암에 걸린 것이 축하할 일인가요?"라며 서운해하였다.

"아닙니다. 그래도 암에 걸린 것이 가장 나은 것이라서요. 만약 죽을 운명이라면 교통사고도 있고, 심장마비도 있는데, 그래도 신께서 치료받을 수 있는 기회를 주신 것을 축하드리는 것입니다."라고 나는 답을 했다. 그러면 대부분 수긍을 한다.

그렇다. 심장마비나 교통사고로 사망한다면 가족들과 이별의 시간을 갖지도 못하게 되지만, 그래도 암은 가족들과 이별의 시간도 가질 수 있고 또 섭생을 잘하면 치료할 기회도 얻을 수 있기 때문이다.

잊혀지지 않는 사람이 있다. 산림청의 고위 공직자였는데, 건강검진에서 말기 암환자로 선고를 받은 것이었다.

백창현 국장의 소개로 그 사람을 요양원에서 만났었는데, 이미 황달을 넘어 흑달이 되어 얼굴이 까맣게 되어 있었던 사람이었다.

그 사람은 겨우 3개월을 살 수 있다는 판정을 받았었는데, 섭생을 잘하여 5년 이상 생존을 했다. 그 사람과 함께한 그 시간을 통해 '바른 먹거리'의 가치에 대해 새삼 깨달을 수 있었다.

그렇지만 선무당이 사람 잡는다는 말도 있듯이 나의 짧은 상식으로 치료 기회가 있는 초기 암 환자들을 대하는 것은 매우 위험하였고 병원 치료가 우선이었기 때문에 내가 관여해서는 안 되었다. 나는 관여하지 않았었다.

귀중한 생명을 가지고 테스트해서는 안 되기 때문이었다. 나는 오로지 죽음을 기다리는 말기 암 환자들만 도왔다. 죽음만을 기다리고 있는 말기 암 환자들의 고통을 어떻게 말로서 표현할 수 있을까?

그런데 겨우 2~3개월만 산다는 사람들이 점차 건강이 좋아지면서 살아나는 것을 보면서 나는 정말 의지와 정신력의 중요성을 깨달을 수 있었고, 또한 섭생의 중요성에 대해 깊이 깨달을 수 있었다.

기적이라고 말하고 싶진 않다. 개인차가 있을 수도 있겠으나 '바른 먹거리'를 통해 스스로 실행을 한 덕분에 죽음의 문턱까지 갔던 사람들이 하루하루 좋아지고 병이 나아지는 모습을 지켜보면서 나는 다시 한번 '바른 먹거리'를 위해 살아야겠다는 결심을 굳히게 되었다.

항암치료를 하는 중에는 구역질이 심해 음식을 먹을 수가 없게 된다. 그런데 신비스럽게도 우리 인체는 영양소에 의해 면역력을 키우고 그 면역력 즉, NK세포에 의해 암세포를 정복할 수 있게 되어 있다.

그런데 먹지를 못하면 그런 기회 자체가 없게 된다. 어떻게 해서건 먹어야만 살 수 있다. 약으로 생각하고 음식을 섭취해야 치료에 도움이 된다.

또 이왕이면 균형 있는 영양소를 공급해 줘야 하는 것이 매우 중요하다. 그래서 음식 냄새조차 맡지 못하는 말기 암 환자들을 위해 한의사님들과 여러 전문가의 조언으로 만든 것이 바로 바른 음료인 '바요 차'이다.

35가지의 원재료를 가지고 발아도 시키고 법제도 해 추출하여 음료로 만들어 암 환자에게 제공했다. 아쉬운 대로 인체가 필요로 하는 영양소를 다소 갖춘 것이다.

내가 암에 대해 공부를 시작하면서 깨달은 것 중, 우리 인체에는 내성이 길러진다는 사실이었다. 아무리 몸에 좋은 것이라 하더라도 지속적으로 섭취하게 되면 내성이 생겨 도리어 해(害)가 된다는 사실에 대해 깨달을 수 있었다. 편식해서는 안 되는 이유이다.

암은 섭생으로 정복할 수도 있겠다는 희망을 가지게 되었다. 무엇보다 결국은 공기와 먹거리가 모든 것을 좌우한다는 사실을 깨달을 수 있었다.

하지만, 그분은 내 권유를 받아들이지 못하고 집에서 요양하다 세상을 떠나셨다. 기회를 놓치게 된 것이다.

인권변호사로 열심히 사시던 분이셨는데, 참으로 아쉽고 안타까운 일이었다. 정신적으로도, 물질적으로도 여유가 없어서 치료할 수 있는 기회가 왔음에도 어이없게 놓치고 말았다.

이런 깨달음을 얻을 수 있어서 나는 '바른 먹거리 타운'을 꿈꾸게 되었다. '바른 먹거리 타운'은 세상을 향해 내 마음을 여는 공간이 될 것이다.

19. 강원도와 중국에 농장을 만들다

가을배추는 김치 재료로 가장 으뜸이다. 가을배추는 질이 좋아 겨울까지 월동을 시킨다. 가을배추가 끝나면 진도와 해남 등 남녘에서 봄배추가 나오게 된다.

그 이후에 여름 배추인 '고랭지 배추'가 나오게 된다. 그런데 기온에 따라 또 날씨에 의해 흉작이 되기도 한다. 항상 여름이면 금 배추가 되어 파동이 오는 원인이다.

비싸도 쉽게 구할 수만 있다면 다행인데, 아예 배추를 살 수도 없게 되는 경우도 생기게 되는 일이 따른다.

김치를 생산은 해야 하는데 이 원재료 파동으로 매년 수난을 겪고 있었다. 그런 고민을 하고 있을 무렵, 어느 대학이 소유한 넓은 땅이 강원도에 있다는 사실을 알고 임대를 하기로 한 것이다.

직접 배추 농사를 짓기로 한 것이었다. 설립자의 가족이 지인이라 무조건 믿고선 계약서도 작성하기도 전에 작업자들이 기거할 수 있는 공간이 필요해 집부터 짓게 되었다.

많은 돈을 투자해 집을 짓고 기반 시설을 마련했는데 계약이 이루어지지 않았다. 조건이 맞지 않았다. 그리고 강원도는 너무 멀었고, 관리도 힘들었다.

결국 회사에 엄청난 손실을 끼치고 포기를 하게 된 것이다. 이때의 경험을 통해 또 하나의 깨달음을 얻을 수 있었다. 경영자의 잘못된 판단으로 기업이 엄청난 데미지를 입을 수 있다는 사실을 말이다. 무작정 믿는다는 것이 가당키나 한 일인가?

그때의 실수는 두고두고 나의 뇌리에서 떠나지 않았다. 그리고 우리 스스로 약자의 위치를 만들어 놓기도 했었다.

드넓은 초원 위에 그림 같은 집은 그 후 아는 다른 사람이 사용한다고 들었다.

CEO의 성급하고 미숙한 결정은 이렇게 회사에 손해를 입히기도 한다. 그 이후부터 대충이라는 것은 사라지게 되었지만 말이다.

나는 '바른 먹거리'를 위해 참으로 많은 시행착오를 범해 왔었다. '바른 먹거리'가 인체에 미치는 가치를 깨닫게 되면서 원재료를 찾기 위해 별의별 시도를 했다.

제주 무, 중국에서 무와 배추 재배, 고랭지 배추 등 그런 뼈아픈 실패들이 내게 '앎'으로 남아 내 시야를 넓혀준 것이기도 하지만 뼈아픈 상처로 남아 있기도 하다.

실패가 거듭되면 기업에는 악영향을 끼치게 되고, 그렇다고 실패가 두려워서 아무것도 하지 않을 수도 없는 노릇이다. 하지만 '아는 만큼 보이는 것이 다르다.'라고 하지 않던가?

그렇게 축적된 경험들은 결국 자산이 되어준다는 사실도 깨달을 수 있었다. 그런 크고 작은 실패들을 겪으면서 노하우를 쌓을 수 있었다.

실패를 두려워해서 아무것도 안 하는 것보다 실패를 통해 '앎'의 범위가 넓어질 수도 있으니 무조건 시작을 해봐야 알게 된다.

하지만 무모하게 도전하는 것은 큰 낭패도 겪게 되는 만큼 경영자는 늘 신중해야 하고, 아는 사람과의 친분이 앞서는 일을 해서는 안 된다는 사실이다.

하지만 견딜 수만 있다면 그 실패는 자양분이 되어줄 것이다. 그래서 경험만큼 생각 또한 자라게 된다. 산업은 계속 이어져야 한다. 세상에 필요한 것을 만들고, 계승시키는 일은 매우 중요하다.

그 사실을 잊어서는 안 된다. 수많은 시행착오와 실패를 거듭하긴 했지만, 그 경험들을 통해 많은 앎은 쌓이고 있었다.

어쨌든 기업은 고객의 요구가 있는 한 제때 제품을 공급해야 할 책임이 있으므로 이렇게 쌓인 노하우는 그 책임을 다하는 데 도움이 되어줄 것이다.

우리가 잘못을 하지 않는 한 고객은 우리를 인정해 줄 것이고 우리 제품을 사줄 것이다.

우리 제품을 사주는 고객이 계시는 한 우리 회사는 살아남을 수 있는 것이다. 대신에 그 중요한 사실을 잊지는 말아야 한다.

이제 온 국민이 봄에서 초여름까지 제주 무를 먹는다. 가을무와 진배없는 품질 덕분이다. 아니 오히려 품질은 더 우수한 무가 되었다.

실패가 두려워서 포기를 했었다면 제주 무는 세상에 나오지 못했을 것이다. 이런 것이 고객에 대한, 사회에 대한 우리의 보답이다.

비록 많은 비용이 소요되었고 쓰라린 상처는 있었지만, 그 덕분에 전 국민이 맛있는 무를 먹을 수 있게 되었고, 우리는 사계절 품질이 좋은 동치미를 만든다.

그게 우리의 보람이 될 수 있다. 사회를 진화시키는 일에 작은 힘을 보탤 수 있었으니 말이다. 그것으로 족하다.

기업을 하는 사람들의 기본 자세가 바로 이런 것이 아닐까 싶다. 우리가 개발했다고 우리만의 것으로 했었다면 빠른 시간에 이렇게 전국으로 확산되지는 못했을 것이다. 이런 작은 행동들이 사회를 진화시키는 행동이다.

강원도 농장을 실패한 후, 중국으로 눈을 돌리게 되었다. 연작으로 인해 배추 뿌리 썩음병이 생겨 앞으로 여름에는 무와 배추의 재배가 어려워질 것이라는 걱정으로 시작하게 된 일이었다.

백두산 자락인 길림성 남포 농장, 산동성 위해시 인근이었던 농장에서 무 농사를 지었으나 이 또한 실패하고 말았다.

나의 원재료에 대한 끝없는 도전은 계속하여 실패를 이어가고 있었다. 그러다 우리가 김치 만드는 일이 줄어들게 되었고, 무, 배추에 대한 도전 또한 시들해졌다.

지금은 그런 돈키호테 짓은 하지 않고 있지만, 그 덕분에 무와 배추에 대한 상식은 많이 쌓이게 되었다. 김치는 너무 좋은 식품이다.

간장 된장과 함께 우리의 조상님들께서 유산으로 남겨주신 세상에서 가장 훌륭하고 완전한 발효 식품이다.

소금에 절여 세척을 한 후 갖은양념으로 버무려 48시간이 지나면 세균도 사멸이 된다. 그리고 12일까지 가장 많은 유산균이 생긴다.

그다음 서서히 유산균은 없어지지만, 사균이 남는다. 그리고 이 사균은 또다시 유산균의 먹이가 된다.

김치에는 활력소인 가바 물질의 함량도 매우 높다. 가바는 운동선수들이 필요해 많이 복용하는 성분이지만, 모든 사람에게 다 유용한 성분이기도 하다.

대한민국을 상징하는 식품이 김치, 비빔밥, 불고기인데, 우리 조상님들이 물려주신 자산 중 가장 으뜸이 아닐까 싶다.

서양의 의사들이 처방전을 내리는 것이 바로 우리의 음식인 것을 보더라도 이 음식들을 상용화하여 세계시장으로 나가야 할 필요가 있다.

서구의 의사들은 암환자에게 이런 말을 한다고 한다. "댁에 가셔서 자연에서 나는 야채를 중심 온도 70~80℃에 익혀서 드세요"라고 말이다.

중심 온도 70~80℃는 나물을 익힐 때의 온도이다. 100℃에서 끓을 때 나물을 넣어 뒤집는 온도다.

이렇게 수많은 경험은 지금에 와서는 제품을 개발하는 데 많은 도움이 되어주지만 참 힘들고 쓰라린 시간이었다.

그런데 돌이켜 생각해 보면 그 시간은 참으로 요긴한 경험을 축적하는 시간이기도 했던 거 같기는 하다.

나의 이런 경험들이 좋은 쓰임이 되어 내 후손들은 불필요한 시행착오를 범하지 않길 바라는 마음이다.

하지만 실패가 두려워서 아무것도 안 하면 아무 일도 생기지 않는다. 모르는 길은 이렇게 많은 비용과 시간을 허비해야 한다. 또 모르기 때문에 피할 수 없는 일이기도 하다.

당장은 손해인 것 같으나 지나 보면 그런 일련의 행동들이 있어 앎이 자라고 있었기도 하다.

이렇게 수많은 경험은 지금에 와서는 제품을 개발하는 데 많은 도움이 되어주지만 참 쓰라린 시간이었다.

그런데 돌이켜 생각해 보면 그 시간은 참으로 요긴한 경험을 축적하는 시간이기도 했던 거 같기는 하다.

실패가 두려워서 아무것도 안 하면 아무 일도 생기지 않는다. 모르는 길은 이렇게 많은 비용과 시간을 허비해야 한다.

하지만 당장은 손해인 것 같으나 지나 보면 그런 일련의 행동들이 있어 앎이 자라고 있었기도 하다. 이제 앞으로는 우리의 전략은 세계시장에 도전하는 것이다.

얼마나 많은 시행착오와 실패를 겪을지는 모르겠지만, 다시 많은 경험과 앎이 쌓일 것이다. 이제는 그런 과정을 기록으로 남기려고 한다.

그게 바로 노하우의 일부가 될 수 있을 것이기 때문이다. 조상님들이 물려주신 고귀한 자산인 김치, 비빔밥, 불고기는 최고로 영양소의 균형을 갖춘 식품들이다.

현재까지 나도 연구하고 있는 진행형이라 이 세 가지 식품의 단점은 제거하고 장점을 살리는 연구를 계속할 것이다.

유통과정에서의 포장방법 등, 개선해야 할 점들이 많을 것이고 그것들을 하나하나 제거해 나가는 게 바로 노하우의 축적이 된다.

족발에서 나오는 인체에 유해한 성분들을 다 제거하기까지의 우리의 기나긴 시간이 있었듯이 말이다.

김치는, 시간이 지남에 따라 계속 산화가 되기 때문에 CO_2가 발생이 되어 유통이 어렵고, 발효되어 시어진 김치를 부패로 오해 받기 십상이다.

비빔밥은, 기름으로 나물을 볶기 때문에 산패가 이루어져 냄새가 나고 오래 보관하면 식감이 떨어지는 단점이 있다.

불고기는, 아직 다른 나라로 통관이 어렵다. 하지만 우리나라를 대표하는 이 세 가지 식품은 가장 균형 잡힌 좋은 식품임에는 틀림이 없다.

루프트한자 항공사 회장님께서 비빔밥이 종합 영양제라고 극찬을 하시면서 기내식에 비빔밥을 추가하기 위해 노력하셨지만, 여러 가지 이유로 실패하셨다고 한다.

우리가 그 일을 해야 한다. 비빔밥의 부활이 될 수 있을 것이다. 2008년 쯤 스타얼라이언스 기내식 테스트에서 우리가 제출한 냉동 비빔밥과 냉동 떡국 등 세 가지 품목이 통과되었다.

우리는 부랴부랴 준비를 위한 시설을 했었으나 최종 테스트에서 무산이 되어버린 적이 있었다.

최근 기내식에 납품하던 업체의 대표가 자살한 이유와 똑같은 이유와 사정이었다. 당시 그 설비를 한 비용 때문에 속은 쓰라렸으나 얻은 것이 참 많았다.

잃은 것도 많았지만, 대신 얻은 것도 있었으니까, 그때의 경험이 결코 헛된 것은 아니었다. 이 세상에 쓸데없는 돈이란 없다고 여긴다.

다만 도박이나 흥청망청의 유흥비 등의 낭비만 아니라면 말이다. 무슨 돈을 쓰건 그것은 반드시 대가가 따르고 도움이 되어줄 것이다.

아직은 준비 단계에 있지만, 기내식에도, 전 세계인들의 식탁 위에도 우리의 냉동 비빔밥이 올라갈 수 있는 준비를 하고 있다.

비록 내 세대에서 완성을 못하더라도 이어서 해주길 바라고 있다. 나는 초석만이라도 다질 요량으로 그 준비를 하고 있다.

비록 2008년 기내식을 만들기 위해 도전했다 실패는 했었지만, 그 경험으로 축적된 노하우는 남아 있다.

우리가 포기하지 않는 한 끝나는 것이 아니기 때문에 언제인가는 대한민국을 대표하는 이 세 가지 음식을 상용화시켜 세계인들의 건강에 도움이 되고 싶다는 바램으로 여전히 매진하고 있다.

나는 포기하지 않을 생각이고 나의 후손들도 포기하지 않았으면 한다. 세계인들의 건강을 지켜줄 수 있는 균형 잡힌 식품은 그리 많지 않다.

서양인들은 고기만 살짝 익혀 먹는 것을 좋아하지만, 고기에 채소와 양념으로 영양소의 균형을 갖춘 불고기야말로 인체에는 최고의 식품이 될 수 있다.

한번 알게 된 진실은 오래가는 법이다. 발효음식과 더불어 비빔밥, 김치, 불고기, 떡국, 잡채는 우리 조상님들로부터 물려받은 값진 유산이다.

그 유산을 잘 활용하는 것은 남은 사람들의 몫이다. 유통의 단점을 보완하고 편리하게 먹을 수 있게만 만들면 인류의 건강에 이바지할 수 있는 최상의 식품이 될 수 있을 것이기 때문이다.

그리고 시장에서 우리 제품은 미래의 먹거리가 될 수도 있을 것이다. 우리나라가 자원이 없다고 하는데, 조상님들이 대대로 물려주신 최고의 자원이 바로 고유의 음식문화와 인재가 아닐까 싶다.

현재 전 세계에서 한류와 K푸드가 엄청나게 각광받고 있는 것이 바로 그 증거이다.

음식은 인류가 존재하는 한 반드시 필요한 물질이고, 절대로 AI나 컴퓨터가 대신해 줄 수도 없다. 이것은 참으로 중요한 진실이다.

20. 힘의 속성에 대해 유념해야 한다

진나라 태자 안국군에게는 정실 왕비에게선 왕자가 태어나지 않고 후궁들에게서 태어난 서자들만 있었는데 그중 영이인이라는 왕자가 조나라에 인질로 잡혀있었다고 한다.

위나라 장사치였던 여불위가 왕자를 찾아와 "제가 공의 집을 성대하게 만들어 드리겠습니다."라고 하자 영이인은 "그대 집이나 성대하게 만드시오."라고 하면서 처음에는 여불위의 요청을 물리쳤다고 한다.

이에 여불위가 "제 집은 공의 집이 성대해진 뒤에야 비로소 성대해질 수 있습니다."라고 의미심장한 답을 하였다고 한다. 그 말의 뜻을 헤아린 영이인은 마음을 열고 여불위의 도움을 받아 왕이 되었다고 한다.

영이인이 바로 진시황이라고 불리는 시황제의 부왕이었다. 왕을 만든 여불위는 온갖 권세를 누렸다고 한다.

승상(정승)보다 높다는 상방(相邦)에 올라 王의 아버지와 같다는 중부(仲父)라고 불리 우면서 온갖 권력을 다 거머쥐게 되었다. '무소불위'라는 말도 여불위의 권세를 빗댄 말이다.

천하의 권력을 누렸던 그런 여불위도 마지막 여생은 자살로 마감했다고 한다. 지나친 탐욕의 결과였다. 욕심과 탐욕은 다르다. 그 차이를 이해할 수 있어야 불행해지지 않는다.

욕심은 꿈을 이루는 밑거름이 되어줄 수 있지만 탐욕은 그야말로 내지 말아야 할 금기다. 권력에는 늘 힘이 따른다.

그런데 원래 그 힘은 이타심으로 사용했을 때만 빛이 나게 된다. 그래서 이기심으로 자신만을 위해 사용해서는 안 된다. 그리고 권력과 재물이 쌓여 환경이 바뀌었다면 생각도 바뀌어야 한다.

권력과 재물이 커진 만큼 생각도 커져서 세상을 이롭게 하는 곳에 그 힘을 사용해야 한다. 그래야만 후유증이 따르지 않는다.

내가 젊었을 때는 그런 사실을 전혀 알지 못했었다. 나이 들어 주변의 권력자들을 보면서 깨닫게 되었다. 권력, 돈, 이런 것들로 행복해하는 사람이 별로 없다는 사실을 말이다.

대신 가족, 일, 명예를 중시하는 분들은 노년이 편하고 자신의 삶에 만족해하시고 행복해하시는 것 같다.

나 역시 가난한 집의 장녀이자 가난한 집의 맏며느리로 사느라 돈이 필요했다. 그래서 젊은 시절은 돈을 벌어 친동생들과 시댁 형제를 결혼시키고 내 자식들 교육하느라 내 삶을 챙기지도 못했을 뿐더러 정신없이 보냈다.

7남매의 장녀이자 7남매의 맏며느리이자 종부가 되어 사는 삶이란 게 정말 쉽지 않은 일이었다.

하지만, 결코 평범하지 않았던 그 시간을 겪었기에 나는 오히려 강한 정신력을 키울 수 있었다고 여긴다.

이제 내 자손들은 허튼짓만 하지 않는다면 그런 고생은 하지 않아도 될 것이다. 세상이 바뀌었고 나 또한 그런 기반을 만들기 위해 그 많은 시련을 감내해 왔다.

인생은 단 한 번뿐이다. 내가 겪어보니 나 아닌 다른 사람을 위해 살아야 하는 삶이란 게 결코 쉽게 견딜 수 있는 게 아니었다.

그래서 나는 내 후손들은 나와 같은 환경에서 살지 않길 바라는 마음으로 살아온 것이다.

적어도 다른 사람을 위해 희생하지 않고 자신의 삶을 오롯이 살 수 있는 그런 기반을 만들어 놓고 싶은 마음이었다.

행복의 첩경이란 지극히 평범하게 사는 것이라는 걸 깨달을 수 있었기에 나는 비록 평범한 삶을 살지 못했다.

그러나 내 후손들에게는 나 같은 삶은 대물림해서 살지 않고, 평범하고 편안하게 살게 하고 싶어서였다.

나 아닌 다른 사람을 위해 희생해야 하는 삶이란 것은, 겪어보지 않으면 절대 이해조차 할 수 없는 고달픔이다.

물질적인 고통도 힘들지만, 정신적인 부담과 스트레스는 더 큰 법이기 때문이다. 또 유년기 시절을 편안하게 잘 보내야만 장래의 진로를 결정하는 데 도움이 크기 때문이기도 하다.

나는 오로지 그런 목표가 있었기에 힘을 낼 수 있었다. 이제 나의 후손들은 지나친 권력과 재물을 탐닉하지 않고, 큰 잘못을 하지 않는다면 자기만의 삶을 오롯이 잘 살 수 있는 환경을 만들어 놓았다.

공부할 수 있을 때 공부하고, 놀고 싶을 때 놀 수 있는 그런 환경을 만들어주고 싶었던 것인데 그게 가능하게 된 것이다. 그다음은 그다음 사람의 몫이다.

나 아닌 다른 사람을 위해 사는 고달픈 삶은, 나 한 사람의 희생으로 끝나야 하는 일이었다. 자신만의 인생을 살 수 있다는 것이 얼마나 소중하고 값진 것인지 모른다.

나 아닌 다른 사람을 위해 희생을 해야 하는 인생은 내 대에서 끝나야 하는 것이기 때문이었다.

그것이 얼마나 힘들고 괴로운 것인지 겪어보지 않으면 누구도 이해조차 할 수 없는 고통인지라 나는 절실하게 내 대에서 반드시 끝내고 싶었다.

다행스럽게 그 시간을 용케 견디어 오면서 강한 정신력을 기를 수 있었던 것에 감사하다. 늘 배움에 목말라 평생을 열심히 공부하기 위해 노력을 했었는데 이제는 그 깨달음조차도 감사한 마음이다.

그 덕분에 이 나이에도 늘 공부를 할 수 있으니 말이다. 이제 내 앎이 내 후손들을 통해 사회와 세상을 이롭게 하는 데 쓰이길 바라는 마음이고 내 희생이 헛되지 않길 바랄 뿐이다.

그리고 어떤 경우에도 내 삶은 내가 스스로 살아야 한다. 다른 사람의 도움을 받을 생각은 추호도 해서는 안 된다. 그 삶은 비굴해서 절대 만족할 수가 없다.

그리고 그 의타심으로 인해 성공을 할 수도 없다. 바라는 것이 없으면 섭섭할 일도 생기지 않을 것이다. 자신의 삶을 살아야 제대로 된 인생을 살 수 있게 될 것이다.

지도층은 누구로부터 권한을 부여받은 것인가? 실은 지도층은 자격증이 없다. 그렇기에 자격증을 취득할 수 있는 방법도 없고, 자격을 주는 곳도 없다. 다만 사회적 성공을 한 것으로 자연스레 지도층으로 불리게 된다.

그래서 만약 지도층이라면 절대로 누구에게도 군림하려는 생각을 해서는 안 된다. 그럴 권한과 자격이 근본적으로 없기 때문이다.

자신을 지도층이라는 착각을 해서도 안 된다. 다만 주변으로부터 지도층으로 인정을 받게 된다면 더욱 자세를 낮추고 특권의식을 버려야 한다.

더 겸허해져야 한다. 항상 권리보다는 책임을 먼저 생각해야 한다. 그게 지도층의 무한 책임이다.

자존심과 오기는 다르다. 절대 혼돈해서는 안 된다. 자존심은 다른 사람에게 불쾌감을 주지 않으면서 내 존재의 가치를 지키고 오기는 다른 사람을 불쾌하게 만든다.

자존심이 있는 사람은 절대 남에게 군림하지 않으려고 하고 오기가 있는 사람은 어리석게도 갑질을 한다. 부끄러움을 모르기 때문에 자기가 무슨 잘못을 하는지도 모른다.

존경받는 지도층이 많은 사회를 수준 높은 사회라고 한다. 부드럽고 공손한 사람들이 많이 사는 곳은 참으로 살기가 좋은 사회가 될 수 있고 그 책임은 지금을 살고 있는 세대의 몫이다.

물론 쉽지는 않다. 그래서 연습이 필요하다. 시작은 억지로 하게 되지만 조금씩 연습하다 보면 그 연습이 쌓여 습관이 된다.

그리고 그 습관이 태도가 되고, 태도에는 전염효과가 있어 그 태도로 인해 주변이 바뀌기 시작하고 운명도 바뀌게 된다.

어떤 선택을 하건, 그건 자신의 몫이고 그 선택에는 책임이 따른다. 나의 선택이 내 인생이 되고 내 운명이 되기 때문이다.

그리고 그 선택으로 인해 행과 불행이 따르고 명예도 지킬 수 있다. 명예를 지키는 것은 아름다운 일이다.

개인의 명예도 중요하고 그 시작이 가문의 명예가 되고 또 사회적 명예도 지킬 수 있기 때문이다.

명예는 사회와 더불어 함께 존재한다. 곧 개인의 생각과 태도들이 모여 사회 문화가 탄생하기 때문이다. 사람은 순간의 실수로 명예를 잃기도 한다.

그런데 한번 잃은 명예를 되찾기는 참으로 어려운 법이다. 그래서 잃지 않으려는 노력을 해야 한다. 그게 바로 지도층의 사회적 책임이다.

실수는 할 수 있다. 그러나 한 번으로 족하다. 지속해 저지르는 실수는 부끄러움을 모르기 때문에 저지르게 되므로 어떤 행동을 하기에 앞서 늘 생각을 해보고 스스로 부끄러운 짓은 안 하면 된다.

한 번 전과자는 영원한 전과자로 낙인이 찍히게 되므로 결코 행동을 가볍게 해서는 안 되는 일이다. 그 행동으로 인생이 바뀌기도 하기에 매우 중요한 일이다.

자기 가족과 부하 직원에게 큰소리치는 사람이 이 세상에 가장 어리석은 사람일 것이다. 그들은 보살피고 챙겨줘야 하는 대상이기 때문이다. 가족과 주변 사람들에게 친절하고 따뜻하게 대해야 내 삶이 편안해지는 법이다.

"가는 정이 있어야 오는 정도 있다."라는 말도 있듯이 가는 정이 먼저이다. 기업이 커지고 재물이 쌓이게 되면 자연스레 힘이 따르고 주위의 추앙을 받게 될 것이다.

어찌 보면 그렇게 해서 사회 지도층으로 진입할 수도 있다. 그렇다고 그 힘을 내 것이라 착각하여 남용을 해서는 안 된다. 그 힘이란 신기루 같은 것이다. 군림하려 하면 사라져 버리게 된다.

그래서 안 하는 것이 좋은 것이다. 또 다른 사람에게 혐오감을 주는 행동이 되기도 한다. 자기가 괴물이 되어가는 모습을 자기 자신만 모르고 행동하고 있는 꼴이 된다.

늘 타인의 시선에서 사고하고 행동해야 하는 이유이다. 그래서 감투는 책임이 따라 부담스럽고 무거운 법이다.

1960년대 아침 인사가 "진지 잡수셨습니까?"였다. 소설 속에서나 나올 법한 슬픈 얘기지만 사실이다. 먹을 것이 귀해서 아침 식사를 제대로 한다는 것은 무사와 평안을 의미하였다. 먹는 일은 그만큼 중요한 것이다.

우리는 흔히 "먹고 살기 위해 일을 한다."라고 입으로는 말하지만 실제로는 먹는 일에 그다지 관심갖지도 않고 중요하게 여기지도 않는다.

시간에 쫓기고 배고파서 아무거나 허겁지겁 먹거나 사람들과 어울려 회식하여 포식하거나 간단하게 끼니를 떼 우는 등 먹는 일에 신경을 쓰지 않는다.

먹고 사는 일은 인생의 전부나 마찬가지일 만큼 중요한데도 말이다. 좋은 음식으로 영양소의 균형을 갖추는 일은 건강하게 생명을 지켜주는 정말 소중한 일이기 때문이다.

그 어떤 것 보다 신경을 써야 하는 일이 먹는 일이다. 먹어야 살 수 있으니 그만큼 중요한 일은 없다. 그럼에도 먹는 일은 늘 뒷전인 게 현대인들의 생활방식이다.

하루 한두 끼라도 식사를 준비하는 데 시간을 할애해야 한다. 잘 먹는 일은 삶 속에서 최고로 잘하는 일이기 때문이다.

어릴 때 끼니를 제대로 챙길 수가 없었던 참담한 시절을 겪었던 사람들은 성장하여 풍족한 생활을 누리면서도 늘 결핍을 느끼게 되어 음식에 욕심을 내는 습성이 있다.

그만큼 먹는 일이 중요하기 때문이다. '먹고 사는 것을 최고로 중요한 일'이라고 생각해 관심을 가져야 비로소 사람답게 제대로 사는 삶이 될 수 있다.

건강한 삶이 보장되기 때문이다. 멋을 부리는 사람들은 먹는 것을 부끄럽게 여기는 경향이 있는데, 진정한 멋쟁이는 건강한 신체와 건강한 정신세계를 갖고 있는 사람이다.

나는 먹는 것을 깨작거리는 사람은 별로 좋아하지 않는다. 건강하지 않기 때문이다. 반면 복스럽게 음식을 맛있게 먹는 사람은 좋아진다.

그만큼 신체가 건강하다는 증거이고, 신체가 건강하면 정신 또한 건강하기에 믿을 수가 있기 때문이다.

물론 격식도 없이 허둥지둥 먹는 것은 예의가 아니지만 잘 먹는 일은 그 무엇보다 숭고한 행위가 될 수 있다.

잘 먹는 일은, 입을 즐겁게 하기보다는 몸에 이로운 영양소의 균형을 잘 갖춰주는 것이 될 것이다.

생각만 조금 바꾸면 얼마든지 가능한 일임에도 바쁜 일상에 쫓겨 놓치며 살게 된다.

하지만 인생을 살아가는데 가장 중시해야 할 일이 먹고 사는 일임을 잊어서는 안 된다. 그게 내 몸에 대한 예의이다.

아무렇게나 함부로 음식을 먹고서 내 몸이 건강 해주길 바라는 것은 세상에 있을 수 없는 일이다. 사지도 않은 복권을 당첨되게 해달라는 것과 같은 격이다.

우리 몸은 자연식에 의해서만 대사하게끔 되어 있어서다. 병 없이 살 수 있어야만 진정 잘 사는 삶이 될 수 있다.

그 어떤 일보다 내 몸의 건강이 제일 중요하고 건강을 잃었다면 이 세상에 그 어떤 것도 중요하지 않으며 의미가 없어지게 된다. 그렇기에 식사 때마다 골고루 잘 챙겨 먹도록 노력해야 한다. 그게 최선이다.

제철 과일, 제철 채소, 통곡물, 지방이 적은 육류를 우선으로 선택하고, 파, 마늘, 양파 등 양념은 항상 비치해 두어야만 언제든 요리를 할 수 있게 된다.

그렇게 준비하고 그런 삶을 살아야 육체도, 정신도 건강할 수 있을 것이다. 신체와 정신이 건강하다는 것은 이 세상 최고로 으뜸이기 때문이다. 그래서 잘 먹는 일은 참으로 중요하고 또 중요한 일이다.

먹을 것이 풍부해 노력하지 않아도 되는 풍요함이 오히려 도움이 되지 않는지도 모르겠다.

귀함이 없어지기 때문이다. 쑥을 캐고 냉이를 캐 식사를 준비했을 때는 먹거리의 소중함이 있었는데 말이다.

성인병은 대부분 먹거리에서 기인한다는 사실은 시사 하는 바가 크다. 잘 먹으면 잘 배설이 되고, 잘 배설이 되면 잘 잘 수 있는 것이 기본이다.

비즈니스에서만 기본과 원칙이 적용되는 것이 아니라 사람이 사는 모든 것에서 기본과 원칙은 필요한 것이다.

특히 먹는 일은 목숨을 거는 매우 중요한 일인 것이라 기본과 원칙을 지키지 않았을 때 찾아드는 후유증은 무서울 정도로 크다는 사실이다.

먹는 일을 소홀히 해서는 안 되는 이유이다. 먹는 일에 신경을 쓰고 시간을 많이 할애해야 한다. 특히 아이들이 성장할 때는 무엇보다 가장 중요한 일이다.

공부 잘하는 아이로 키우려면 비싼 과외보다 제때 잘 먹이는 게 먼저이다. 균형을 갖춘 영양소의 공급이 자율신경계의 균형을 갖춰줄 수 있기 때문이다.

아이들이 성장하는 시기에는 부모가 부엌에서 보내는 시간을 되도록 많이 할애해야 한다.

온 가족이 모여 함께 식사하는 시간을 많이 갖는 것도 참 잘 사는 일이 될 수 있을 것이지만 요즘은 그게 어려운 것이다.

그래도 하루에 한 끼라도 가족이 모여 식사를 할 수 있는 환경을 만들어야 한다. 그게 최고고, 잘 사는 삶이 되는 것이다.

존중은 강요에 의해서 생기지 않는다. 잘 챙겨 먹고 신체와 정신을 건강하게 만들어서 욱했다, 다운되었다, 하는 감정의 기복을 심하지 않게 만드는 것이 중요하다.

그러면 자연스레 좋은 행동을 하게 되어 있고, 매너가 좋으면 존중은 자연스레 따르게 된다.

이게 기본이다.

바로 영양소의 균형에 의해서 기인한다.

존경에는 자동으로 힘이 따르게 되어 있다.

21. KOREA Lyric Song 보리밭

내가 좋아하는 성악가 중 조수미님이 계신다. 대한민국이 낳은 자랑스러운 세계적인 최고의 성악가이시다. 그 조수미님이 젊은 시절의 일화가 있었다고 한다.

영국의 가장 큰 음반 회사에서 조수미님께 레코드를 내자고 제의를 해왔었는데 그때 조수미님은 한 가지 조건을 내걸었다고 한다.

"그 레코드에 '보리밭'을 넣어주세요."

'보리밭'은 박화목 선생께서 쓰신 시에 윤용하 선생께서 곡을 붙이신 우리의 대표 가곡이다.

음반계에서 50년 이상의 베테랑이신 레코드 회사 사장은 "조 선생님! 그 '보리밭'은 무슨 오페라에 나오는 Aria(아리아)입니까?

한 번도 들어본 적이 없는 것 같은데요."라고 물었고 이에 조수미님은 "아닙니다. '보리밭'은 내 조국 대한민국의 가곡입니다."라고 당당하게 설명했다고 한다.

이에 놀란 레코드 사장은 "조 선생님! 이 레코드는 대한민국 서울에서 판매할 것이 아닙니다. 뉴욕에서, 파리에서, 런던에서, 비엔나에서, 뮌헨 등 전 세계 시장에서 팔릴 것입니다."라고 오히려 설득하였다고 한다.

그러나 조수미님은 '보리밭'을 넣어주지 않으면 그 좋은 기회를 포기하겠다고 하였고, 조수미님의 완강한 태도에 결국 '보리밭'은 한국어로 녹음이 되었고 전 세계 사람들이 듣게 된 것이다.

참 가슴 뭉클한 내용이다. 이런 것이 애국심이다.

우리 속담에 '쥐뿔도 모른다.'라는 속담이 있다. 자기 뿌리도 모른다는 뜻이라고 한다. 자기의 근본을 먼저 알고 처신하라는 의미가 담겨 있다.

동양의 작은 나라 대한민국에서 태어나고 싶어 태어난 것은 아닐지라도 한국인으로 태어난 이상 한국인으로 부끄러움 없이 당당하게 살아야 하는 그 실천을 그분은 하신 것이다.

그분으로 인해 대한민국의 위상은 한층 많이 올라갔을 것이다. 너무도 자랑스러운 일이 아닐 수 없다.

나는 그분의 공연을 자주 보는 편인데, 늘 '보리밭'을 부르시는 것을 보고선 예사로 들리지 않았다.

마음이 숙연해지고 감동스러워 떨리는 마음으로 노래를 들었고 예전에는 해외에 출장을 갈 때 그분의 CD를 선물하기도 했었다.

크고 강한, 잘사는 국가의 국민이 되고 싶은 열망은 누구에게나 있을 것이다. 그러나 그건 내 선택과 의지가 아니다. 좋은 부모를 내 마음대로 선택할 수 없는 이유와 같은 것이다. 하지만 좋은 방법은 있다.

조수미님처럼 세계적으로 유명한 사람이 되기는 쉽지 않지만, 좋은 매너와 태도로 대한민국의 위상을 높일 수는 있다.

우리 같은 평범한 사람들도 얼마든지 할 수 있는 일이다. 엄청난 것이 아니라 남을 배려하고 양보하는 작은 실천으로도 얼마든지 할 수가 있고 가능한 일이다.

대한민국 사람들이 다 신사이고 숙녀가 되면 되는 일이다. 그런 마음가짐과 태도가 바로 국가 브랜드가 되기 때문이다.

특히 외국인들과의 관계에서 매너는 매우 중요한 부분이다. 친절하고 겸손한 자세로 믿음을 줄 수 있어야 한다. 나 한 사람의 태도 여하에 따라 국가의 이미지가 제고될 수 있다.

움직이는 민간 외교관이라는 마음으로 행동할 때 가능해지는 일이다. 스스로 부끄러운 어글리 코리안이 되어 국가의 이미지를 실추시키는 일은 절대로 해서는 안 된다.

왜냐하면 국민의 수준이 곧 국가 브랜드가 될 수 있기 때문이다. 이제 대한민국 제품은 한류열풍과 대기업들의 활약으로 전 세계에서 인정받게 되었다.

과거에는 꿈도 꿀 수 없는 일들이 현실이 된 것이다. 그만큼 경쟁력이 생긴 것이다. 이 얼마나 자랑스럽고 대단한 일인지 모른다.

내가 처음 사업을 시작하였을 때와 비교를 해보면 정말 격세지감이 느껴질 정도이다. 우리의 국격이 많이 높아져서 이제는 세계 어디를 가든 인정을 받는다.

그렇게 되기까지 나는 무엇을 얼마나 기여를 했는지 돌아보면 참으로 해놓은 것이 없어 미안하고 부끄럽다.

실상은 해놓은 것이 아무것도 없기 때문이다. 정말 그렇다. 내 개인이 기여를 한 것은 거의 없다. 무임승차를 해온 것이나 마찬가지인 셈이다. 대부분 그럴 것이다.

그렇기에 절대 잘난 척하거나 큰소리를 쳐서는 안 되며 감사하는 마음으로 대하고 느껴야 하는 것이다.

조수미님처럼 타고난 재능을 지닌 분들의 활약과 세계시장에서 수출을 위해 역할을 해 오신 많은 훌륭하신 분들의 덕분임을 인지해야 한다.

나는 그저 감사하는 마음으로 우리의 국력을 높여준 분들의 노고에 박수쳐야 하는 것이다.

그리고 그에 보답하기 위해 만나는 외국인들에게 친절하고 예의 바르고 겸손한 태도로 우리나라 이미지를 실추시키는 일은 하지 않아야 하는 것이다.

조수미님의 목소리가 그리운 시간이다

22. 선택이 운명이 된다

부모를 내 마음대로 선택해서 태어날 수는 없지만 좋은 부모를 갖고 싶은 욕심은 누구에게나 있다.

어느 초등학교에서 '한 아이가 장래 희망이 재벌이라고 하면서 그런데 자기는 꿈을 이룰 수 없을 것이다'라고 했다고 한다.

이에 선생님께서 이유를 물었더니 "우리 아빠가 재벌이 될 노력을 하지 않는다."라고 대답하더란다.

웃을 일이 아니다. 재벌을 부모로 둔 사람은 재벌로 살 수 있을 테니까. 하지만 그 선택은 내 몫이 아니다. 좋은 부모를 내 마음대로 선택할 수는 없는 노릇이기 때문이다.

대신 나는 좋은 부모가 될 수가 있다. 내가 좋은 부모가 되어 자녀를 잘 키워 좋은 가정을 만들고 좋은 사회를 만들고 나아가 좋은 국가를 만들 수는 있다. 그것은 오로지 나의 선택이다.

좋은 부모가 될 수 있는 선택은 내가 할 수 있다는 중요한 사실이다. 좋은 부모란 높은 권력과 재산이 많은 것도 좋지만, 자녀들에게 존중받을 수 있는 부모가 되는 것이 먼저이지 싶다.

그러려면 자녀의 명예를 실추시키는 부끄러운 부모가 되지 않아야 한다. 자식이 내 부모를 자랑스럽게 소개할 수 있을 때야 비로소 좋은 부모가 될 수 있기 때문이다.

자식이 부모를 숨기고 싶다면 이미 좋은 부모는 아니다. 한 가정의 행·불행도 좋은 부모로부터 시작한다. 좋은 부모는 부모로서 책임을 지는 일이 첫째이다.

자식이 성인이 되어 스스로 자립할 때까지 돌보고 보살피는 책임을 말함이다. 그 과정에서 신뢰와 존중이 따른다면 그게 최상일 것이다.

그래서 부모는 자식을 낳았으면 무슨 일이 있어도 그 책임을 회피해서는 안 된다. 자기 자식은 자기가 길러야 하는 이유이다.

부모를 대신할 수 있는 사람은 이 세상에 아무도 없기 때문이다. 그래서 부모는 무슨 일이 있어도 자식에 대한 책임을 회피해서는 안 된다.

한 사람의 사회인으로 잘 적응하여 잘 살 수 있는 지식과 능력을 심어주는 것까지가 부모의 역할이다. 그 이상은 자신의 몫이다.

공부는 때가 있는 법이다. 공부할 시기에 공부할 수 있도록 뒷바라지 해주는 것이 부모의 책임이다.

물론 좋은 환경에서 잘 키우는 것도 중요하지만 그렇다고 해서 너무 지나친 것은 경계해야 한다.

그 이후부터는 자신의 힘으로 스스로 인생을 개척하고 삶을 살 수 있어야 제대로 된 만족한 삶을 살 수 있게 된다.

부모의 도움으로 사는 인생은 부모의 인생이지 자신의 인생은 아닌 것이라 절대 만족이 따르지 않는다.

오롯이 자신의 인생을 살 수 있도록 돕는 것까지가 부모의 책임이다. 그래서 자식을 낳았으면 절대로 그 책임을 회피해서는 안 된다.

무슨 일이 있어도 부모는 자식을 책임져야 한다. 부모는 자식의 거울이다. 부모의 행동을 그대로 따라 하는 것이 자식이다.

부모를 존중하는 자식들은 웬만해서는 사회에 잘못을 하지도 않는다. 자식은 잘 키우고 싶으면 먼저 부모가 모범을 보여야 하는 이유이다.

가정에서 문제가 없으면 사회 문제 또한 발생하지 않을 것이다. 이 간단한 기본이 바로 일류 국가를 만들 수도 있다.

국력은 국민의 자긍심으로 쑥쑥 자랄 수 있기 때문이다. 이런 큰일도 가정에서부터 작은 행동들이 모여 시작이 된다.

자식을 잘 키우고 가정을 잘 지키는 것이 기업을 키우고 사회적인 성공을 이루는 것보다 더 중요하고 소중한 일이라고 여긴다.

그 깨달음을 얻을 수 있었기에 그 어려운 여건 속에서도 가정을 지키기 위해 나는 많은 것을 희생하면서 견딘 것이다.

오로지 자식들을 성인이 될 때까지 보살피고 교육시키기 위해서였다. 주변의 많은 사람들이 다 큰 자식들 때문에 노후 준비를 놓치고 불행하게 살고 있다.

그 행동이 결코 자식에게도 도움이 되지 않을뿐더러 자신의 노후도 책임질 수 없는 무능한 사람이 되곤 한다.

자식이 성인이 되었으면 부모는 더 이상 자식을 위해 희생을 해서는 안 된다. 양쪽 모두에게 도움이 되지 못하는 어리석음의 발로이다. 내 인생은 오로지 내 몫이기 때문이다.

그리고 자녀들과 대화를 많이 하여라. 대화할 때도 일부로 어려운 단어를 사용해 어렵게 해서는 안 된다. 아이들의 눈높이에서 가능한 쉽게 하는 게 좋다.

또 말을 잘하는 것보다 소통이 되는 대화를 나누는 것이 효과적이다. 자식들이 부모와 대화하는 것을 즐겁게 여긴다면 그게 바로 성공이다.

물론 부모가 먼저여야겠으나 아무리 해도 안 되는 때도 있을 것이다. 그럴 때는 한 발자국 뒤에서 조용히 지켜보아야 한다.

그러면 최악의 상황은 만들지 않을 수 있다. 부모도 자식도, 내 마음대로 되는 것이 아니기 때문이다.

자식에게 부모는 온 우주여야 한다. 그래서 자식의 교육은 부모의 영역이다. 손주의 교육을 조부모가 해서는 안 되는 이유이다.

조부모는 상징적인 존재로 사랑을 주기만 하면 된다. 울타리만 되어주어야 한다. 아이의 정서를 위해서이다. 조부모가 부모를 대신해서는 안 되는 이유이다.

자식을 낳는다는 것은 이 세상에 온전한 내 편을 만드는 일이다. 그래서 세상에 태어나 하는 일 중 가장 소중하고 중요한 일이라고 한다.

또 가족이란 서로 허물을 덮어주는 대상이다. 그래서 이 세상에서 가장 소중한 것을 '가족'이라고 한다.

부모의 허물을 말하는 순간 "가정교육도 제대로 받지 못한 형편없는 사람이군."이 되어 버린다.

그리고 자식의 허물을 밝히는 순간 "자식 교육도 제대로 하지 못했군. 이 집안은 앞으로 희망이 없겠네."가 되어 버린다.

곧바로 내게 모든 허물이 돌아오게 된다. 가족의 허물은 바로 내 허물이 되기 때문이다. 그래서 '울타리에서의 행복을 최상의 행복의 첩경'이라고 한다.

이 얼마나 중요한 일인지 모른다. 자식을 귀히 여기는 것과 버릇이 없는 것은 다르다. 절대 혼돈해서는 안 된다.

자식이 귀하거든 좀 더 냉정해지라는 말도 있다. 응석받이 철부지로는 세상을 살기가 쉽지 않기 때문이다. 정신이 필요하다. 그것을 주지시켜 줄 수 있을 때 부모의 역할을 다하는 것이다.

억압으로 대해서도 안 되겠지만, 가치관에 대한 개념은 심어주어야 하는 것이다. 부모는 자식의 거울이 되어 살아야 하는 이유이다.

요즘 자신의 인생을 살기 위해 자식을 낳지 않겠다는 사람들이 늘어난다고 한다. 그러면서 반려동물을 키우는 것이다.

사랑을 줘야 하는 대상이 필요해서이다. 그게 인간의 타고난 본능이기 때문이다. 그런데 반려동물과 자식은 감히 비교되지 않는다.

이 세상에 모든 것을 주어도 아깝지 않은 그 숭고한 사랑의 대상은 자식이 아니면 절대 느낄 수 없고 생기지도 않는다.

그런 숭고한 사랑을 느껴보지 못한다는 것은 참으로 억울한 일이 될 것이다. 사람으로 태어났으면 그 깊고 아름다운 사랑을 해봐야 하는 것이다.

그리고 살면서 주변 사람들을 지켜보았더니 부모에게 효도하는 사람치고 성공하지 않은 사람이 없다. 나는 그것이 우리가 알지 못하는 어떤 힘의 파장이라고 느낀다.

내 부모는 내 생일조차 모른다. 나는 태어나 단 한 번도 부모로부터 생일 밥을 얻어먹어 본 적이 없다. 지금도 나는 내 생일날 엄마께 낳아줘서 감사하다고 대접하고 선물을 해드리고 있다.

내 생일이 음력으로 7월 28일이고, 2~3일 뒤가 남동생 생일인데 내 생일날 남동생 생일을 위해 수수를 담그는 모습을 보았을 뿐이다. 하나뿐인 아들이 위해서였다.

아들만을 소중하게 여겼고, 그것을 당연하게 여기던 시대를 살던 사람들만 느끼는 공통의 아픔이 있는 것이다. 딸과 아들을 차별해서 키우는 것이 예사인 시절이 있었다.

그런 말도 안 되는 부당한 차별을 부모로부터 받았다. 그럼에도 불구하고 우리 세대는 부모에게 효도를 한다. 그래서 항간에서는 우리 세대를 '마처족'이라고도 한다.

마지막으로 부모에게 효도하고 처음으로 자식들에게 효도 받지 못하는 세대라는 뜻이라고 한다. 서글픈 현실이지만 어쩔 수 없는 것이다.

핍박을 받건 부당한 대우를 받건 그럼에도 우리 세대는 부모에게 할 수 있는 한 최선을 다해 부모를 잘 모시려고 노력하고 부모에게 효도를 해왔고 앞으로도 마지막까지 효도할 것이다.

우리 세대는 그런 불합리하고 슬픈 운명을 타고났다. 나 역시 부모님에게 집도 두 번이나 사드렸고 내가 할 수 있는 한 모든 것을 해드리려고 하고 있다. 그게 당연하기 때문이다.

부모에게 효를 다하는 것은 자식 된 도리를 떠나 인간으로서 기본이다. 자기 부모에게도 효를 하지 않는 사람이 누구에게 무슨 예의를 갖출 수 있을까?

무엇보다도 부모에게 효를 행하는 데 따르는 대가의 가치를 깨달았기 때문이기도 할 것이다. 그 가치를 깨달을 수 있었기에 가능한 일이 아니었나 싶기도 하다.

희한하게도 부모를 향한 효도에는 대가가 따르고 있었다. 그러면서 주변을 살펴보니 부모를 원망하고 부모에게 불효하는 사람이 성공하거나 행복한 것을 보지 못했다.

반면 부모를 잘 섬기고 효도를 하는 사람들이 사는 가정은 모두가 화목하고 일도 잘 풀리는 것을 깨닫게 되었다. 그런 가치를 깨달을 수 있었음에 나는 그저 감사할 뿐이다.

그리고 그 엄청난 힘의 작용에 의한 강렬한 에너지를 느끼기도 한다. 억지로라도 부모에게 효도를 하면 그 대가는 엄청나다는 것을 깨달을 수 있었다.

말로서는 표현이 되지 않는 무언의 힘의 작용이라고 여긴다. 그런 가치를 깨달으면서 나는 점점 더 마음이 편안해지기 시작했다.

나도 철없던 시절, 한때 부모를 많이 원망한 적도 있었다. 상급학교 합격증을 부모가 없애버린 후 내게 거짓말을 했다는 사실을 알고서 나는 마음속으로 부모를 많이 원망했었다.

학교 선생님께서 6개월이나 내 이름을 부르셨다는 사실을 친구에게 듣고 교육청에 가서 합격 사실을 확인했었다. 그때의 절망감을 무엇으로 표현할 수 있을까?

억장이 무너지는듯하다는 것이 그런 경우에 해당이 될까? 한동안 세상을 믿을 수 없다는 절망감에 빠졌던 기억이 있다.

그 당시는 자식에게 거짓말을 할 수밖에 없었던 사정을 이해하지 못해서였다. 물론 지금도 하나밖에 없는 아들을 위해 딸을 희생시킬 수밖에 없었던 부모의 그 절절함을 나는 이해하지 못한다.

그렇지만 나는 그 사실을 잊기로 했고, 그 때문에 내 인생을 승화시킬 수 있었다고 여긴다.

그리고 평생 잊혀 지지 않는 기억이 하나 있다. 내가 초등학교 2학년 때의 일이다. 한 친구가 뛰어와 "신자야! 네 동생이 떠내려가고 있대." 하는 것이었다.

물레방아를 돌리려고 만들어 놓은 작은 보가 있었는 데, 무슨 영문인지 그곳에서 내 동생이 물에 떠내려가고 있다는 것이었다.

나는 꽤 거리가 있었는데, 어떻게 거기까지 달려가서 동생을 구했는지 모르겠으나 물에 떠내려가고 있던 동생을 건져 올렸다.

지금 생각해도 불가사의한 일이다. 주위에서 빨래하던 동네 아주머니들은 발만 동동 구르고 있었는데, 내가 동생을 건져 올렸다.

나도 겨우 초등학교 2학년이었을 뿐이었는데 말이다. 그런데 한참 후 소식을 듣고 달려온 엄마는 다짜고짜 나를 때렸다. 그게 평생을 통해서 잊혀 지지가 않고 생채기가 되어 매우 마음이 아팠다.

그 부당함에 대해 나중에 엄마께 여쭤보았더니, 그런 일이 없었다고 하셨다. 도리어 "그럴 리가 있었겠냐?"고 하시는 것이었다. 그 이후에도 그와 같은 부당함은 수없이 있었고 그래서 나는 부모를 원망하고 미워했던 것이었다.

그런데 그래서는 안 되는 것이었다. 부모는 이 세상에 나를 태어나게 해준 그 하나의 이유만으로도 충분히 효도 받아 마땅한 것인데, 나는 그 소중한 사실을 간과하고 있었다.

뒤늦게나마 아주 중요한 사실을 깨닫게 된 것이 얼마나 다행이며 감사한 일인지 모른다. 그런 깨달음을 얻지 못했다면 나는 계속 지옥에서 살았을 것이기 때문이었다.

이 세상에 가장 감사한 일은 부모님의 은혜인데 그 사실을 인지하지 못한 대가를 내가 받고 있었다. 부모에 대한 원망을 접고 내 도리를 하면서부터 알 수 없는 뭉클함이 가슴속에서 피어오르고 있는 것을 깨달을 수 있었다.

그 감정을 말이나 글로써 표현할 수는 없지만, 그게 바로 핏줄로 이어진 인연의 섭리가 아닐까 싶다. 그 대단한 가치를 모르는 것은 엄청난 손해가 된다.

깨달음은 바로 이런 것이다. 부모의 마음에 쌓이는 감동은 자식에게 그대로 전달이 되고 그 에너지의 파장은 행운을 불러오는 것이라고 여긴다.

그런 것이 우리가 알지 못하는 바로 우주의 에너지가 아닌가 싶다. 그 효능은 의외로 대단하다는 것을 해보면 알게 될 것이다. 그 신비하고 오묘한 힘의 작용은 경험해 보지 않으면 도저히 표현하기가 어렵다.

좋은 부모는 내 선택이 아니지만, 효도는 내 스스로 행할 수 있고 또 내 선택이고 책임이기 때문에 내 마음대로 할 수도 있어 얼마나 다행인지 모른다. 부모와 자식은 이런 것이다.

부모에게 최선을 다하는 나를 향한 세상의 평판 또한 따라서 올라가고 있었다. 내 부모에게 도리를 할 뿐인데 말이다. 사람에게는 누구에게나 기대치가 있다.

부모는 자식에게 바라는 자녀상이란 게 있고, 자식 또한 부모에게 기대하는 부모상이 있을 것이다. 그런데 역지사지의 입장으로 생각해 보면 답이 보인다.

나는 내 자식이 해주길 바라는 행동을 부모에게 하고 있으며 부모에게 바라는 모습을 자식에게 적용하고 있다.

물론 내 마음 같지는 않고 내 노력만큼 양쪽 다 만족도는 높지 않지만 말이다. 하지만 그나마 그런 노력 덕분에 갈등을 만들지 않는 것을 다행으로 여긴다.

주변에 부모와 자식 간에 갈등하는 모습을 보면서 나는 참으로 안타까움을 느끼기에 안도하는 마음이 든다.

이 세상에 가장 소중한 관계가 부모와 자식이다. 그런데 그 관계가 깨진다는 것은 인간으로서 최고의 비극이고 불행한 인생이 되는 셈이 된다. 그런 불행을 스스로 만들 필요는 없다.

조금 참고 상대를 존중해주려는 마음을 가져야 한다. 그리고 지나친 간섭을 해서도 안 된다. 자식이 잘되길 바란다면 조금 덜 사랑하라는 말도 있다.

지나치게 아낀 나머지 자식을 응석받이로 만들 수 있어서다. 자기만 아는 이기심 많은 자식으로 부모 스스로가 만들어 놓고 부모는 괴로워한다.

부모가 먼저 거울이 되어야 하는 이유이다. 부모에게 효도하고 자식들에게 존중받는 삶이야말로 가장 성공한 삶이라고 여긴다.

이런 게 바로 사람의 기본 도리를 지키며 참다운 생을 사는 인간 본연의 책임이자 삶이다.

기업가로 성공하는 것보다 더 가치가 있는 일이다.

23. 글루텐 알레르기 증후군

2010년경 미국 버클리 대학에서 명예 석사 학위를 받았었다. 물론 별거는 아니다. 이틀간 교육을 받고 세미나를 개최한 것이 전부였으니 말이다.

그래서 자랑거리는 아니다. 그런데 나는 그때 엄청나게 중요한 사실을 깨닫게 되었다.

한 가지 주제를 가지고 각자 발표하는데 나는 당시 '라이스 볼'에 대한 발표를 했었다. 그런데 버클리 대학의 노 교수님께서 갑자기 내게 질문을 하시었다.

"미쓰 신! 당신네 나라 코리아에는 글루텐 알레르기 환자가 몇 %나 되는가?"라고 하였다. 나는 순간 당황하여 답변을 못하고 쩔쩔매고 있었다.

나는 '글루텐 알레르기'에 대해서 아는 게 없었고, '글루텐 알레르기'가 있다는 사실조차도 모르고 있었다.

그때 그 노교수님은 웃으시면서 "미쓰 신! 우리나라 미국에는 전인구의 20%가 글루텐 알레르기 환자이고 그들은 글루텐 프리 식품을 찾아 헤맨다.

당신이 만든 그 '라이스 볼'은 그들에게 도움이 될 것이다. 그 숫자가 당신네 나라 인구보다 많은 6,200만 명이나 된다."라는 요지였다.

그분은 식공과 교수가 아니었고 경제학교 교수님이셨는데도 불구하고 말이다. 그 교수님의 설명에 의하면 전 세계인들의 주식은 대부분이 밀(밀가루), 벼(쌀)이다.

밀의 전분인 밀가루와 벼를 도정한 쌀, 다 에너지원인 탄수화물이다. 그런데 서양은 밀가루가 주식이고 동양은 주로 쌀을 주식으로 먹는다.

이런 식습관으로 인해 동양인들은 밀가루에 함유된 글루텐을 분해하는 효소가 줄어들었다고 하였다. 그리고 DNA가 서서히 바뀌어 쌀을 주식으로 하는 사람들에게서 '글루텐 알레르기 증후군' 증상이 있다는 설명도 해주셨다.

'글루텐 알레르기 증후군'의 증세로는 밀가루 음식을 섭취했을 때 속이 더부룩하고 속 쓰림 증상이 있다고 하였다. 그리고 보니 내가 바로 '글루텐 알레르기 증후군' 환자였다.

나뿐만 아니라 내 주변 사람 대부분이 밀가루 음식을 먹고 난 후 속이 더부룩하고 미세한 속 쓰림이 있었다.

그 노교수님께서 덧붙여 이런 말씀도 하셨다. "자폐증을 앓는 아이들에게는 글루텐 분해 효소가 없기에 밀가루를 먹게 되면 마약을 먹는 것과 같아 계속 흥분 상태가 유지된다."라는 말씀도 하셨다.

글루텐의 도파민 호르몬이 흥분제가 된다고 하였다. 너무도 충격적인 사실을 알게 되었다. 돌아와서 식약처에 질의도 해보고 전문가들께 문의도 했으나 시원하고 명확한 답변을 듣지는 못했었다.

몇몇 서적에서 그와 같은 내용이 있었지만 말이다. 나는 그 이후 되도록 밀가루 음식을 피하고 있다.

우리 지적 장애를 가진 아이들에게도 밀가루 음식을 되도록 적게 먹도록 설득하고 이해시키려 한다. 아이들은 요즘 밀가루 음식 섭취를 줄이고 있는데, 그래서인지는 몰라도 말썽을 부리는 횟수가 현저히 줄어들고 있긴 하다.

글루텐 알레르기로 인한 증상은 이런 가벼운 것들이지만 쌓이게 되면 나중에는 큰 질병으로 발전하게 된다는 사실이다.

글루텐 알레르기를 절대 무시하지 않아야 하고 가능한 통곡물로 만든 거친 음식을 먹어야 하는 이유를 또 하나 발견하게 된 것이다.

우리는 살면서 얼마나 많은 깨달음을 얻으면서 사는지 모른다. 그런 사실이 너무도 감사한 일이다. 평생을 통해서 노력해도 부족한 것이 배움이라는 말의 뜻을 어렴풋이 이해할 거 같다.

반보기와 더불어 마중물이 있다. 우물물을 퍼 올릴 때 물 한 바가지를 먼저 넣는 것을 말함이다. 이 세상을 살아가는 데에도 마중물은 반드시 필요하다.

그것도 내가 먼저여야 한다. 그 마중물의 역할로 얻는 대가는 의외로 클 것이다. 그렇다고 푼수가 되라는 얘기는 아니다.

마중물의 가치를 모르는 사람에게 굳이 적용하려는 노력을 할 필요는 없다. 그런 사람을 이해시키기에는 시간 낭비가 너무 크다. 쓸데없는 에너지를 낭비하는 셈이 되니 그런 사람은 조용히 내버려두면 되는 것이다.

늘 누군가에게 도움이 되려고 노력은 해야 하지만, 안 되는 것에 너무 집착은 하지 않는 것이 좋다는 뜻이다. 아무리 해도 소용이 없기 때문이다.

미국 버클리 대학교 교수님과의 대담 이후 나는 되도록 밀가루를 피하게 되었다. 원래도 삼백(흰 밀가루, 흰 설탕, 흰 백미)이 인체에는 도움이 되지 않는다는 것을 알고는 있었지만 말이다.

백미인 쌀에는 lysine(리신)이 부족하여 lysine이 풍부한 서류(콩과)와 잡곡을 섭취해야 영양결핍증을 피할 수 있다고 한다.

그래서 한편에서는 영양소가 빠져나가지 않은 현미가 좋다고 하지만, 현미에는 '피탄산'이라는 방어물질이 있어 쉽게 분해가 이루어지지 않는 단점이 있다고 한다.

그래서 장기간 현미를 섭취하게 되면 영양실조가 될 수 있다는 주장도 있다. 과학이 나날이 발전하고 있으니 언제인가는 명확하게 알게 될 날이 올 것이다.

2001년 일본에 갔을 때 '발아 현미'에 대해서 알게 되었다. 현미에는 쌀의 구성성분인 배아, 미강, 당질 등이 모두 함유되어 있다.

얼핏 보기에는 영양소를 다 갖춘 것으로 보이나, 현미뿐만 아니라 모든 씨앗에는 '피틴산'이란 방어물질로 꽁꽁 쌓여있으며 '피틴산'은 분해가 잘되지 않는 단점이 있다고 하였다. 이게 대자연의 오묘한 섭리이다.

'피틴산'은 말 그대로 방어물질인 셈이다. 현미의 입장에서 한번 생각을 해보자. 다른 생물이 현미인 나를 섭취해서 분해가 잘되어 영양소를 공급받게 되면 현미인 나는 세상에서 사라지고 말 것이다.

종족을 보존하기 위한 본능으로 '피틴산'이란 방어물질을 만든다. 모든 생물은 종족을 보존하기 위한 DNA가 장착되어 있기 때문이다.

그런데 인간은 생각보다 더 영리하고 똑똑하다. '피틴산' 물질이 종족 보존 즉, 잉태를 위해 존재하는 물질이라는 사실을 깨닫게 된 것이다.

쌀의 잉태란 바로 싹을 틔우는 것임을 발견하고선 연구하게 된 것이다. 현미를 싹을 틔웠더니 '피틴산' 방어물질은 2세를 키우기 위한 새로운 영양물질이 발생하여 엄청난 기능성 물질로 전환된다는 사실을 발견하게 된 것이다.

사람에게 아이가 태어나면 모유가 생기는 것과 같은 이치이다. 이 얼마나 오묘한 대자연의 섭리인가? 그래서 탄생한 것이 '발아현미'이다.

씨앗을 틔워 새싹이 나지 않는 것은 죽은 식품이다. 더 이상 영양물질이 아니다. 흰 쌀밥은 이에 해당한다.

당뇨 환자들에게 쌀밥을 피하라는 이유이기도 하다. 영양소는 없고 당질만 있기에 배고픔만 해결해 줄 뿐 인체에는 도움이 되지 못한다.

사람의 신체가 건강을 유지하려면 영양소의 균형이 반드시 필요하기 때문이다. 버클리 대학에서 토론을 벌였던 것이 바로 '발아현미'로 만든 '냉동 라이스 볼'이었다.

버클리 대학교 노교수님으로부터 그런 사실을 들은 후 나는 '프리 글루텐'을 찾는 미국의 6,200만 명 고객을 위한 제품을 만들고 싶어졌다.

'발아현미'를 이용한 제품을 개발해야겠다는 목표를 정한 후 자료를 찾기 시작하여 정말 많은 자료를 모을 수 있었다.

오랜 시간을 통해 자료를 모으는 것은 엄청난 노하우를 쌓는 것과 같았다. 그 데이터는 기업의 자산이고 경쟁력이 되어줄 것이다.

발아현미의 효능은 의외로 컸다. 아직 상용화시키지는 못했으나 언제인가는 도전해야 할 분야이고 상품으로 출시가 된다면 많은 사람에게 도움이 될 것이다.

우리 장애아들과 말기 암 환자들에게 내가 만들어 준 것도 이 '발아현미 냉동밥' 이었다. 식감도 부드러워 먹기도 나쁘지 않아 좋은 제품이 되어줄 것이다.

특히 당뇨병 환자들이나 글루텐 알러지를 갖고 있는 사람들에게는 희소식이 되어줄 수 있을 것이기 때문이다.

개발은 해놓았으나 아직은 준비 단계에 있고 지속적으로 연구가 필요해 R&D 비용도 많이 들어갈 것이다. 하지만 미래 세대를 위해 앞으로 나는 과감하게 투자를 해나갈 예정이다.

GI지수는 음식물 섭취 후 소화되어 혈당이 상승하는 속도를 포도당을 기준으로 산출하는 지수이다.

GI지수가 높은 음식일수록 우리 몸에는 도움이 되지 않는다. 그래서 GI지수가 낮은 음식을 먹는 게 몸에는 좋은 것이다.

현미는 GI지수가 50이고, 백미는 GI지수가 88이다. 그런데, GI지수가 높은 백미를 냉동하면 GI지수가 37이 된다고 한다.

탄수화물을 6시간 이상 차갑게 하면 저항전분이 생겨 GI지수가 낮아진다. 그리고 다시 데워도 GI지수는 높아지지 않는다.

한번 알파는 다시 베타로 돌아가지 않기 때문이다. 그래서 살이 찌지 않아 다이어트에 도움이 된다.

'냉동 발아 현미밥'과 '프리덤 푸드'는 내가 도전하여 만들고 싶은 꿈의 식품이다. 이 두 가지가 완성되어 전 국민이 주식으로 섭취할 수 있게 된다면 의료보험 수가는 절반 이상 줄어들 수도 있을 것이라는 믿음이 있다.

"왜 100%가 아니고 절반이냐?"라고 묻는다면 병원을 습관처럼 다니는 것을 좋아하는 사람들이 의외로 많다고 들었기 때문이다.

또한 아침밥의 중요성은 재차 강조해도 부족한 것이다. 우리 몸은 아침에 에너지가 더 많이 필요하기 때문이다.

아침을 거르게 되면 밤새 분비된 위산 때문에 속 쓰림이 나타날 수 있으며 장기간 방치하면 위염으로 번질 수도 있다. 아침이 힘이다.

나는 이런 식습관으로 거의 병원을 가지 않는다. 의료보험료를 일 년에 오천만 원 이상을 내고 있지만 병원 신세를 지지 않는다. 이게 그 증거이다.

또래 친구들과 칠순 여행을 갔었는데, 다는 아니겠지만 몇 사람이 기저귀를 차고 있었다. 깜짝 놀랐으나 상대가 무안할 것 같아 내색은 하지 않았었다.

나이 든 여성들이 대부분 그런 생활을 하고 있다는 사실을 알고선 "아! 나이가 든다는 것은 다시 어린아이로 돌아 것이구나?"라는 깨달음을 얻을 수 있었다.

이제 노인인구가 자꾸 늘어가고 있다는데, 그 많은 사람이 기저귀를 필요로 한다면 그 비용도 비용이려니와 또 그 쓰레기로 인해 자연은 어떻게 될 것인가?

건강할 때 미리 식습관을 잘해서 병원 신세를 지지 않는 것도 사회에 도네이션하는 셈이 되는 것이라는 깨달음을 얻을 수 있었다.

콩에는 lysin(리신)이 풍부해 콩을 섭취하라고 권유하고 있다만 콩에는 트립신 저해제가 있어 분해가 잘 안되는 부분도 있다.

그래서 콩나물이나 메주 등으로 가공하면 최상의 식품이 된다. 싸고 흔한 것

중 하나가 콩나물이다. 집에서 기를 수도 있다. 이렇게 좋은 음식이 우리에게는 있다. 콩나물을 삶아 그 국물을 음료처럼 마시면 간 해독에도 도움이 되고 여러 순기능이 많다.

내가 암환자에게 가장 많이 권하는 것이 콩나물 국물이고, 나는 매일은 아니지만 자주 마시는 편이다. 보약이 따로 있는 것이 아니고 싼 콩나물을 삶아 집간장 한 스푼을 넣어 마시면 보약이라고 여긴다.

나는 세상에 태어나서 지금까지 단 한 번도 보약을 먹어보지 않았기 때문이다. 팔보일(parboil)법도 쌀을 주식으로 하는 사람들에게는 아주 좋은 방법이다.

팔보일법은 인도에서 처음 가공하기 시작했는데, 벼를 수확하여 찐 다음 건조하는 방법이다.

배아나 겨층에 있는 비타민 B_1, 비타민B_2 등의 성분이 배유 속으로 이행되어 강화가 된다. 우리의 찐쌀과 같은 것이다. 쌀의 진화이다.

펠라그라병이 있다. 옥수수 등을 주식으로 하는 사람들에게서 피부병과 치매를 동반하는 질환인데, 나이신(niasin)과 트립토판(tryptophan)의 부족이 원인이라고 한다.

먹거리는 이런 기본을 바탕으로 영양소의 균형을 갖추는 것이 매우 중요하다. 원래 좋은 식생활은 호모사피엔스의 방법을 택하면 병 없이 산다고 한다. 먹거리만큼은 진화가 아니고 신석기 시대로 회기하라는 뜻이다.

나는 '바른 먹거리'에 관심갖게 되면서 오묘한 인간의 생명에 대해서는 신의 영역이라는 생각을 많이 하게 되었다. 그래서 고개가 숙여지면서 숙연해진다.

맛을 내기 위해 멋대로 각색을 해서는 안 된다는 사실도 깨달을 수 있었다. 먹거리는 그런 것이다.

제철에 자연에서 나는 것을 먹는 것이 최고의 밥상이 될 수 있다는 뜻이다. 이런 것을 유념하여 음식을 섭취해야 하고 다른 이들의 식습관도 도와야 한다.

먹거리는 컴퓨터가 대신해 줄 수 없는 영역이어서이다.

아무리 시간에 쫓겨 살더라도 우리 몸이 필요로 하는 균형 있는 식단은 필수적이다. 이렇게 중요한 것을 귀찮게 여기는 것은 자신의 삶을 포기하는 것과 같은 것이다.

냉동밥은 이런 기본을 중시해 개발한 것이다. 바쁘고 지친 사람들의 건강을 지켜주고 싶다는 바람으로 시작되었고, 나와 내 가족들이 건강해질 수 있길 바라는 마음이다. 그리고 앞으로 우리가 지향해야 할 일이다.

영양소의 균형을 갖추고 GI지수도 낮은 먹거리를 만들어 인류의 건강을 지켜주는 것을 사명으로 여기면서 제품을 만든다면 즐겁고 행복할 것이다.

나는 이 연구에 매진하면서 나 개인은 참으로 재미있었고 행복했었다. 유난히 어려운 여건을 딛고 내 인생을 승화시킬 수 있었던 것도 이런 가치를 깨달을 수 있었기에 가능했다.

치졸한 생각에서 벗어나 생각이 성숙해진 것이다. 기업을 경영하는 사람이 기업의 성장을 포기하면서까지 매달릴 만큼 매력이 있었고 가치가 있는 일이었다.

한 사람의 생각이 세상을 바꿀 수도 있다. 일생을 사는 동안 일은 반드시 필요하다. 성취감을 느낄 수 있는 것은 일밖에 없기 때문이다. 그래서 일을 보배라고 한다.

그런 일을 하면서 보람을 느낄 수 있다면 그게 최상이 아닐까 싶다. 그러다 보면 돈은 저절로 따라오게 되어 있다.

누군가의 소중한 생명을 지켜주는 '식품'을 만들면서 돈벌이가 목적이 되어서는 안 되는 일이다. 그 사실을 다른 사람들이 먼저 알아 버리기 때문이다.

묵묵히 진실을 좇아 사명감으로 하다 보면 알아주는 사람들은 반드시 있을 것이다. 작은 성공을 하였다고 우쭐거려서도 안 된다.

글로벌 시대에 전 세계와 경쟁을 해야 하는데, 우물 안 개구리의 시각이 되어 작은 성공에 도취해서는 비전이 없게 된다.

그리고 많은 경험을 해야 한다. 경험이 왜 중요하냐면, 다시는 그런 어리석은 짓을 하지 않기 때문이다. 실수는 한 두 번이어야지, 지속해서 실수하는 것은 그릇이 그만큼이다.

눈높이를 높일 수 있어야 한다. 그 방법은 많이 보고 많이 경험해야 한다. 전 세계를 다 다녀라. 보이는 것이 달라질 것이다.

그리고 전 세계가 우리의 시장이다.

24. 우리 아이들과의 인연

    2010년 지적장애 2등급인 고등학교 졸업반인 아이들 몇 명이 우리 회사에 실습을 나오게 되었다.

    지적장애 2등급은 정신연령이 겨우 4~5세 정도에 불과해 일은 고사하고 돌보아 주는 사람이 필요한 지경이었다.

    처음에 현장에서는 위험해서 안 되겠다고 한사코 거부를 하였으나, 아이들의 자존심을 위해 약속한 두 달만 참아보자고 부탁하여 간신히 현장 실습을 시작하게 되었다.

    어느 날 한 반장님이 찾아와 아이들이 칼질하는 직원의 팔을 갑자기 잡아당기며 "이모! 이거 뭐예요?" 하더란다. 다치지는 않았으나 아주 위험한 순간이었다고 아이들을 빨리 내보내 달라고 하였다.

    그새 애들은 현장 여기저기를 돌아다니면서 말썽을 부리고 있었다. 궁리 끝에 아이들과 테이블 협상을 시도했다.

    애들이 피자를 가장 좋아한다는 사실을 알고 미리 피자를 준비해 뒀다. 시켜 놓았던 피자 위에 침을 뱉곤 먹으라고 권했더니, " 싫어요, 더러워서 안 먹어요." 아이들이 말했다.

    "왜?"라고 묻자 아이들은 "사장 아줌마가 침 뱉은 거 우리가 다 봤어요." 하면서 씩씩대었다. "침 뱉는 거 더러워?" 아이는 "네."라고 답했다.

"그런데, 니들은 왜 우리 고객님들이 사 먹는 족발에 침을 뱉니?" 했더니 "아니요. 우리는 침 안 뱉었어요." 아이들이 일제히 대답하였다.

"봐라, 이모들은 침 안 튀게 마스크 쓰고 일하시는데, 너희들은 마스크도 안 쓰고 돌아다니면서 말을 하잖아? 그래서, 침이 튀기게 되는 거야."

이렇게 아이들과 질의응답의 시간이 시작되었다. 한 아이가 "그럼 우리가 궁금한 것은 어떡해요?" 곰곰이 생각하다 한 가지 방법이 떠올랐다.

그래서 다이어리를 한 권씩 주면서 "적어라, 그러면 내가 답해줄게." 이렇게 아이들과 협상을 끝냈는데, 이튿날 아이들이 내 방 앞에 죽 늘어서 있었다.

다이어리를 들고서 말이다. 그래서 한 달에 한 번 검사하는 것으로 다시 협상했었다. 이렇게 시작된 아이들과의 인연은 내게는 큰 깨달음을 얻을 수 있는 아주 좋은 기회였던 셈이었다.

몇 명은 떠났으나 남은 아이들은 이제는 10세 정도까지 지능이 높아졌고, 오히려 회사가 그 아이들의 도움을 받는 입장이 되었다.

처음에 아이들은 일하기 싫으면 걸핏하면 배 아프다고 가버리기 일쑤였고, 분노 조절이 안 되어 자기가 잘못을 해놓고선 오히려 본인이 자기 몸을 학대하기도 했었다.

그래서 우선 약속을 지키는 방법부터 알려주고 싶어 제안을 하나 했었다. "얘들아! 너희들이 결근도, 조퇴도 안 하고 3년만 근무하면 해외여행을 시켜주마."라고 말이다.

나는 아이들이 그 약속을 지키리라 믿지 않았기에 잊어버리고 있었다. 어느 날 이 아이들이 노조원처럼 흥분하면서 찾아와 항의하였다.

"왜? 해외여행 안 시켜줘요."라고 말이다. 아뿔싸 어느새 3년이 지나가고 있었다. 그렇게 다시 협상하고 6개월 뒤 일본으로 여행을 떠나기로 했다. 그 사이 아이들은 6개월을 손해 봤다고 투덜대고 있었다. 그렇게 해서 아이들을 데리고 일본으로 떠난 여행 첫날 나는 녹초가 되어 버렸다.

"사장 아줌마! 목말라요. 배고파요. 화장실요."

아이들 뒷바라지에 녹초가 되어 여행이 뭔지도 모를 지경이었다. 무엇보다 우리 아이들의 이기심이 단체로 떠난 다른 여행객들에게 민폐가 되었다.

맛있고 좋은 것은 전부 자기들이 다 차지하려고 하는 아이들 때문에 모처럼의 여행을 망쳤다고 생각했는지 같은 일행들이 나를 향하는 눈초리가 매서웠다.

나는 참으로 냉정한 사회 인심을 보았다.

"얘들아! 이 사장님께서~" 애들 교육을 위해 하는 이런 식의 내 말투도 그들의 비위를 상하게 했던 것 같다. 그러지 않으면 우리 아이들은 "사장이" 이렇게 따라서 말하기 때문에 평소에 나는 꼭 "이 사장님께서" 이렇게 표현하곤 하였다. 그 모습도 언짢아 보였던 모양이다. 완전 코미디언이 따로 없었다.

그때 깨달았다. 우리 아이들 데리고 단체관광은 어렵다는 것을 말이다. 우리 아이들이 세상에 동화되기가 얼마나 어렵다는 것도 느꼈다.

나는 우리 아이들이 너무도 가여웠고 또 미안했다. 그러나 우리 아이들도 세상을 돌아다니면서 시야를 넓힐 권리도 있고 필요도 있다.

그래서 그렇게 방법을 찾아내어 시작된 것이 전 직원과 함께하는 해외여행이었다. 우리는 그 이후 격년제로 전 직원들이 해외여행을 하게 된 것이다.

우리 아이들은 착한 우리 직원들의 보호 아래에서 즐겁게 여행도 하고 잘 지낼 수 있기 때문이었다.

우리 아이들을 위해 시작한 해외여행이 전 직원들에게도 너무 유익하게 적용이 된 것이다. 이제 우리 아이들은 장애인 혜택도 받지 않는다.

자신의 힘으로 한 사람의 사회인으로 당당하게 살아가고 있다. 집도 사고 세금도 내면서 이 사회에 어떤 민폐도 끼치지 않으면서 말이다.

그 가치는 실로 엄청난 것이었다. 지나가다 자동차 문이 열려 있으면 아무

죄의식도 없이 남의 물건을 꺼내기도 했었던 아이들이었는데, 이제는 다른 사람을 돕겠다는 마음으로 바뀌었으니 얼마나 다행인지 모른다.

그때는 자기 집 주소도 모르던 아이들은 이제는 내가 오라고 하는 약속 장소로 여기저기 잘도 찾아오기도 한다. 내가 세상에 태어나 한 일 중에서 내 자식들을 키운 것 다음으로 보람 있는 일이다.

물론 아이들은 지금도 작은 잘못을 저지르기도 한다. 하지만 그 행동은 일반 아이들이 자라는 과정의 일부라고 생각한다.

10세 전후의 남자 아이들이 하는 행동을 조금 늦게 할 뿐, 아이들은 나름 열심히 성장하고 있다. 한 아이가 이성에 대한 호기심 때문에 한 행동인데 사회에서는 그렇게 보지 않는 경우도 있기는 하였다.

덩치만 보고서 이해를 하려고도 않았다. 그런 모습들에 나는 많이 속상하고 아이들에게 미안하고 안쓰러워진다. 이 사회는 우리 아이들에게 관대하지 않았다.

재판받는 과정에서 "판사님! 우리 아이는 덩치만 클 뿐, 정신력은 10살입니다. 지 또래의 친구를 사귄 것뿐입니다."라고 청원하였다.

여판사님은 차갑게 말했다. "그런 식의 동정을 바라지 마세요."라고 말이다. 그 차가운 말이 비수처럼 가슴에 꽂혀 한동안 떨었던 적도 있었다.

나는 우리 아이들이 결혼도 하고 자식도 낳으면서 한 사람의 인생을 후회 없이 살 수 있기를 바라고 있다. 적어도 다른 사람들에게 폐가 되지 않는 인생을 살 수 있기를 바란다.

나의 이런 노력 덕분인지는 몰라도 다행스럽게 우리 아이들은 내 말을 너무 잘 듣는다. 그게 나는 더 안쓰럽다. 이 세상에 오로지 나만 의지하는 우리 아이들이 말이다. 얼마나 외롭고 힘이 들었을까?

내가 베푸는 아주 작은 친절에도 저리 정을 주고 있는 아이들이 측은하기 이를 데 없다. 우리는 늘 협상을 통해 문제를 하나씩 해결해 가고는 있지만 워낙 발달이 늦은 아이들이라 그 속도는 참으로 늦다.

그래도 협상을 통해 하나씩 문제를 해결할 수 있다는 가치를 깨닫게 해준 우리 아이들이다. 내가 세상을 떠나기 전 우리 아이들이 조금 더 성장해 한 가정을 꾸릴 수 있기를 간절히 바라고 있다.

내 관심 없이도 스스로 잘 살 수 있는 날이 오기를 바라고 있다. 우리 아이들의 이웃이 우리 직원들이었으면 좋겠다는 바람이 전 직원 사택을 지어주는 꿈이 되었고, 그 꿈은 반드시 이루어질 것이라고 믿고 있다.

우리 아이들을 데리고 떠난 일본 여행에서 느꼈던 수모는 내겐 큰 깨달음을 얻는 계기가 되어주었었다. 그래서 전 직원들과 격년제로 해외여행을 떠나는 이벤트를 하게 되었고 그 효과는 기대 이상이었다.

그간 한 달에 한 번 정도 아이들을 데리고 국내 여행을 다니면서 그 아이들이 나날이 발전하고 있다는 사실을 알게 되었지만 말이다. 아이들과의 소통을 통해 이미 여행의 효과를 느낄 수는 있었다.

한 아이가 말했다. "사장님! 나 고등학생 때 죽으려고 학교 옥상에 올라갔었어요." 하는 게 아닌가. 그러자 다른 아이가 "그때 너 죽었으면 우리가 만나지도 못했겠다"라며 아무렇지 않게 놀렸다.

순간 당황한 나는 그 아이만 따로 데리고 가서 자초지종을 듣게 되었다. 친구들의 괴롭힘이 너무 심했던 모양이었다.

가슴속에 깊숙하게 묻어놓았던 비밀을 그렇게 터놓은 다음 묻는 말에 겨우 대꾸만 하던 아이가 그날 이후 많이 달라지기 시작했다.

"내가 힘이 세니까, 이모들 일을 도와야 해요." 이렇게 말이다. 말도 많아지고 표정도 한결 밝아지고 나날이 성장하는 속도가 빨라지고 있었다.

어느 날 단체 회식이 끝나고 그 아이들만 집으로 데려다주는데, 한 아이가 "이렇게 가서요. 이렇게 돌아서요." 손짓으로 방향 지시만 해주었다.

자기가 살고 있는 집 주소를 외우지 못했던 모양이었다. 만약 택시를 타더라도 자기 집조차 찾기가 쉽지 않을 거 같았다.

그 이후 나는 "○○아 ○○집이 어디지?" 만날 때마다 수도 없이 물어보곤 하였다. 그러던 아이가 "이제 그만 물어요. 우리 집은 ○○동 ○○아파트 3동 303호여요."라고 말했다.

"아! 그렇구나, ○○는 참 똑똑하구나. 그런데 사장님은 아직 잘 몰라서 말이야." 이런 대화를 반복하던 아이였었다.

숫자도 손가락 수만큼만 알던 아이였다. 그런데 이제는 "과장님! 박스가 38개밖에 없어요. 주문하세요." 이렇게 바뀌게 된 것이다. 비록 속도는 더디지만, 우리 아이들은 이렇게 성장을 하고 있는 중이다.

나는 아이들의 성장을 지켜보면서 그런 아이들에게 더 많은 사회와의 접촉을 갖게 해주고 싶었다.

그렇게 해서 우리 아이들과의 동행을 위해 전 직원들과 함께하는 해외여행을 떠나게 된 것이다.

2박3일 동안 같이 먹고 잠자면서 직원들은 그동안 쌓였던 갈등도 풀고, 소통을 하였다. 회사와 직원과의 소통보다 직원과 직원들과의 소통이 되는 것을 보면서 보람을 느끼기도 했다.

한 해는 국내 연수를 1박하고, 그다음 해는 해외여행을 떠나고 있는데, 직원들이 늘어나면서 많은 사람이 이동하는데 어려움이 따르기도 한다. 그래도 그 효과는 실로 엄청났다. 앞으로도 계속 이어서 해나갔으면 좋겠다.

지금은 회사를 떠났지만, 뇌전증과 지적 장애를 복수로 갖고 있던 아이가 있었는데, '바른 먹거리'를 통해서 뇌전증 증세가 사라진 것을 보았다.

뇌전증은 5년 동안 발병을 하지 않으면 더 이상 뇌전증 환자가 아닌 것으로 판정을 받는다고 한다. 그래서 그 아이가 회사를 떠난 것이다.

어리석게도 가족들에 의해 장애인 혜택을 받지 못할 것 같아 그게 두려워서 그런 결정을 한 것이다. 영원히 장애인으로 혜택을 받으며 살고 싶었던 모양이다.

모든 것은 자신의 선택에 의해 결정이 되고 그게 또 운명이 되기도 한다. 그 애는 가끔 한 번씩 회사에 와서 우리 아이들에게 일하지 않아도 국가에서 먹여 살리는데, 뭣 땜에 힘들게 일하느냐고 충동질한다고 해서 지금은 출입을 못하게 했다.

그 애가 다녀가고 나면 우리 아이들 중 한 명은 꼭 결근했기 때문이다. 그러면 또 우리는 협상테이블에 다 같이 앉는다.

"남의 도움으로 사는 사람은 뭐게?" 내가 물으면

"거지요." 아이들은 일제히 이렇게 답하는 식의 협상 시간이다. 이런 과정을 거치고 나면 아이들은 갈등에서 벗어나 다시 정상적으로 일을 하게 되는 것이다. 이런 식의 반복이 14년이나 이어져 왔고, 이제는 염려하지 않아도 될 정도가 되었다.

나는 아이들을 본의 아니게 세뇌하고 있었다. 어쨌거나 아이들은 내 도움으로 거지처럼 남의 도움에 의지하지 않고 자신의 힘으로 살려고 애를 쓴다. 집도 사서 세금도 내면서 말이다.

우리 아이들과의 그런 과정을 겪으면서 '바른 먹거리'의 가치에 대해 더욱 깨달을 수 있었다. 나는 늘 기적을 보고 있는 기분이다.

우리 아이들을 통해 주변 사람들을 통해 '바른 먹거리'가 인체에 미치는 영향력이 얼마나 큰지 알 수 있었기 때문이다.

그 깨달음으로 인해 비록 기업을 성장시키지는 못했으나 전 세계에 당당하게 수출할 수 있는 토대는 마련할 수 있었다고 본다.

병든 다음에 건강의 소중함을 깨닫는 것은 어리석은 짓이다. 물론 병의 원인이 식습관뿐만은 아니다. 최근에는 환경으로 인해 병 인자가 유발되는 경우가 많다고도 하고, 스트레스 등 여러 요인이 있을 수 있다.

하지만 우리 자신이 고칠 수 있다. 식습관과 생활 태도로 말이다. 그것만으로도 어느 정도의 건강은 지킬 수가 있다.

이렇게 스스로 할 수 있는 데에도 불구하고 하지 않는 것은 참으로 어리석은 짓이다. 나는 우리 아이들에게 '바른 먹거리'를 먹는 방법을 알려주기 위해 내가 직접 음식을 만들어주곤 했었다.

지금도 여름철에 열무김치 등을 담가주고 있다. 나의 관심과 보살핌으로 아이들은 나날이 달라지기 시작했고, 이에 고무된 나는 점점 더 아이들의 먹거리에 신경을 썼고, 그 덕분에 많은 제품도 개발할 수 있었다.

우리 직원들은 "사장님 덕분에 아이들이 좋아졌어요." 한다. 그런데 나는 그게 '바른 먹거리' 때문이라고 여긴다.

이제 우리 아이들은 "사장 아줌마"라고 호칭하지도 않는다. 깍듯이 "사장님"이라고 부르게 된 것이다. 아이들의 변화는 내게는 기적과도 같았다.

우리 아이들 학교에서 요청이 왔었다. "○○등이 이렇게 변했으니, 다른 아이들에게도 교육을 해달라."고 말이다. 그런데, 선생님들이 데리고 온 아이들은 처음 우리 아이들이 회사에 실습 나왔을 때와 똑같았다.

도저히 교육할 수가 없었다. 발달장애 아이들의 교육이 하루아침에 되는 것은 아니기 때문이다. 나는 그때 참으로 가슴이 떨렸었다. 그 아이들과 우리 아이들의 격차를 보면서 '바른 먹거리'의 가치를 본 것이다.

그 아이들을 보면서 우리 아이들이 그동안 '바른 먹거리'를 통해 엄청난 차이가 있었던 것을 깨달을 수 있었다.

그 학교 선생님들은 나의 보살핌과 교육 덕분으로 우리 아이들이 변했다고 생각했던 모양이었다. 그런데 나는 그게 모두 '바른 먹거리' 덕분이라고 여긴다.

'바른 먹거리'는 이렇게 엄청난 가치가 있다.

그런저런 경험들이 쌓이면서 '바른 먹거리'에 대한 나의 도전은 쉼 없이 지금까지 지속되어 온 것이고 앞으로도 계속 이어질 것이다.

내 후손들도 이 가치를 깨닫고 이 정신을 잊지 말기를 바라는 마음이다.

25. 휴게소 주차장

　'기생충 알' 사건이 있은 후 법이 개정되었고, 김치는 무조건 HACCP(해썹) 인증을 의무적으로 받는 품목으로 지정이 되어버렸었다. 그래서 우리는 공장 이전을 해야만 하는 상황이 된 것이다.

　수중에 가진 돈은 없었으나 그렇다고 신탄진 공장은 너무 협소해 HACCP시설을 할 수가 없었기에 공장 이전은 선택의 여지가 없었다.

　그렇게 동분서주 방법을 찾아 헤매고 있었을 때 우리가 보유하고 있던 용인 물류 창고가 경부고속도로에 편입이 되었다는 연락을 받았다. 주저 없이 곧장 동의를 해주고선 보상을 받았다.

　국민은 국가가 요구하면 무조건 협조해야 하는 의무가 있다. 그 후에도 두어 번 그런 기회가 있었는데, 나는 언제나 아무 조건 없이 제일 먼저 동의해 주고 있다.

　단 한 번도 이의를 제기해 본 적이 없다. 그게 국민의 책임인 것이라고 여긴다. 국민은 국가의 이익을 먼저 고려해야 하 당연한 의무이기 때문이다.

　개인의 이익보다 우선이다. 용인 물류 창고로 보상받은 돈으로 지금의 공장 터를 마련할 수 있었고 중소기업진흥공단의 협조를 받아 공장을 짓게 되었다.

　중소기업진흥공단은 기술력을 가진 중소기업을 돕는 역할을 하는 기관으로 우리 같은 중소기업은 비 오는 날 우산처럼 큰 도움이 되어주는 기관이다. 하지만 자금력이 부족했던 우리는 공장 이전이 순조로울 수가 없었다.

2004년부터 부지를 매입했고, 2008년에 준공하였는데, 그 무렵이 리먼 사태가 일어난 해였다. 스테인리스 가격이 천정부지로 올랐고, 자재비도 덩달아 올랐다. 당시 중소기업진흥공단 본부장님은 나의 의논 파트너가 되어 주셨고, 중소기업진흥공단의 물심양면 도움으로 간신히 준공할 수 있었다.

그렇게 어렵사리 공장을 이전하고 보니 우리 공장과 바로 접해있는 휴게소와의 사이에 한 치의 공간도 없다는 사실을 알게 되었다.

그러다 보니 휴게소 직원들은 신탄진 IC까지 가서 다시 돌아오거나, 남청주 IC까지 돌아서 가야 하는 어려운 실정이었다.

그래서 휴게소와 우리 공장 사이에 주차 공간을 마련해 주기로 하고, 보강토 옹벽을 안쪽으로 들여서 쌓아 주차 공간을 확보해 준 것이다.

덕분에 휴게소에 납품하는 차량과 휴게소 직원들은 편안하게 주차할 수 있는 공간이 생기게 된 것이다.

그렇게 10년이 지났는데, 아는 변호사님이 그렇게 방치하면 재산권 행세를 못 한다는 충고를 해 주셔서 일 년에 오십만 원씩 받기로 하고 임대차 계약서를 썼다. 20년이 훌쩍 지난 지금은 일 년에 고작 70만 원씩을 받고 있다.

누가 요청한 것도 시켜서 한 일도 아니고 내가 알아서 해준 일이라서인지 아무도 고마워하지도 않는다. 명절에 선물도 반대로 우리만 하고 있다. 하지만, 그로 인해 사회적 이익은 발생이 되고 있다.

나는 누가 알아주지는 않더라도 사회적 이익을 먼저 생각하려고 하고 있다. 자칫 오지랖 넓은 행동으로 비추어질 수도 있고, 겨우 차 한 대의 주차료도 되지 않는 비용을 받으면서 감사의 말조차 듣지 못했다.

그러나 난 정말 잘한 일이라 여기고 있다. 나비효과는 분명히 있을 것이다. 사회는 이렇게 지켜진다. 다시 그런 기회가 온다 해도 나는 같은 선택을 할 것이다. 이게 내가 살아가는 방법이고 사회에 대한 나의 인식이다.

내가 어렸을 때는 화장실도 재래식이었고 도로도 포장이 되지 않았으며 사회 전반적인 시설이 낙후되어 있었다.

목욕은 여름 외에는 할 수조차 없는 열악한 환경이었었다. 그래서 눈부시게 발전과 변화를 거듭하고 있는 지금의 사회 기반 시설들에 벅차고 감동스럽기만 하다.

불편을 겪어보지 않은 사람은 현재의 편리함에 감사를 못 느끼게 되어 있다. 당연하게 누려야 하는 권리라고 여긴다. 하지만 이 세상에 당연한 것이란 없다.

누군가의 아이디어와 노력, 그리고 희생이 있었기에 이 사회는 진화되고 있는 것이기 때문이다.

그래서 후손들에게 자산을 물려주기보다 사회 기반 시설을 확충하는 것에 투자하는 것이 지혜로운 것이다.

이제 이 사회는 스스로 조금만 노력하면 이 세상을 맘껏 누리고 행복하게 살 수 있는 환경이 된 것이다.

모르는 것은 인터넷에 클릭만 하면 백과사전처럼 금방 알려주기도 한다. 이 세상 모두가 내 것이다.

편리한 교통, 쾌적하고 깨끗한 화장실, 무엇하나 부족한 게 없다. 이런 것들이 어떻게 당연하겠는가?

이렇게 되기까지 나는 무엇을 얼마나 이 사회를 위해 기여했는지 곰곰이 생각해 보면 실상 한 것이 별로 없을 것이다. 그래서 더 감사함이 생기게 된다.

나도 모르는 새 누군가의 노력으로 내가 그 혜택을 누리고 있다. 이 얼마나 감사한 일인가?

돌이켜보면 감사해야 할 것들은 너무도 많다. 햇볕, 공기, 바람 등 모두가 공짜인 것도 너무 감사해야 할 일들이다.

그럼에도 감사함도 모르고 불평, 불만을 가지는 것은 어리석기 짝이 없다. 세상을 이롭게 하는 일에 에너지를 쏟으며 살아야 하는 이유이다.

만족감은 덤이다. 세상을 이롭게 하는 일은 실상 큰일이 아니다. 그래서 큰 권력과 힘이 필요치 않다.

양보 운전, 마주치는 어떤 순간에 타인을 배려하는 것 등. 일상 속에서 실천할 수 있는 아주 사소한 것들, 매너 있는 태도가 바로 세상을 이롭게 하는 일인 것이 되기 때문이다.

매너 좋은 사람들의 행동은 전염효과가 있어 좋은 사회를 만들 수 있기 때문이다. 아름다운 꽃과 나무들은 그냥 있는 것이 아니다. 나무를 심고 꽃을 가꾼 누군가의 수고로움이 있었을 것이다.

그래서 아름다움을 감상하고 느끼기 이전에 수고해 준 손길에 감사의 마음을 갖는 것이 먼저여야 한다. 이런 아주 사소한 생각과 마음 씀이 따랐을 때 세상은 한결 밝아지게 될 것이기 때문이다.

존중과 감사의 마음 없이 동행 철학은 절대 생기지 않을 것이기 때문이다. 좋은 사회를 만드는 것은 사회인으로 태어난 이상 필연적인 책임이다.

따라서 많은 이들의 봉사와 희생이 있었기에 점차 진화되어 온 것인 만큼 그 혜택을 누리는 사람들은 그 수고로움을 잊지 않아야 하는 것이 먼저이다.

범죄자가 많으면 담장을 제아무리 높여도 소용이 없다. 다른 사람을 존중하고 배려하면서 품위를 소중하게 생각하고 자존심이 있는 사람들이 사는 사회에서는 굳이 대문의 빗장을 잠그지 않아도 되는 세상이 된다.

올바른 생활 태도는 어릴 때부터 형성되어 잘 유지하는 것이 매우 중요하므로 어른들의 솔선수범하는 모습은 그대로 교육이 되어줄 것이다.

마음만 먹으면 이 세상은 모두가 내가 누릴 수 있는 내 것이다. 좋은 사회는 내가 사는 곳이기 때문이다.

양보하는 것은 손해가 아니다. 자동차 운전할 때 '먼저 대가리 들이미는 것이 임자.'라는 말도 있듯이 우리 사회는 양보에 너무 인색한 경향이 있는데, 나는 그렇지 않다고 생각한다.

양보가 오히려 이익이 된다는 사실을 살아보니 알겠다. 골목길에서 차량 두 대가 대치하고 있는 모습을 종종 보는데 서로에게 손해이다.

어느 한쪽이 잘못 들어왔다고 해도 따지지 말고 먼저 빼주는 사람이 있어야 시간비용, 기름값 비용을 아낄 수 있다.

무엇보다 감정싸움으로 스트레스를 받지 않는 것은 엄청난 이익이 된다. 실제로 경험도 했었다.

어느 날 좁은 골목길을 가는데, 갑자기 차량 한 대가 진입하는 것이 아닌가? 보아하니 전화하고 있는 것 같았다.

통화를 하느라 미처 내가 진입한 것을 보지 못한 듯하여 나는 내리막길을 가고 있었음에도 후진을 해서 피해 주었더니, 고맙다고 인사를 하였다.

그리고 여자가 운전을 너무 잘한다는 말까지 덧붙이면서 통화를 하느라 미처 못 봤다고 하면서 말이다.

그런데 어느 공식 석상에서 마주한 분이 바로 그 분이었고, 나는 그 덕분에 어떤 문제를 쉽게 해결할 수 있었다.

내가 양보 운전하는 멋진 사람으로 비추어졌기 때문이었을 것이다. 예기치 못한 상황에서 득템을 한 셈이다.

언제 어디서 누구와 인연이 될지 모르기 때문에 행동은 언제나 바르게 하는 것이 좋은 것이고 내게 이익이 되어 다시 돌아오게 된다. 이 세상은 자기 혼자 힘으로 살아갈 수가 없기 때문이다.

물론 혼자의 힘으로 살기도 힘든데 누구를 도우며 살아야 한다는 것은 참으로 불행한 일이긴 하다. 더군다나 도움을 받는 쪽은 감사도 모른다. 누군들 그런 운명을 원하겠는가?

하지만 희한한 게 있다. 마일리지가 쌓이듯 나 아닌 다른 사람에게 베푼 것은 차곡차곡 쌓이고 있다는 것을 깨달을 수 있었다. 그 가치에 대한 깨달음은 내 삶의 질을 한층 업그레이드 시켜주었다.

돕는 사람은 힘이 드는데, 도움을 받는 쪽은 만족이 없는 법이라 늘 갈등이 생기게 마련이다. 그래서 깨달은 것이 그럴 때는 억지로 도우려고 애쓰지 않게 되었다.

그냥 방임하는 방법도 배웠다. 그리고 도울 수 있을 때는 주저 없이 돕는다. 도움을 받지 않고 도움을 줄 수 있는 입장인 것이 얼마나 감사한 일인지 모른다.

다른 사람의 도움을 받는 것은 마일리지가 자꾸 마이너스가 되고 있고 도움을 주는 쪽은 자꾸 마일리지가 쌓이고 있는 형국인 셈이다. 그래서 다른 사람의 도움을 바라지 말고 다른 사람을 돕는 인생을 살아야 한다.

구두쇠의 특징은 무조건 안에 쌓아 놓으려는 경향이 있다. 절대 밖으로 내보지 않는다는 것이다. 그래서 영원히 만족이 따르지 않아 스스로 고립되고 불행해지는 것이다. 행복감은 반비례하기 때문이다.

도울수록 자꾸 쌓이고, 도움을 받을수록 자꾸 행복의 창고는 비게 되는 이 이치를 깨달아야 한다. 그래서 아끼는 사람일수록 돕지 말고, 자신의 힘으로 살고 다른 사람에게 도움을 주는 사람이 되게 도와줘야 한다.

그리고 다른 사람을 도울 때는 돕는 순간 잊어야 한다. 그렇다고 무리를 해 억지로, 힘들게 도우려고 애쓰지도 말아야 한다. 효과도 없을뿐더러 너무 힘이 든다. 도우면서 즐거워야 효과가 있는 법이다.

어릴 때 가난하게 성장한 사람들은 돈을 쓸 줄을 잘 모른다. 그래서 그 돈이 오히려 스스로 불행하게 만드는 것도 모른다. 돈은 잘 쓸 수 있을 때 그 가치가 빛을 발하기 때문이다.

아낀다고 내 것이 될 수 없는데도 아끼다, 아끼다 인생은 끝나고 만다. 재물이 쌓이면 그만큼 생각도 씀씀이도 따라서 커져야 하는 법이기 때문이다.

내게 주어진 인생은 내 것이기 때문에 스스로 만들어 갈 수 있다. 그래서 자식에게 너무 많은 재산을 물려주는 것도 자식의 인생을 망치게 하는 것인지도 모른다. 부모가 번 돈은 내 것이 아니기 때문에 만족도가 떨어진다.

내 돈은 내 노력으로 벌어야 성취감이 따른다. 그리고 부모가 너무 많은 것을 이루어 놓으면 오히려 자식 입장에서 불편함을 느끼게 될 수도 있다. 왜냐하면 부모에게 받은 것보다 더 많이 이루어야 하기에 많이 고달프다.

자식을 낳았으면 기르고 교육시키는 것까지가 부모의 몫이고 책임이다. 거기에 여유가 있으면 집하나 사주는 정도이면 충분하다.

집도 스스로의 노력으로 사야 집에 애착이 생기는데, 요즘 집값이 너무 비싸 집 하나 장만하기가 너무 힘이 들어 청년들이 집을 장만하는데 반평생을 허비해야 하기 때문이다.

그 시간을 낭비하지 않게끔 도와주는 정도이면 되는 것이다. 더 이상의 재물은 결코 자식에게 도움이 되지 못할 것이다.

또 내 이익을 위해 다른 사람에게 부담을 주는 행동을 해서는 안 된다. 절대 좋은 평판을 받을 수가 없게 된다.

평판은 살아가는 흔적이기 때문에 무시할 수가 없는 것이다.

26. 내 인생은 내 것이다

"부자, 3대가 가지 않는다."라는 말이 있다. 하지만 유럽이나 선진국에서는 3대가 아니라 30대까지 이어지는 부자 가문들이 있다. 그들에게는 철학이 있기 때문일 것이다.

일본에 1300년 된 떡집이 있는데, 그 여주인은 대를 이어 떡을 굽고 있었다. 그들에게는 정신이 먼저이다. 그들에게는 가문을 지키면서 일을 하는 것을 부끄러워하지 않는 정신이 있다. 오히려 자부심을 가지고 있다.

1300년을 이어서 떡집을 운영하면서 전통을 지켜온다는 것이 쉽지 않은데, 운명처럼 대대로 그 일을 해 오고 있다. 그래서 존경과 존중을 받을 수 있다. 재산도 엄청나다고 옆에서 귀띔해 주었는데 하는 일은 늘 마찬가지이다. 참 부러운 모습이다.

우리에게 그런 자긍심이 필요한 것이다. 조상들이 벌어놓은 재산으로 돈이 많다고 펑펑 쓰면서 인생을 낭비할 것이 아니라 조상들이 닦아놓은 기반 위에서 사명감을 가지고 살아가는 그 정신이 참으로 부럽기만 하다.

으스대지 않고, 이웃과 더불어 늘 한결같은 모습으로 살아가는 그들의 철학은 정말 본받고 싶은 부분이다. 선대가 일구어 놓은 기반은 그 어떤 자원보다 큰 자산이다. 이미 신용이 쌓여있으니 힘들게 영업할 필요도 없다.

다만 신용을 실추시키지 않기만 하면 되는 것인데, 그 신용을 지킨다는 것이 결코 쉽지 않았을 것이다. 그게 가장 큰 의미가 있고, 그 정신이 바로 철학이 아닐까 싶다. "돈은 있으나 일은 한다." 그들의 철학이다.

내 인생은 내 것이기 때문에 오로지 나만이 디자인하고 설계할 수 있다. 본인이 하고 싶은 일도 있을 것이고, 때론 일탈도 하고 싶을 때가 있을 것이다.

하지만 사회 구성원으로서 책임과 한 가문의 자손이라는 책임이 있음을 잊어서는 안 된다는 신념으로 버티어왔을 것이다. 그런 정신이 실종된 사회에서는 희망이 없기 때문이다.

한 사람, 한 사람의 정신들이 모여 좋은 사회를 만들고, 일류 국가도 만들 수 있다. 내 인생이 내 것이라고 함부로 살아서는 안 되는 이유이다.

선진국과 후진국의 차이는 여러 방면에서 실로 엄청나게 많지만, 나는 자동차를 운전하는 매너와 문화의 차이가 제일 크다고 여긴다.

선진국 사람들은 새치기나 얌체 운전을 잘 하지 않지만, 간혹 그런 사람이 있으면 조용히 양보를 해준다. 바쁜 일이 있을 것이라고 여기면서 말이다.

그리고 사고를 내지 않으려는 방어운전이 되기도 한다고 한다. 크락션도 잘 누르지 않는다.

반면 후진국은 모두 다 그 반대이다. 우리가 선진국 사람처럼 살 것인지, 후진국 사람처럼 살 것인지? 그 선택은 내 태도에 달려 있는 것이다.

그리고 재산이 많고 여유가 있는 것은 참으로 좋은 일이나 그것이 다른 사람과 비교해서 우월감을 가지는 이유가 되지는 않는다.

재물이나 권력으로 다른 사람들에게 위화감을 조성하는 행위를 하는 것은 열등감의 발로일 뿐이다. 이 세상에 무시되어야 할 인권이란 없기 때문이다.

돈은 인생을 살아가는데 반드시 필요하다. 하지만 돈은 불편하지 않는 수단이지 자랑하고 뻐기는 힘이 되지 않는다는 사실을 잊지 않아야 한다.

'엔트로피 법칙'을 늘 상기해야 한다. 무질서가 되지 않게끔 자신을 다독일 수 있는 사람이 승자이다. 그래서 때론 풍요가 결핍보다 해가 될 수 있다고 한다.

부모 세대보다 나은 환경에서 살 수 있다는 것을 감사히 받아들이고, 자신의 인생은 스스로 결정하고 살아야 한다.

뇌를 길들이는 방법 중에 가장 우선하는 방법이 있는데, 레몬 반을 갈라 내 입에 한 방울 한 방울 떨어뜨리는 상상을 해보아라.

그러면 입속에서 침이 고일 것이다. 실제로 레몬을 먹지 않았는데도 말이다. 상상만으로도 뇌는 반응을 한다. 그래서 늘 좋은 생각으로 뇌를 길들여야 한다.

그러면 세상은 달라지기 시작할 것이다. 그게 바로 힘의 논리이다. 그리고 세상을 살면서 어쩌다 얻은 얄팍한 권력과 힘이 있다고 함부로 휘둘러서도 안 되는 것이다. 그 힘은 내 것이 아니기 때문이다.

우리 회사 주변에는 편의 시설이 없어 우리 직원들은 주로 휴게소를 많이 이용하는 편이다. 그래서 휴게소와 우리 회사 사이에 쪽문을 만들어 놓고 출입 구를 만들어 두었다.

어느 날 보니까 휴게소를 드나드는 곳의 나무뿌리들이 앙상하게 드러나 있었 다. 흙이 파여 나무뿌리가 솟아나 있었는데 사람들이 오고 가면서 그 나무뿌리 들을 밟고 있었다.

말은 못 해도 나무가 얼마나 아플까 봐 안쓰러워서 흙을 퍼 날라 성토를 해주 고 빗물에 휩쓸리지 않게 침목을 깔아 계단을 만들고 주변을 예쁘게 단장을 해 주는 공사를 했었다.

그 공사하는 모습을 도로공사 간부 한 사람이 보았던 모양이었다. 그리고 무 슨 영문인지 휴게소 출입구를 자물쇠로 채우고, 출입을 통제시켜 버렸다.

우리 한 상무님이 휴게소와 도로공사에 연락해 전·후 사정을 설명했었으나 무조건 안 된다고 하였다. 서울로 출장을 갈 때나 손님을 만날 때면 종종 이용해 온 휴게소인지라 한동안 불편하게 지냈던 기억이 난다.

그렇게 몇 년을 보냈는데, 어느 높은 분이 휴게소에서 우리 회사로 들어오려다 자물쇠가 채워진 모습을 보게 된 것이다. 자세한 내막은 잘 모른다. 며칠 후 그 출입구는 개방이 되었다. 이런 것이 힘의 논리이자 우리 사회의 한 단면이다. 참으로 씁쓸한 기억이다.

우리는 휴게소를 위해 주차장도 마련해 주었으며 울타리와 출입문도 우리가 비용을 들여 공사를 했었는데, 우리 의견은 전혀 무시되었고 자기들 마음대로 잠그고 열곤 했다.

도로공사는 국가기관이다. 주변 주민들의 편익을 먼저 고려해야 하는 것이 먼저라는 생각이다.

더군다나 우리는 좋은 뜻으로 오히려 도움을 준 것인데, 지금도 이해되지 않는 일이다.

27. 엄마의 힘

어느 날 현장에서 성실하게 일하던 직원이 사표를 냈는데, 시아버지 병구완을 해야 한다는 이유였다.

그 후 몇 개월 뒤 다시 근무하게 해달라고 요청하길래 워낙 성실했던 직원이라 다시 복직을 시켜주었다.

그로부터 한참 후 그 직원의 시아버지께서 돌아가셨다는 부고를 냈길래 직원들과 함께 조문을 갔다. 조문을 간 나는 너무도 큰 충격을 받게 되었다.

그 직원은 여성 가장이었다. 남편을 잃고 혼자의 몸으로 세 아이를 키우면서 시부모 봉양까지 하고 있었다. "사장님! 고마워유." 내 허리를 부여잡고서 우는 그 직원의 시어머니를 붙들고 같이 통곡했었다.

너무도 미안하고, 가여워 할 말이 없어 그저 울기만 했다. 그 직원과 그 시어머니는 내게 연신 "고맙다"라는 말을 하며 울기만 했었다. 고마워야 할 일을 나는 한 것이 없었다. 부끄럽고 미안해 고개를 들 수가 없었다

나는 그동안 무엇을 하고 있었던 것일까? 회한이 엄습해 와 견딜 수가 없었다. 이토록 힘들게 살고 있는 직원이 가까이 있었는데도 그 사실조차 모르고 있었다는 게 너무도 미안했고 면목이 없었다.

돌아와서 직원들의 신상에 대하여 확인한 결과 여성 가장으로 사는 사람이 그 직원뿐만이 아니었다. 약 10명 정도의 여성 가장들이 있었었다.

개별 면담을 신청한 후 얘기를 들어보니, 혼자 산다는 것을 숨기고 싶었다는 것이었다. 그때부터 나는 그녀들을 돕기 시작했다.

어린이날쯤이면 아이들도 같이 만나 선물도 주면서 그 아이들이 성장하는 모습을 지켜보기로 한 것이다. 아빠를 대신해 내가 그 아이들의 보호자가 되기로 한 것이었다.

엄마가 똑바로 살면 아이들은 잘 자라게 되어있다. 고생스럽지만 성실하게 사는 엄마 밑에 자라는 아이들은 웬만해서는 탈선을 하지 않기 때문이다.

양 친부모 밑에서 자라는 아이들도 말썽을 피우듯이 그 아이들도 때론 일탈도 하긴 했었다. 그런데 가출을 해서도 내게 연락을 주곤 하였다.

나를 아버지처럼 의지했던 것 같다. 코흘리개 아이들이 자라 시집도 가고, 장가도 가는 모습을 지켜보면서, 여러 가정이 그나마 무너지지 않고, 잘 견디어 준 것에 너무 감사한 마음이 들었다. 그리고 여성 가장인 엄마의 힘을 보았다.

가출했던 아이는 결혼식 날 내게 "사장님! 속 썩여 드려 죄송했어요. 그때 저를 챙겨주셔서 감사했었습니다." 하면서 웃었다. 나의 작은 관심이 그나마 도움이 되었다는 사실에 가슴이 뭉클했다.

가출까지 하면서 속을 썩이던 아이가 신부가 되어 환하게 웃고 있었다. 그런저런 추억을 만들면서 회사를 경영해 왔고, 그 덕분에 오늘의 우리 회사가 존재할 수 있었다고 여긴다.

이제 그 여성 가장이었던 엄마들은 정년이 되어 회사를 떠났지만, 나는 지금도 그 아이들의 결혼식에 초대받아 축하를 해주고 있다.

기업의 문화와 역사는 하루아침에 생기지 않는다. 그리고 직원들이 아무 근심 걱정이 없어야 사고도 생기지 않는다. 그래서 내 가까이 있는 직원들부터 제일 먼저 챙겨야 한다.

장한 엄마들이 있었기에, 또 흔들리지 않고 엄마의 책임을 다하려는 그녀들 곁에서 작은 관심을 보였던 나의 노력이 있어서, 이렇게 많은 가정이 탄생할 수 있었다고 믿는다.

가정에서 문제가 발생하지 않는다면 사회 문제도 생기지 않는다. 그래서 가정에서 해결이 되지 못하는 문제들은 이렇게 조직이나 사회에서 관심을 가지고 챙겨줘야 한다.

어찌 보면 엄마의 힘은 참으로 크고 위대한 것이라 엄마가 똑바로 살아야 하는 이유이다. 그리고 엄마들이 흔들리지 않도록 관심을 가지고 도와야 하는 게 사회 구성원들의 책임이기도 한 것이다.

여자 혼자의 몸으로 자식을 키우고 교육하며 산다는 게 얼마나 어려운지를 잘 알기에 나는 그들에게 작으나마 힘이 되어 주었던 것이다.

당시에 내 개인이 그녀들에게 해준 것이 고작 쌀 40kg과 10만 원짜리 농협 상품권 한 장이었으니, 실상 큰 도움도 아니었다. 그래도 그게 그녀들에게는 큰 힘이 되어주었던 모양이다.

씩씩하게 자식들을 잘 키워서 또 가정을 이루게 해주었으니 참으로 장한 엄마들이다. 지금도 가끔 연락이 와 그 당시의 이야기들을 하면서 서로가 감사를 하고 있다.

백만매택(百萬買宅) 천만매린(千萬買隣)은 좋은 이웃을 사는데 집값은 백만 인데, 천만금을 더 주었다는 고사성어이다. 중국 남북조시대 '송계아'라는 고위 관리가 은퇴 후 말년에 살 집을 구하러 다녔다고 한다.

주변에서 추천해 준 집들을 보러 다녔으나 도통 마음에 들지 않았다고 한다. 그런데 집값이 백만금인 집을 천만금을 주고 당시 칭송이 자자했던 '여승진'이 라는 사람의 옆집을 사서 이사를 했다고 한다.

그 얘기를 전해 들은 '여승진'이 그 이유를 물었더니, "비록 집값이 백만금에 불과하지만, 선생님과 같은 이웃을 둔 가격은 천만금도 아깝지 않습니다"라고 했다고 한다. 인생을 사는데 좋은 이웃은 이렇게 중요한 부분이다.

요즘은 층간소음이다. 뭐다 해서 이웃의 소중함이 실종되었고, '반상회'가 없어지면서 옆집에 누가 사는지도 모르게 되었다. 하지만 이웃을 사촌이라고도 하는 이유가 있다.

급할 때 옆집과 친하게 지낸다면 진짜 사촌들보다도 어느 지인들보다 큰 힘이 된다. 기업을 경영하거나 사업을 하는 사람은 정말 좋은 이웃을 많이 만들어야 한다.

거래관계에서 인연이 된 이웃도 모임을 통해서 만나는 이웃도 다 사촌이다. 그 인연들이 평판이 되고 곧 브랜드 가치가 되기 때문이다.

사업을 하는 동안 모임을 통해 행사를 통해 어쩔 수 없이 많은 사람을 만나게 될 것이다. 언제나 정중하고 따뜻한 이웃이 되겠다는 마음으로 만나는 모든 사람을 내 사람으로 만들 수 있다면 그것은 바로 성공의 길이 될 수 있을 것이다.

그리고 사업하는 사람들과 만남의 자리를 갖게 되면 밥값, 찻값을 아끼지 않아야 한다. 적은 금액으로 효과는 매우 큰 찬스를 얻게 되는 셈이다.

'내가 두 번 샀는데, 너는 한 번도 안 사?' 이런 생각을 해서는 안 된다. 살 기회를 준 것에 감사해야 한다. 해보면 그 가치에 대해 알게 될 것이다.

그리고 이웃의 애경사는 반드시 챙겨야 한다. 기쁨도 슬픔도 같이할 수 있는 기회가 될 수 있다.

특히 퇴직자들의 애경사는 더 신경을 써서 챙길 수 있어야 한다. '죽은 정승이 살아있는 정승의 개보다 못하다'라는 속담이 왜 있겠는가?

퇴직하고 난 공직자들의 애·경사에는 사람들이 잘 찾지 않는데, 절대 그래서는 안 되는 일이다. 나는 오히려 그런 분들을 더 잘 챙긴다. 부정부패와 김영란법 등으로 현직에 계신 분들께는 조의금이나 축의금이 아무래도 제한적일 수밖에 없다.

그러나 퇴직을 하신 분들께는 자유로우니까, 좀 여유 있게 해드릴 수 있어야 한다. 그분들의 자존심을 세워주는 격이 되어 그분들은 정말 많이 감사해할 것이다.

평소 그분들의 수고로움에 대한 보답하는 마음으로 하는 것인데 말이다. 늘 이런 마음과 행동을 하다 보면 어느새 세상은 내 것이 되어준다. 모두가 마음을 열고 대해주는 그 효과는 참으로 엄청나기 때문이다.

애경사만 잘 챙겨도 세상은 나를 위해 존재하는 것이 되는 것처럼 많은 우방을 만들 수 있고 그분들은 나의 견고한 울타리가 되어줄 수 있다. 특히 어려움을 겪는 분들에게는 좀 더 신경 쓰고, 배려해야 한다.

'썩어도 준치'라는 말이 있다. 비록 힘은 잃었어도 그분들의 영향력은 상상 이상이다. 대가를 바란 것은 아니지만, 의외로 많은 것을 느끼게 해주는 부분이다. 크게 부담스럽지도 않은 일이다.

조금만 배려를 하면 효과는 상상 이상일 것이다. 이렇게 작은 성의를 표하는 것만으로도 만나는 모든 인연이 좋은 이웃이자 펜이 되어줄 것이다.

좋은 이웃사촌이 많다는 것은 그만큼 조력자가 많이 생겼다는 증거이다.

세상 살기가 한결 수월해질 것이다.

28. 번아웃 증후군

일에 치여 자아를 잃고 정서적 고갈에 다다른 상태를 '번아웃(Burnout) 증후군'이라고 하는데, 방치하면 삶의 질을 떨어뜨리는 문제가 생긴다.

두통이나 소화가 안 되는 증상을 시작으로 수면장애, 체중 증가 등의 부작용이 생기고 모든 일에 의욕을 잃고 매사가 심드렁해져 심하면 삶 자체의 목적도 의미도 잃게 된다. 쉬어도 쉬어도 피로가 가시지도 않는다고 한다.

이럴 때는 일탈을 해보기 바란다. 일상에서 벗어나 여행을 한다거나, 직원들의 활기가 떨어지고 쳐져서 다닌다면 '번아웃 증후군'을 의심하고 휴가를 주어야 한다.

기업인에게 있어 우선순위 결정에는 몇 가지 중요한 원칙이 있다고 한다.

첫째, 과거가 아닌 미래를 선택할 것.

둘째, 문제가 아니라 기회에 초점에 맞출 것.

셋째, 평범한 것이 아닌 독자성을 가질 것.

이 원칙들은 모두 분석이 아닌 용기와 관련된 것이다. 나는 직원들이 역량을 제대로 발휘하게 해주는 것이 가장 중요하고 시급한 일이라고 생각한다. 하지만 그보다 더 중요한 것이 직원들의 건강이다.

대부분 사람은 돈을 벌기 위해 건강을 잃어버린 후 그렇게 번 돈을 잃어버린 건강을 되찾기 위해 병원과 약국에 다 갖다버리는 우를 범하고 있다는 사실이다. 그래서 그런 어리석은 행동을 하지 않기 위해, 젊어 건강할 때부터 건강의 소중함을 깨닫고 실천해야 한다.

기업에 있어 직원들의 건강은 그 무엇보다 소중한 것이다. 수율이 떨어지기 때문이다. 직원들에게 휴식을 줘야 할 필요가 있다.

우리는 주 40시간 정책을 가장 먼저 실행했었다. 지금도 웬만해서는 야근을 잘하지 않으려고 노력하는 것이 그 이유이다.

사람은 쇠가 아니기 때문이다. 적당하게 일을 해야 능률이 오르게 된다. 그리고 아침 식사의 중요성이다. 처음 자동차에 시동을 걸 때 에너지가 많이 필요하듯이 우리 몸은 아침에 시작할 때 에너지가 필요하다.

아침에 일어나 양치를 한 후 미지근한 물 한 잔을 마신 후 1시간 후쯤 뭔가 영양공급을 해줘야 한다. 우리 뇌에는 에너지를 저장할 공간이 없다고 한다. 그래서 어제 저녁을 먹은 후 오랜 시간 뇌에 영양소가 없다.

잠자는 시간에는 대사가 일어나지 않아 에너지가 필요 없지만, 아침에 일어나 움직이게 되면 그때부터 우리 뇌는 에너지를 소모하기 시작하는데, 영양소가 고갈되면 지치게 된다. 이런 작은 식습관을 고치는 것도 '번아웃 증후군'의 탈출을 돕는 일이다.

3대 영양소인 탄수화물, 지방, 단백질은 에너지원이다. 그래서 자고 일어난 후 1시간쯤에는 뇌에 영양소를 공급해 줘야 우리 뇌는 자기 기능을 다하게 된다. 따라서 규칙적인 생활 습관이 무엇보다 중요한 것이다.

기업인은 일을 리드해 나갈 수 있어야지 일에 잠식당하게 되면 '번아웃 증후군'에서 벗어나기 어렵다. 신체가 건강해야 정신 건강도 지킬 수 있다는 사실을 늘 상기해야 한다. 신체와 정신은 같기 때문이다.

아이들이 배가 고프면 짜증을 내는 이유기이도 하다. 이것은 뇌에 영양소가 부족하다는 신호이다. 균형 있는 영양소의 공급은 이렇게 중요한 부분이다.

아이들은 아무리 붙들어 두려고 해도 잘되지 않는다. 활기차게 뛰어놀아야 하기 때문이다. 에너지가 넘치고 있다는 증거이다.

비실비실한 아이들은 보기 어렵다. 그 연유를 이해하고 건강관리를 해주면 자연스레 '번아웃 증후군'에서 벗어날 수 있다.

건강을 지키는 것은 이런 작은 실천을 하는 것이다. 자신의 건강이 첫째이고 그 다음은 직원들과 주변의 건강을 위해서 노력을 해야 한다.

특히 우리는 사람의 건강을 담보로 하는 식품을 만드는 회사이다. 이 부분을 기본으로 알고 있어야 하는 것이다.

나는 책 속에 온 우주가 다 들어있다고 생각하고 있다. 서재를 가지고 있는 사람은 외롭지도 않을뿐더러 사회 문제를 일으키지 않는다고 한다. 정신적 결핍이 많지 않아서일 것이다.

책을 가까이하는 사람은 외로움을 덜 느끼게 되고 우울증에서도 자유롭다고 한다. 책에서 얻는 만족감이 커서일 것이다. 내 앎이 늘어난다는 것은 내 뇌에 뭔가를 채우는 것이 되는지라 공허가 생기지 않는다.

뇌가 허약하면 그 공백을 메꾸기 위해 재미를 쫓게 되고, 그 정도가 점차 심해지면 말초신경을 자극하는 만족을 얻으려고 하게 된다. 그 행위가 중독을 가져오게 되고, 점점 더 자극적인 재미를 찾게 되어 종국에는 스스로 파멸하게 만든다.

중국 속담에 '돈을 많이 벌게 되면 술과 계집, 도박을 하게 되고 끝내 아편쟁이가 된다.'라는 말이 있다. 지나치게 탐닉하는 재미는 끝내는 불행을 야기시킨다는 뜻일 것이다.

행복하기 위해 돈을 버는데 그 돈이 도리어 불행의 씨앗이 된다는 것은 참으로 아이러니가 아닐 수 없다.

그리고 책을 많이 읽는 사람에게서만 느낄 수 있는 향기가 있다. 고요한 사색을 즐길 줄 알고, 유연한 사고를 하고 격식을 지킨다.

사고가 굳으면 행동도 굳게 되므로 항상 열린 사고를 해야 하는데, 그 깨달음은 책을 통해서 얻을 수 있기 때문이다.

이 세상을 살아가는 모든 방법은 책 속에 다 들어 있다. 그래서 책을 읽는다는 것은 세상의 이치를 깨달을 수 있는 기회이기도 하다.

그리고 경험만큼 훌륭한 스승은 없다는 말도 있듯이 많은 경험을 해봐야겠지만, 그보다 쉬운 방법은 경험이 많은 어른들을 찾아뵙는 일이다. 그분들의 말씀이 곧 정보가 되어줄 것이다.

그리고 조찬 등 강연은 되도록 많이 참석해야 한다. 전경련, 무역협회, 상공회의소 등에서 개최하는 조찬은 너무도 훌륭하신 강사님들이 오셔서 유익한 정보를 주시고, 또 교류를 통해 많은 지인을 얻을 수 있는 사교의 장이기도 하다.

내 인생은 내가 만들어 간다. 개인의 가치와 성취를 향한 신념으로 시작이 되고, 그에 대한 애착에 빠지게 되는데 지나치면 도리어 해가 된다. 이게 바로 인생이 아닐까 싶다.

틈나는 대로 책을 읽고, 강연회를 찾고, 경험 많은 어른들과 교류하면서 배움을 게을리해선 안 된다. 나의 뇌를 채워주고 공허하지 않기 위함이다. 내 앎이 늘어나면서 모르는 미지의 세계는 점점 더 넓어지고 있었다.

그것은 참으로 큰 깨달음이었다. 즉, 모르면 알고 싶은 것도 없다는 뜻이고, 알면 알수록 더 탐구하게 되어 있다. 이 얼마나 오묘한 진리인가?

우리 뇌는 채워도 채워도 우주만큼 넓어진다는 이 깨달음을 통해 내 인생은 풍요해지고 있었다. 내 생각이 최고라는 착각을 해서도 안 된다.

또 다른 사람을 바꾸려는 노력을 해서도 안 된다. 내가 친절하게 대해줘도 마음을 닫고 옹졸하게 구는 사람은 바꾸려고 노력하기보다 조용히 피하면 된다. 헛수고가 될 것이기 때문이다.

스스로가 최고라고 여기기에 다른 사람의 의견을 받을 여유가 없다. 그리고 아는 것을 기록으로 남겨야 한다. 다음 세대를 위해서 해야 하는 꼭 필요한 일이다.

책을 쓰는 일은 자기 성찰의 계기도 되어줄 것이다. 책을 쓰기 위해서는 내 행동에 대한 책임이 따르게 되고 그렇기에 행동이 바뀌게 된다. 거짓으로 기록을 남길 수는 없을 테니까 말이다.

어떤 선택을 하건 그건 자신의 몫이다. 그런데 그 선택은 곧 운명이 된다. 어차피 한 세상이다. 그 소중한 시간을 나만의 멋짐으로 만들어야 하는 것이고 그 선택은 자신의 몫이다.

처음 회사를 인수했을 당시 여러 어려움이 있었다. 특히 자금 부족으로 인한 고통이 많았었다. 중소기업은 늘 자금과 인재라는 자원 부족이 따르기 마련이긴 하지만 말이다.

당시 신용보증기금의 과장인 사람으로부터 평생 잊을 수 없는 모욕을 당했었다. 즉, 남편이 신용불량자라 보증서를 끊어줄 수 없다는 요지였는데, 그 사람의 말하는 그 태도가 평생을 통해서 잊혀 지지 않는다.

거절을 당하고 밖에 나왔는데, 눈물이 자꾸 났다. 동행했던 한상무님께 "우리는 앞으로 다시는 보증서를 발급받으면서 사업하지 맙시다. 무조건 현금 결재를 합시다."라고 말하면서 마음속으로 굳게 결심했었다.

앞으로 두 번 다시 보증서를 발급받으며 사업을 하지는 않겠다고 말이다. 그리고 그 맹세를 지금껏 지켜오고 있다. 이후 단 한 번도 보증서를 발급받은 적도 없었고, 당좌 개설조차 하지 않고, 무조건 현금거래만 해 오고 있다.

우리는 그때부터 현금거래 시스템을 갖추게 된 것이다. 현금거래 시스템은 처음 얼마간만 쪼들릴 뿐, 시간이 지나면 오히려 그게 더 유리한 상황이 만들어지게 한다.

우리는 외상거래를 하지 않는다. 납품업체 결재 대금은 월 3회 지급을 해주고 있기 때문이다. 10일에 한 번씩 현금 결재를 해주고 있다.

어려운 납품업체의 자금난에 다소나마 도움을 주고 싶은 마음에 시작한 일이기도 했지만, 현금으로만 사업을 하겠다고 맹세했던 자 자신과의 약속을 지키기 위해서이다.

역지사지의 입장에서 생각 해보자. 우리도 처음 시작했을 때, 그런 수모를 당하면서 힘든 경험이 있었는데, 우리보다는 우리와 거래하는 영세한 업체들은 오죽이나 자금난을 겪겠는가?

그런 생각에서 우리는 영세한 업체들의 편의를 위해서였는데, 오히려 그게 우리에게 도움이 되고 있다는 사실을 깨달을 수 있었다. 현금 결재는 처음 몇 개월만 힘이 들지 그다음부터는 마찬가지가 된다.

자금을 활용할 수 있는 여지는 있지만, 그보다는 신용이 더 이익이 된다. 신용보증기금에서의 일은 내가 여성 사업자이기 때문에 당한 수모였다. 남성 기업인들은 배우자의 신용을 조사하지는 않기 때문이다.

가장인 남편이 실패하였기에 일을 시작하게 된 내게는 영원히 잊지 못할 수모였지만, 그 덕분에 비록 규모는 작지만, 우리 회사의 신용도를 높일 수 있게 된 계기가 되어준 것이다.

때로는 힘든 환경이 전화위복의 기회를 만들어 주기도 한다. 견디기만 하면 말이다. 무엇보다 사업을 하는 동안 피해자를 만들지 않는 환경을 만들어 놓은 것이 가장 잘한 일이라 여긴다.

우리는 지급해야 할 금액은 거의 많지 않다. 그러나 받을 금액은 많은 것이다. 현금으로 사서 외상으로 파는 역행을 하고 있어서이다.

체인점의 미수와 납품한 후 1개월 뒤에 입금되는 판매처의 시스템으로 우리는 어찌 보면 금융비용 발생 등으로 손해를 보고 있기도 하다. 하지만 내 생각은 다르다.

우리에게는 겉으로 드러나지 않는 엄청난 자산이 쌓이고 있다. 무엇보다 신용이 많이 쌓이고 있다는 사실이다.

기업가를 평가할 때 유능한 기업인은 줄 돈은 최대한 미루고 받을 돈은 최대한 빨리 수금을 하는 사람이라고 평가를 하고 있다.

그러나 나는 반대로 역행을 하고 있으니 어찌 보면 무능한 CEO인 셈이다. 그런데 남에게 지급할 돈은 미루고, 받아야 할 입금은 빨리 받는 기업인이 있었는데, 그런데 그 회사는 망했다.

그 사건을 통해 나는 누군가에게 피해를 입혀서는 안 된다는 또 하나의 깨달음을 얻을 수 있었다. 리스크는 엉뚱한 곳에서 발생한다. 나는 그 사실을 타산지석으로 삼고 있다.

무엇보다 마음의 여유가 있다는 사실이다. 결재 시스템도 아주 단순하고 간단해서 월말 결산도 필요 없다. 물론 서류상의 결산은 하고 있지만 말이다.

기업의 시스템이 심플하다는 것은 직원들의 업무 과중도 줄어들지만 CEO의 머리가 단순해져 새로운 도전을 할 수가 있다.

우리는 주거래 은행에서 늘 제안을 받을 때만 투자하고 차입하고 있다. 기업의 신용은 눈에 보이지 않는 무한 자산이다. 그래서 신용을 잃는다는 것은 사업을 하지 않겠다는 것과 같은 것이다.

무엇보다 내일 회사가 문을 닫아도 누구에게도 피해를 주지 않을 수 있다는 것이 가장 안심할 수 있는 부분이다.

사업을 하는 동안 누구에게도 피해를 주지 않는다는 것은 인간으로서 부끄러움이 없다는 것이기 때문에 매우 자유롭다.

이 얼마나 다행스럽고 감사한 일인지 모른다.

29. 종가집의 종부로 살다

7남매의 장녀인 내가 어쩌다 보니 7남매의 맏며느리이자 종부가 되어 살게 된 것이다.

때마다 찾아드는 기제사에다 명절차례와 그리고 어른들의 생신 등마다 방문하시는 친인척들이 드실 음식들을 일일이 나 혼자 장을 봐서 마련하곤 했었다. 우리 집은 1년 내내 늘 잔치집이었다.

힘들고 고달팠으나 나는 내 책임이라 여기고 그 일을 묵묵히 해냈었다. 30년 가까이 그렇게 살았었다. 당시 우리 사는 형편도 그리 넉넉하지 않아 그 비용도 여간 부담스러운 것이 아니었으나 내색조차 하지 않았었다.

그렇게 30여 년의 시간을 보내고 너무 늦게 일을 시작한 것에 대한 아쉬움은 있지만, 결코 헛된 시간을 보냈다고 생각지는 않는다.

물론 그 시절로 다시 돌아가고 싶지 않다. 내게 주어진 책임을 회피할 수 없어 견디긴 했지만, 그 시간은 다시는 생각조차 하기 싫을 만큼 힘이 들었던 것은 사실이다.

하지만 그 시간을 보내는 동안 깨달음도 많이 얻을 수 있었으니, 이 세상에 공짜란 절대 없다는 사실도 깨달을 수 있었다. 살면서 깨달음을 얻을 수 있는 기회는 무수히 찾아온다. 다만 그것을 인지하지 못할 뿐이다.

그러나 깨달음을 얻은 자와 깨닫지 못한 자의 차이는 실로 엄청난 것이다. 얼굴 한 번 본적 없는 어른들을 단지 며느리라는 이유로 정성스레 제사를 모시고 공경하는데, 어찌 기특하지 않겠는가?

예로부터 조상님들의 음덕이 크다고 하였다. 내가 별 재주도 없고, 능력이 없음에도 이나마 여기까지 올 수 있었던 것은 그 덕분이라 여긴다.

지금의 며느리들에게 그런 얘기를 하면 아마 믿지도 않을 것이다. 그런데 내게는 그런 시절이 있었다.

부당함을 당하는 것은 예사였고, 희생만을 강요당하는 것이 바로 인습이다. 우리의 선배들은 나보다도 훨씬 더한 시집살이도 당했을 것이다. 누군들 그런 삶을 살고 싶었을까?

그게 바로 여성의 인권이 무시된 인습이라는 굴레였다. 계속 언급한다만 힘은 가진 자가 잘 써야 지혜로운 것이다. 힘이 없는 사람은 힘을 사용할 수가 없기 때문이다.

힘의 논리는 물의 흐름처럼 자연스러운 것이다. 위에서 아래로 자연스럽게 흐르는 것이 순리이다. 나는 부당함을 겪어본 세대이기에 절대 누구에게도 부당하게 하지 않게 되었다.

이런 게 깨달음이다. 사람이 사람에게, 그것도 가족이라는 미명 아래 행해지는 가혹한 행위들이 바로 인습이었다. 그래서 풍습은 지키되 인습은 없어져야 한다고 한다.

허망하고 고달프게 젊음을 보내버렸지만, 나는 그런 속에서 많은 깨달음을 얻을 수 있었고 부당함의 폐해를 누구보다 이해할 수 있게 된 것이다. 결핍이 없으면 성장도 없다고 한다.

그리고 자식을 절대 차별해서 키우지 말아야 한다. 사랑을 많이 받는 자식은 오만해질 것이고, 사랑을 덜 받는 자식은 열등감이 생길 것이다.

공평하지만 충분히 사랑을 받아야 정당한 경쟁력도 키울 수 있고, 다른 사람을 사랑할 줄도 알게 된다는 깨달음도 얻을 수 있었다.

그리고 잘못했으면 그 대상이 누구이건, 비록 아랫사람이거나 자식일지라도 사과를 해야 한다. 변명과 핑계는 신뢰만 떨어뜨릴 뿐이다. 그리고 권위는 타인에 의해 자연스레 생기는 법이다.

어쭙잖고 하찮은 힘을 가지고 다른 사람에게 행사하는 것은 갑질이 된다. 억지로 존경을 받으려고 하지도 말아야 한다. 존경은 강요에 의해 생기지 않기 때문이다.

다른 사람을 존중해주면서 나의 양보와 희생이 따랐을 때 존중은 자연스레 생기게 된다. 이 세상에 누구에게도 다른 사람을 함부로 여길 수 있는 권리는 없기 때문이다. 그리고 무시를 당해야 하는 인권이란 게 없기도 하다.

부뚜막의 소금도 집어넣지 않으면 짜지 않듯이 마음도 생각도 표현하지 않는다면 아무 소용이 없다. 칭찬은 아끼지 말고 해야 하는데, 가식으로 하는 것은 도움이 되지 않는다. 사실을 있는 그대로 칭찬을 해주면 된다.

「칭찬은 고래도 춤추게 한다」는 책이 베스트셀러가 된 적이 있었다. 고래를 교육 시키는 사육사를 통해 대인 관계에 대한 테크닉을 제시하는 내용이었다. 사람은 칭찬과 격려를 통해 자부심을 가지게 된다.

'뒤통수치기'라는 말이 있다. 평소 아랫사람의 실수를 모아 놓았다 한꺼번에 터트리는 경우를 말함이다.

엄마들은 아기가 잘 놀 때는 내버려두고 다른 볼일을 보다 울거나 보채면 반응한다고 한다. 그러면 아기는 엄마의 반응을 느끼고 늘 보채고 울게 된다고 한다.

놀 때 같이 놀아주고 보채면 못 본 체하는 것이 좋은 교육이라고 하는데, 아기가 잘 놀면 엄마들은 이때 일을 하거나 다른 볼일을 보느라 아기를 방임한다고 한다.

직원들도 마찬가지다. 잘할 때 칭찬해 주고 실수를 하면 못 본 체해 주는 것이 좋은 방법이다. 실수는 누구나 할 수 있다. 또 실수란 잔디밭에 물을 쏟는 것과 같은 현상이다.

잔디밭에 쏟은 물을 다시 주워 담을 수가 없듯이 한번 저지른 실수 또한 이미 돌이킬 수가 없다. 직원들이 실수했을 때는 되도록 못 본 척 너그럽게 넘어가야 한다.

이미 실수를 한 사람은 미안하기 그지없을 것이다. 민망하고 죄송해서 어쩔 줄 몰라 하는 사람을 혼내고 몰아치는 것이 바로 뒤통수치기이다.

물론 같은 실수를 반복하거나 고의성이 있는 경우는 다르다. 그럴 때 방치하는 것은 매우 위험한 일이 될 수 있기 때문이다.

직원들이 회사에 오고 싶게 만드는 것이 최상이다. 그러면 애사심은 저절로 생기게 된다.

애사심은 곧 제품의 품질상승과 질 높은 서비스로 돌아오게 될 것이다. 칭찬과 격려도 아끼지 말고 해야 하고, 인색할 필요가 없다. 잘못도 솔직하게 인정해야 한다.

오만과 편견으로 회사의 분위기를 망치게 해서는 안 된다. 그리고 그게 진심이면 더욱 좋을 것이다. 직원들을 행복하게 해주는 것이 기업 최고의 경쟁력이 될 수 있지만, 내 입장에서 선심 쓰듯이 해서는 도움이 되지 않는다.

진심으로 가족이라는 생각으로 존중하는 마음이 있어야 하고, 상대를 먼저 배려하는 마음으로 해야만 빛을 발할 것이다. 퇴직한 직원들의 노고에 대한 감사함도 잊지 않아야 한다.

나는 퇴직자들에게 늘 빚진 마음이다. 그들은 회사가 어려울 때 버팀목이 되어주었던 고마운 분들이다. 그때는 지금처럼 혜택도 그다지 보지 못했는데도 한결같은 마음으로 회사를 위해 청춘을 바친 분들이시다.

열악한 환경에서 고생을 같이 해 온 분들이신데 회사만 성장이 되고 그분들에게는 아무런 혜택도 보답도 해드리지 못했었다.

내가 명절 때 퇴직자들에게 약소하나마 선물을 보내는 것도 그런 연유에서이다. 기업은 사장 혼자서 키울 수 있는 것이 아니다.

기업이 성장하기까지는 많은 구성원들의 협조와 도움이 있었기에 가능한 것이기 때문이다.

그 중요한 사실을 잊어서는 안 된다.

기회가 오면 나는 퇴직하신 분들을 챙겨주고 싶은 마음이다.

30. 순자에게 배우다

하늘은 하늘일 뿐이고, 사람은 사람일 뿐이다. 라고 성악설을 주장한 순자가 쓴 「순자」를 한번 읽어보았으면 좋겠다.

순자는 사람의 타고난 본성은 누구나 이익을 좋아하고, 손해를 싫어하며, 좋은 목소리와 예쁜 용모를 탐하는 성향이 있다고 하였다. 그래서 "만일 사람이 있는 그대로의 본성에 따르고 그의 욕구에 따라간다면 반드시 다툼이 일어나고 사회 질서가 어지러워져 혼란을 초래하게 될 것이다.

그러므로 반드시 스승이 있어 법으로 교화하고 예의로 인도한 뒤에야 사양하는 대로 나가고 예(禮)의 세세한 조리에 합당하게 되어 천하는 질서 있게 된다." 라고 예견하였다.

나는 「순자」를 읽고 그의 주장이 얼마나 탁월하였는지 깨달을 수 있었고 그의 예견이 현대를 살아가는 데에도 지표가 되어준다는 사실을 이해할 수 있었다.

그는 또 "군자는 자기에게 있는 것에 힘쓰고, 하늘에 달린 것은 흠모하지 않기에 날로 발전하고 소인은 자기에게 있는 것을 버리고 하늘에 달린 것을 흠모하기 때문에 날로 퇴보한다." 라고 하였다.

나는 그 말에 대하여 현실에 충실하고 허황된 것을 좇지 말라는 뜻으로 받아들였다. 내가 지금까지 살면서 내 이익을 위해 시세차익을 노리고 땅 한 평 사보지 않았던 것도 이 깨달음 때문이었다.

나는 꼭 필요에 의해서만 땅을 구입했을 뿐, 단 한 번도 샀다 판 적이 없었다. 순자에게 배운 것이다. 열심히 제품을 만들어 돈을 벌었을 뿐이다. 그 가치를 깨달을 수 있었기 때문이다.

또 순자는 말했다. "인간은 절대 변하지 않는다. 다만 이익 앞에서만 변하게 된다." 그 예로 모든 인간은 뱀과 벌레를 싫어한다. 그런데 아낙네들은 벌레 같은 누에를 키우고, 어부들은 뱀 같은 뱀장어를 손으로 잡는다. 이익이 따르기 때문이다. 그래서 "지도자는 이익을 줄 수 있는 환경을 만들어 놓아야 권력을 흔들림 없이 지킬 수 있다."라고 하신 부분도 사업을 하는 내게는 큰 울림이었다.

또 순자는 말했다. "하늘의 운행에는 일정한 법도가 있다. 하늘은 요임금 때문에 존재하는 것도 걸왕 때문에 없어지는 것도 아니다. 농사에 힘쓰고 절약하면 하늘도 가난하게 할 수 없고, 잘 먹고 잘 움직이면 하늘도 병들게 할 수 없으며 올바른 도리에 어긋나지 않으면 하늘도 재난을 당하게 할 수 없다. 그러므로 장마와 가뭄도 그런 사람을 굶주리게 할 수 없고, 추위와 더위도 그런 사람을 병들게 할 수 없으며, 요괴도 그런 사람을 병들게 할 수 없다. 농사 같은 기본이 되는 일은 내 버려두고 사치만 부리면 하늘은 그를 부유하게 할 수 없으며 도리에 어긋나는 행동을 하면 하늘도 그를 길하게 할 수 없다. 그러므로 장마와 가뭄이 오기 전에 굶주리고, 추위와 더위가 닥치기 전에 병이 나며, 요괴가 나타나기도 전에 불행해진다."라고도 하였다.

단 한 번 주어진 인생을 어떻게 살 것인지는 오로지 자신의 몫이다. 지혜로운 사람은 문제의 원인을 자기 자신에게서 찾으려고 노력하지만, 어리석은 자는 다른 사람이나 환경을 탓하는 법이다.

순자가 살던 시대나 지금이나 사람의 사는 도리는 다를 것이 없다. "하늘은 스스로 돕는 자를 하늘도 돕는다."라는 의미이다.

사람은 누구나 존중받기를 원하고 누구나 부와 명예를 원한다. 이런 심리를 순자께서는 "의를 앞세우고 이익을 뒤로 미루는 사람은 영예롭고 개인의 이익을 앞세우고 의를 뒤로 미루는 사람은 치욕을 당한다."라고 하였다.

공공의 정의를 앞세우고 개인의 이익을 뒤로하는 지도자가 정치를 잘한다면 국민이 행복해진다. 국민이 행복하면 그 덕택으로 국력은 커지게 되어 그 정치인도 이익이 따르게 된다.

사원복지를 먼저 앞세우고 자신의 이익을 뒤로하는 사장이 경영하는 기업의 직원들은 행복해지고 직원들이 행복하면 제품의 품질이 좋아져 매출이 늘어나고 그러면 사장에게도 이익이 따른다는 이치를 깨달을 수 있었다.

순자의 철학은 사업을 하는 내게는 '금과옥조'와 같은 것이었다. 세상에는 공짜란 정말 없다. 잘못에 대한 대가도 잘한 것에 대한 대가도 반드시 따르게 되어 있다.

이런 이치에 대해 순자는 "소인은 허망한 일에 힘쓰면서도 남들이 믿어주기를 바라고 속이는 일에 힘쓰면서도 남들이 자기와 친해지기를 바라며 짐승같이 행동하면서도 남들이 자기를 착하다고 여겨주기를 바란다. 생각하는 것은 이해하기 어렵고 행동은 안정되기 어렵고, 처신은 바로서기 어렵다. 마침내는 그가 좋아하는 것을 얻지 못하고, 그가 싫어하는 것을 반드시 맞이할 것이다. 군자는 신의가 있으면서도 남이 자기를 믿기 바라고, 충실하면서도 남이 자기와 친해지기를 바라며 올바르게 몸을 닦고 분별 있게 일을 처리하면서 남들이 자기를 착하다고 여기기를 바란다. 생각하는 것은 이해하기 쉽고, 행동은 안정되기 쉬우며, 처신은 바로서기 쉽다. 마침내 그는 좋아하는 것을 반드시 얻게 되고, 그가 싫어하는 것을 반드시 만나지 않게 될 것이다."라고 하였다.

동서고금을 막론하고 사람의 능력 차이는 있었다. 직원들은 일을 잘하는 사람이나 잘못하는 사람이나 인정받길 원하고 빠른 승진과 높은 연봉을 원한다. 그러나 반드시 저성과자는 있기 마련이다.

저성과자를 똑같이 예우를 해주게 되면 일 잘하는 성과가 높은 사람은 오히려 역차별을 당하게 되는 셈이고, 그로 인해 불만이 싹트는 일이 생기게 된다.

리더는 자신에게도 엄중한 잣대를 들이대야 하지만, 직원들을 대할 때 역시 아주 공평해야 한다. 하지만 아무리 공정하게 한다고 해도 불만은 따르기 마련이다.

비록 사장이라고 해도 아는 것에는 한계가 따른다. 그래서 나는 CEO에게 가장 중요하다는 인사권을 내려놓았다. 각 부서장들에게 인사권을 주고 그들의 판단을 존중해 주기로 하였다. 직원 채용도 나는 관여하지 않는다.

사람에 대한 평가를 할 자신이 없어서이다. 기술력은 전문가가 더 잘 알 것이기 때문이었다. 직원 면접도 나는 하지 않는다. 다만 부서장들에게 일임하면서 이런 당부만 한 것이다.

"당신이 같이 일할 사람이니, 당신이 선택하고, 교육도 하고, 책임도 져라."라고 말이다.

대신 직원들의 강점을 키워주는 노력을 한다. 기회가 될 때마다 교육을 보내기도 하고, 자체 교육도 하고 있다. CEO의 행동과 태도는 평판이 되어 돌아오기에 처신을 잘해서 조직의 신뢰를 이끌어내야 한다.

그 방법은 솔직하고 정직한 것이어야 한다. 순간을 모면하기 위해 한번 한 거짓말은 또 다른 거짓말을 낳게 되고 그로 인해 아주 나쁜 상황을 만들고 말 것이다. 또한 신뢰도 잃게 될 것이다.

CEO가 사는 삶은 항상 권리보다는 책임과 의무가 따르게 되어 있다는 사실을 잊지 않아야 한다. CEO리스크를 가장 크게 보는 이유이다. 그렇다고 부담스럽고 불행한 것만은 아니다.

CEO의 삶에는 성취감과 보람도 따르기 때문이다. 생각이 건전하고 여유가 있다면 참으로 행복할 수 있는 인생이 될 수 있을 것이다.

이 세상에 경험만큼 큰 스승이 없다고 한다. 살아봐야 알 수 있는 그 경지를 얻기 위해서는 덕망 있고 경륜이 높으신 어른들을 많이 만나 식사 대접을 자주 해드리는 것이 최고로 쉬운 방법이다.

그 어른들이 하시는 말씀이 그대로 정보이고 교육이 되기 때문이다. 나는 퇴직하신 어른들을 많이 모셔 왔었다.

퇴직 후 상실감에 빠져 계시는 분들께 위안도 드리고, 그동안의 노고에 감사를 드리는 마음으로 시작하게 된 것인데, 의외로 너무 많은 것을 얻을 수 있었다. 작은 도서관을 마주하는 듯했다.

내가 몰랐던 많은 정보가 그대로 녹아 있었다. 겨우 식사 대접과 작은 용돈으로 그분들의 자존심을 세워 드리고 내가 얻은 것들은 말로서는 표현하기 어려울 정도로 큰 가치가 있었다.

그러면서 한분 한분, 그분들이 이 사회에 쌓은 공로가 얼마나 컸었는지도 깨달을 수 있었다. 내가 미처 모르고 있었던 사실들이었다. 누가 감히 그분들이 살아오신 삶에 대해 함부로 평가할 수 있겠는가?

한 인생이 고스란히 녹아 있는 그분들의 말씀은 정말 엄청난 가치였다. 그리고 그런 분들의 노고가 있어 이 사회가 점차 진화되고 발전해 왔다는 가치도 깨달을 수 있었다. 나는 숙연한 마음이 생겼다.

역사란 영원히 없어지지 않는다. 그분들이 흘린 땀들이 고스란히 역사가 된 것이기 때문이다. 사회인이 되어 인생을 사는 동안 무수히 많은 인연이 생길 것이다.

그런 분 중에서 평소 도움을 받았거나 또 비록 직접적으로 도움을 받지는 않았어도 묵묵히 자기 분야에서 최선을 다하시며 사회적으로 존중받아야 할 분이 퇴직하셨다면 모셔서 식사 대접을 해 드려 보라.

크게 부담을 가질 필요는 없다. 그냥 편하게 모시면 된다. 거창한 것이 아니다. 아무래도 현직에 계실 때는 당사자도 부담을 가질 것이고 대접하는 쪽도 불편하기 때문이다.

그분들이 현직에서 은퇴하셨을 때 식사 대접해 드리고, 품위유지를 하실 수 있도록 적은 용돈을 조금 드리면 되는 정도이다.

내 경우는 명절 두 번과 여름휴가, 이렇게 세 번 인사를 드렸었다. 아무 조건이 없는 행동이기에 대접받는 그분들은 무척이나 고마워하신다.

사회에서 도태되었다고, 소외감을 느끼고 계시다 누군가 위로를 드리게 되면 보람도 느끼게 되고 무엇보다 가족들에게 체면이 서신다면서 무척이나 좋아하시었다.

점차 개인주의 성향이 강해져 가는 각박한 사회에서 이런 작은 배려를 통해 마음의 여유를 갖는 불씨가 되어줄 것이다.

이제는 나도 나이가 들어 하고 싶어도 할 수 없게 되었지만, 지난 20여 년간 나의 이 작은 실천은 그대로 평판이 되어 브랜드 가치로 자라나고 있었다.

예로부터 우리에게는 어른을 공경하고 아랫사람을 사랑으로 대해온 아름다운 미풍양속이 있었다. 이제는 점차 실종되어 가고 있지만 말이다. 그래도 누군가 시작하면 나비의 날갯짓이 될 수 있을 것이다.

'틀딱이니', '나때'라고 하면서 나이 먹은 사람들을 무시하고 폄하하는 것은 찬스를 놓치는 엄청 손해 보는 행동이 될 것이다.

그분들의 경험과 노하우를 배울 수 있다는 것은 매우 좋은 기회이기 때문이다. 그리고 비록 퇴직하셨더라도 그분들을 통해 얻어지는 '구전 마케팅 효과'는 생각보다 클 것이다.

어른은 그냥 되지 않는다. 어른이 되는 동안 수많은 경험과 노하우를 축적하는 것이다. 물론 어른이 되지 못하고 그냥 노인이 되는 사람도 있다. 그런 사람은 굳이 대접을 할 필요는 없다.

자신의 선택으로 잘못 살아왔기 때문이다. 존경할 수 있는 어른을 모시라는 뜻이다. 하지만 잘 알지도 못하면서 편견으로 어른을 비하하는 것은 참으로 바보스러운 행동이다.

또 누구에게도 그런 권리가 없기도 하다. 그래서 절대 그런 짓을 해서는 안된다. 가장 최악의 행동이다. 그런 사람을 사회는 관대하게 대해주지 않기 때문이다.

어른을 공경하지 않는다는 것은 바로 예의가 없다는 등식이 작용하는 것이고, 예의도 모르는 사람을 신뢰하지 않기 때문이다.

또 어른들은 오랜 세월 인고의 시간을 보내면서 축적한 것이 엄청나기도 하다. 그런 어른들을 모시는 일이다. 참으로 유익한 시간이 될 것이다.

그리고 사회적인 이미지를 좋게 쌓는 일이기도 하다. 내가 살면서 한 일 중 몇 번째로 잘한 일이라 여기고 있다.

31. 인(仁)을 중시했던 공자

공자는 내면의 정신과 예를 존중하고 외면의 행동을 가르쳤다. 그리고 매우 중요한 세 가지의 사는 방법을 제시해 주었다.

첫째, 어려서 배우지 않으면 커서 무능해진다.

둘째, 있을 때 베풀지 아니하면 궁할 때 의지할 곳이 없다.

셋째, 늙어서 가르치지 않으면 죽은 후 생각해 주는 사람이 없다.

어쩜 이리도 딱 맞는 말씀을 전해주셨을까 싶다. 그래서 몇백 년이 지나도록 존경과 흠모를 받나 보다.

첫째, 배움에는 때와 시기가 있더라. 배우는 시기에는 열심히 배워야 앎이 쌓이고, 앎이 쌓이는 만큼 경쟁력도 커진다. 그 과정을 잘 거쳐야 인생 시작의 토대를 만들 수 있다.

둘째, 있을 때 베풀어야 한다. 베풂이 클수록 주변의 인심도 같이 커지게 되고, 그게 세상을 이롭게 하는 힘의 원천이기 때문이다.

다만 세상을 이롭게 하는 것은 좋은 일이지만, 그렇다고 이 세상을 다 구제하겠다는 생각을 해서는 안 된다. 할 수도 없을뿐더러 그런 어쭙잖은 생각은 매우 위험하다.

조용히 주변을 살펴보고 도움을 필요로 하는 사람이 생기면 그냥 도우면 된다. 일부러 찾아다니면서 누군가를 돕겠다고 호들갑을 떠는 것은 반드시 반대급부가 필요한 사람이 하는 행동이다.

그리고 돕는 순간 잊어버려야 한다. 그래도 감사함의 씨앗은 널리 퍼지고 있을 것이다.

셋째, 늙어서 누군가를 가르치고 앎을 나눠주는 행위는 최고로 보람 있는 일일 것이다. 그만큼 실력을 쌓았다는 증거이고 일평생을 쌓아온 노하우가 그 삶의 완성을 의미하는 것이 될 것이기 때문이다.

일생을 살고도 미래의 사람들에게 가르칠 것이 하나도 없다면 인생을 헛살아온 결과인 셈이 된다. 배우지 않으면 가르칠 수가 없기 때문이다. 늙음이 꼭 나쁘지 않은 것은 든 것이 많고 아는 것이 많아서일 것이다.

그리고 늙음은 아무리 피하고 싶어도 필연코 찾아오게 된다. 젊은 사람들에게 본보기가 될 수 있는 존경받는 노인에게는 벌과 나비가 쏘지 않아도 저절로 아람이 벌어지는 밤처럼 자연스레 가르침을 얻기 위해 사람들이 찾아들게 될 것이다.

"교학상장"이라는 말은 가르치면서 배운다는 뜻이다. 배우고 또 배워서 그리고 가르칠 것이 있다면 그 인생은 비로소 성공이다. 배워야 다른 사람이 소중한 것도 알게 된다. 어린 아이는 장난감을 나눠서 놀려고 하지 않는다.

혼자 다 가지려고 하며 다른 아이의 것도 자기 것으로 만들려는 습성이 있다. 아직 철이 들지 않아 미숙하기 때문이다.

그래서 나눌 줄 모르는 어른을 아이로 간주하고 유아기적 정신세계를 갖고 있다고 한다. 덩치만 큰 미숙아로 산다는 것은 부끄러운 일이다. 어른이면 어른다워야 하는 이유이다.

가장 무서운 적은 나 자신이다. 내 생각이 짧아 판단을 그르치게 되면 낭패를 보게 될 것이기 때문이다.

또한 정신력이 나약하여 작은 유혹에 미혹되어 파탄을 맞기도 한다. 배우고 또 배워도 세상에는 배울 게 끝이 없는 것은 이런 이치 때문이다.

토정 이지함 선생께서 천안에 오셨다는 소식을 듣고 많은 사람이 몰려들었는데, 그중에 과거를 보러 한양으로 가던 한 청년도 있었다고 한다.

선생께서 그 청년의 관상을 보더니 "자네는 이번에도 낙방일세. 고향으로 돌아가 농사나 지으시게."라고 했다고 한다.

낙담한 청년은 밖에 나와서 쪼그려 앉아 고민을 하고 있었다고 한다. 그때 한 무리의 개미 떼가 몰려가는 모습이 눈에 띄어 그 앞자리의 개미를 향해 눈길을 돌렸더니 그곳에는 어느 가정집에서 나오는 개숫물을 받는 항아리가 하나 놓여 있었는데, 이미 가득 차 찰랑거리고 있었다.

금방이라도 물이 조금만 흘러나오면 그 항아리가 쏟아져 개미 떼가 몰살을 당하게 될 것 같아 그 청년은 항아리 방향을 다른 곳으로 향하게 하여 쏟고선 다시 고민에 잠겨 있었다고 한다.

마침 화장실을 가기 위해 바깥으로 나오시던 선생께서 그 청년을 보니 광채가 서려 있었다고 한다. 그래서 선생께서는 그 청년을 향해 "그새 무슨 일이 있었던가?"하고 연유를 물으셨다.

"아무 일 없었습니다. 선생님께서 또 이번에도 낙방을 할 것이라 말씀하셔서 고민을 하고 있었을 뿐입니다." 했더니, "아닐세, 아까 자네의 관상이 아닐세, 자세히 얘기해 보게." 해서 개미에 대한 얘기를 했더니,

"아뿔싸! 미물이지만 수많은 생명을 살렸으니, 자네는 스스로 자네의 운명을 바꾸었네. 자네는 이번 과거에 장원급제를 할 걸세."라고 말했고 용기를 얻은 청년은 과거를 보았고 장원급제를 했다는 내용이었다.

토정비결을 쓰신 이지함 선생님에 대한 일화인데, 평소 내가 어렴풋이 느끼고 있던 어떤 에너지에 대한 느낌이 있었고, 그것에 대해 조금은 알 것 같은

내용과 일맥상통하는 바가 있다.

내 스스로 나의 운명을 리드해 왔던 것을 깨닫게 된 대목이다. 나는 젊었을 때 어리석게도 내가 가장 불행한 운명을 타고났다는 비관을 했었고, 나만을 위해 내 이익만을 추구하면서 사는 삶을 간절히 원했었다.

그런데 이제는 그러지 않게 된 것이다. 여기까지 올 수 있었던 것만도 너무 분에 넘치고 감사한 일이라는 사실을 깨달을 수 있어서이다.

마음의 여유를 얻을 수 있었기 때문이다. 나는 이제 덤으로 사는 인생이라는 생각으로 세상을 산다.

내 주변에 불행한 일을 당한 사람들을 외면하지 않을 것이고, 내 능력이 허락하는 한 누군가에게 힘이 되어줄 것이다. 대가를 바라지도 않을 것이다.

내 행동이 사회를 진화시키는데 조금이라도 도움이 된다면 그것으로 감사하게 여길 것이다. 나는 사람의 사는 도리에 대해 어렴풋이나마 깨달음을 얻을 수 있었기에 오늘의 내가 있었다.

이 세상에서 가장 큰 복은 자기 복이다. 그렇다고 해서 운명론을 믿지는 않지만 말이다. "하늘은 스스로 돕는 자를 돕는다."라는 뜻을 이해하고 알게 된 것 뿐이다.

스스로 타고난 운명도 바꿀 수 있다는 깨달음은 이렇게 대단한 것이다. 나는 내 운명을 스스로 바꿔놓았다고 생각한다. 어떤 계기를 통해 깨달음을 얻을 수 있었기에 가능할 수 있었던 일이다.

그런 깨달음이 쌓이고 쌓여서 나의 경쟁력이 되어준 것이다. 만약 그런 깨달음을 얻지 못했다면 나는 하수의 삶을 살았을 것이다.

지난날처럼 부끄럽지 않게 살 수 있어서 다행이라 여기고 내 운명에 대해 비관하지도 않는다. 그 차이는 말할 수 없이 큰 것이기에 나는 감사하다. 깨달음이 있었기에 가능한 일이었다고 여긴다.

32. 자연은 우리 세대의 것이 아니다

현도에 공장을 지으면서 폐수장 위치를 구내식당과 내 방 사이에 두게 했다. 건설업체에서 냄새가 나서 어떻게 하려고 그러느냐고 만류했으나, 나는 고집을 부려 끝내 그 위치에 폐수장을 만들었다. 그리고 직원들에게 기본과 원칙을 지켜 폐수장 관리를 부탁했다.

20년이 다 되어가지만, 우리는 폐수장을 바로 옆에 두고 식사를 하고 업무를 본다. 어떤 악취도 나지 않기 때문이다. 오염 발생이 안 되어 냄새가 나지 않는다. 물론 담당 직원들의 노고 덕분이기는 하다. 그들의 노력과 협조가 있어서 가능한 일이었다.

자연은 우리 세대만 사용하고 끝나는 것이 아니기 때문에 정말 소중하게 잘 사용해야 하는 책임이 있다. 우리는 어떤 중금속도 사용하지 않기에 미생물로 폐수를 관리하고 수질을 잘 정화하여 배출하고 있고 한 번도 법을 위반해 본 적이 없다. 기본과 원칙을 지켰기에 가능한 일이라고 생각한다.

기업이 법을 지키지 않고 잘못을 하면서 직원들을 교육할 수는 없는 노릇이기 때문이다. 본보기가 되어야 하고, 지나치게 엄격하지 않으면 안 되는 일이기도 하다.

나는 늘 회사 주변을 가꾼다. 틈만 나면 꽃나무를 심고 풀을 뽑느라 손마디가 다 비틀어졌지만 멈추지를 못하고 있다. 아름다운 모습을 보고서 직원들이 마음의 여유를 갖기를 바라기 때문이다. 환경이 깨끗하고 아름다우면 사람들의 마음도 깨끗해지고 누그러지게 된다.

환경을 지키는 일은 어려운 일이다. 그러나 미래의 세대들이 살아갈 터전을 망쳐서는 안 되므로 결코 소홀하게 해서는 안 된다. 뭔가 조금이라도 좋은 쪽으로 변화된 환경을 만들어 후세들에게 물려주어야 하기 때문이다.

나는 앞으로 봉계리에 '바른 먹거리 타운'을 만들면서 지하수를 파지 않을 계획이다. 지하수는 땅속에 묻혀있는 소중한 자원인데, 그것을 우리 세대가 다 짜 먹어서는 안 되기 때문이다. 지자체와 협의를 하여 흘러가는 물을 가두어 사용할 생각을 하고 있다.

자원을 되도록 고갈시키지 않으려는 노력이 따라야 보존이 되고 미래 세대들에게 물려줄 수 있을 것이다. 결코 소홀히 해서는 안 되는 이유이다. 모든 자원은 자연으로부터 온다. 그 자원들은 우리 세대들만 쓰고 끝나 아니고, 다음 세대, 또 그다음 세대들도 사용해야 한다는 사실을 잊어서는 안 된다.

유럽에 갔을 때의 일이다. 밭의 흙들이 전부 까맣게 되어 있었다. 그래서 나는 일행들의 일정에서 빠져 따로 통역사를 데리고 유럽의 농촌 이곳저곳을 방문하게 되었다. 당시 나는 참으로 큰 깨달음을 얻을 수 있었다.

유럽은 EU법이라는 게 있었다. 연작을 하지 않고 윤작을 해야 하며 2~3년에 한 번씩 휴경하였다. 그래야 땅 심이 살아날 수 있다는 내용이었다. 땅도 휴식이 필요하다는 것을 그때 처음 알았다. 말 그대로 유기농법이었다.

오랜 세월 유럽은 부를 축적해 오면서 이미 친화적인 농사를 짓고 있었다. 나는 그때를 시작으로 자연농법에 대한 공부를 계속하고 있다. 앞으로 내가 해야 할 일이기 때문이다. 깨달음이란 이런 것이다.

유럽을 다녀보면 비닐하우스가 많이 보이지 않을 것이다. 친자연주의의 농법을 고수하고 있는 것이다. 그게 다 이유가 있는 것이다. 수확률을 높이기 위해 화학비료를 사용하고, 병충해를 방지하기 위해 농약을 뿌리면서 농사를 지속적으로 짓게 된다면 다음 세대들에게 물려줄 땅은 황폐하게 될 것이다.

나는 그래서 그 때를 시작으로 자연농법에 대한 공부를 계속하고 있다. 앞으로 내가 하고 싶은 일이고, 꼭 해야 할 일이다. 프리덤푸드도 그런 깨달음을 통해 새로운 도전을 하게 된 목표가 된 것이기도 하다.

돈은 버는 만큼, 또 가진 만큼의 비율대로 사용하는 것이 맞다. 많이 벌면 그만큼 많이 써야 사회가 원활하게 잘 돌아가게 된다. 돈의 흐름은 사회의 동맥이기 때문이다. 흐르지 않으면 동맥경화에 걸리게 된다.

하지만 자원인 물자는 다르다. 물자는 무조건 아끼지 않으면 고갈이 따른다. 대중목욕탕에 갔을 때 너무 많은 물을 낭비하는 사람들을 보면 안타까움이 따른다.

만류를 하거나 충고할 수는 없으나 내내 불편해진다. 조금만 아껴주면 참으로 좋을 텐데 말이다. 내가 자주 가는 호텔 목욕탕에는 늘 가운과 타올들이 여유 있게 비치되어 있다.

고객들이 격조 있게 사용하도록 배려를 해주는 것이다. 그런데 지나치게 많이 사용하는 사람들을 더러 본다. 무수한 빨래를 만들어 대고 있다. 나는 딱 두 장만 사용한다.

머리를 감쌀 작은 타올 하나와 몸을 닦는 중간 타올 하나를 사용할 뿐이다. 그 호텔을 위해서 그러는 것은 아니다. 나는 자연을 걱정한다. 그 세탁물로 인한 세제와 물의 낭비를 막기 위한 것이다.

좀 불편하게 살기는 하지만, 또 나 하나의 노력으로 세상이 얼마나 바뀔 수 있고 도움이 될까만 나 하나라도 실천을 하고 싶고 또 이게 내가 살아가는 방법이기 때문이다.

나는 돈을 아끼는 편은 아니다. 주저 없이 잘 쓰는 편이라 딸이 걱정하기도 한다. 그런데 비닐 한 장이라도 물자는 아낀다. 이게 마음이 편해서이다. 이 지구상의 자원은 언제인가는 고갈이 될 것이다.

후손들을 위해 지금부터 아끼지 않으면 그 시기는 더 빨라지게 될 것이다. 그리고 아끼고 절약하는 습관은 정신 건강에도 매우 유익한 것이기 때문이다. 우리 세대는 모든 물자가 다 귀하던 시대를 살았었다.

이제는 박물관에나 가야 볼 수 있는 물건들을 우리 세대는 사용했던 것이다. 이게 불과 60여년 정도 전의 일이다. 불편을 겪어보지 못한 사람들은 물자의 소중함을 알지 못할 것이다.

그런데 모든 물자는 자연에서 얻는다. 흔할 때 아끼지 않으면 언제인가는 고갈을 맞이할 것이다. 그래서 물자는 되도록 아껴야 한다. 결코 남의 일이 아니기 때문이다.

33. 혀의 구조

맛에는 기본적인 4가지의 맛이 있다. 단맛(혀끝), 짠맛(혀 전체), 신맛(혀 양쪽), 쓴맛(혀 안쪽)이다. 이 네 가지 맛은 순서대로 끌리게 되어있다고 한다.

가장 먼저인 단맛부터 민감하게 느끼게 되고 좋아하나 맨 안쪽에 있는 쓴맛은 싫어하게 되어 있는 구조라는 것이다. 그런데 우리 몸에는 반대로 작용하게 된다. 그래서 '입에 쓴 약이 보약이다.'라는 말이 있다.

감칠맛은 만들어진 맛이다. 원천적인 자연의 맛은 아니다. '코리네박테리움'이라는 미생물의 작용으로 기본적인 맛이 아닌 억지로 만들어진 맛이다. 이 만들어진 맛의 탄생으로 우리의 식문화에 엄청난 영향을 끼친 것이다.

이 감칠맛으로 '미각 중독'에 빠지게 된다고도 한다. 한번, '미각 중독'에 길들여지면 점점 더 자극적인 맛을 찾게 되어 웬만해서는 만족하지 못하는 속성이 있어 위험한 맛이기도 하다.

이렇게 알게 모르게 사람들은 자연의 맛을 잃어가고 있다. 그리고 또 식생활에서 예사롭게 여기고 놓치게 되는데, 정말 조심해야 하는 것은 곡물에서 생성되는 '아플라톡신'이라는 곰팡이균이다.

주로 오래된 곡물에서 발생하지만, '아플라톡신'이 함유된 곡물 사료를 먹은 가축에서도 생긴다고 한다.

1960년 영국에서 오리 10만 마리가 폐사하는 사건이 있었고, 조사한 결과 아스퍼질러스 플라버스(Aspergillus flavus)라는 땅콩에 기생한 곰팡이 균이 원인이라는 사실이 밝혀졌다고 한다.

　'아플라톡신' 곰팡이균의 유해성은 매우 위험하지만 특히 간장에 섬유소를 만들어 간암을 유발한다고 한다. '아플라톡신' 독소는 100℃에서 파괴가 이루어지지 않고 280℃~300℃에서 가열해야 겨우 파괴가 된다고 한다.

　되도록 피해야 할 물질이다. 메주에서도 생기지만 다행히 자외선에 약하다. 그래서 메주를 성형하고 나서 짚으로 묶고 햇볕이 잘 드는 곳에서 말리는 방법은 조상님의 지혜로움이다.

　또한 녹색 채소를 많이 섭취하면 독소를 줄일 수 있다고 한다. 섬유소가 많은 녹색 채소를 섭취해야 하는 이유이다.

　우리가 행복할 수 있는 방법은 우리 몸을 건강하게 만드는 것이다. 행복의 조건 1위는 무조건 건강이기 때문이다. 그런데 그 중요한 사실을 간과하고 있어서 걱정이다.

　조금만 신경을 쓰고 관심을 기울이면 얼마든지 가능한 일인데 말이다. 앞으로 과학이 발달할수록 인체에 무해하고 영양소의 균형을 갖춘 우리 제품에 관심을 가질 것이라 믿는다. 나는 젊어서는 이런 소중한 가치를 잘 몰랐었다.

　'바른 먹거리'에 눈을 뜨면서 비로소 깨닫게 되었고 내 몸에 변화도 찾아온 것이다. 젊었을 때는 늘 피로에 쩔어 지치고 나른하게 지냈는데 오히려 나이 들어 쾌적한 몸 상태가 된 것이 바로 그 증거이다. 그 차이는 실로 엄청난 것이었다.

　70살이 넘은 지금이 가장 최상의 컨디션을 지니게 되었으니 말이다. 경제사절단 등으로 해외를 나갈 기회가 많은데, 이제는 어딜 가거나 내가 최연장자이다. 그럼에도 나는 다른 젊은 사람들에게 뒤처지지 않는다. 일행들의 감탄을 받기도 한다.

이 얼마나 감사한 일인지 모른다. '바른 먹거리' 덕분이라 생각하고 있다.

물론 그렇다고 건강을 맹신해서는 안 된다. 병의 유발인자는 꼭 식습관만은 아니기 때문이다.

특히 환경적 요인이나 스트레스도 한 몫을 한다. 그럼에도 아직 성인병에 대한 약을 먹지 않고 이만큼이라도 활발하게 움직일 수 있다는 사실에 감사하는 것이다.

우리나라가 자원이 부족한 것은 사실이다. 하지만 가장 큰 유산인 한식이 있다는 것은 너무도 감사한 일이다.

음식의 근본은 인체에 유해하지 않아야 하고, 영양소가 골고루 갖춰지는 것인데, 우리의 비빔밥과 불고기, 김치와 탕국 등 헤아릴 수 없는 많은 우리 고유의 음식들이 그에 딱 부합한다.

다만 장시간 유통의 문제점이 따르는데, 이 부분만 개선하면 전 세계 시장에서 주목받을 수 있을 것으로 본다.

나는 지난 20여 년간을 그 연구에 매달려왔다. 예로 단백질 함량이 높다는 쇠고기보다 말린 황태는 4배의 단백질 함량이 높은 것이다. 또한 단백질은 1+1=2가 아니다.

단백질 & 단백질을 포함하면 어마어마한 단백질 보고가 된다. 이 얼마나 대단한 가치인가? 이런 것을 기초로 제품을 만들려고 노력을 해온 것이다.

미래의 주인공인 우리 아이들을 인재로 키울 수 있는 먹거리가 되는 셈이다. 이런 가치에 기준을 둔 제품개발을 해왔다.

하지만 아무리 몸에 좋아도 맛이 없으면 시장에서는 외면을 당하게 된다. 그리고 바쁜 현대인들은 늘 건강을 염려하고 관심을 갖지만 정작 '바른 먹거리'에는 실상은 관심이 없다. 그 일을 우리가 해야 한다.

예로부터 밥이 보약이라고 하였다. 그런데 정제된 탄수화물로 인해 이제는 에너지원인 탄수화물은 비만의 원인이라는 오명을 쓰게 되어 기피대상이다. 그래서 쌀이 남아 돌아가고 있다.

그러나 우리 몸이 가장 필요로 하는 것이 바로 에너지원인 탄수화물이다. 이 중요한 사실을 놓치고 있어 영양소의 불균형이 이루어지고 있다는 생각이 든다.

건강한 탄수화물로 에너지를 챙겨야한다. 에너지의 레벨이 낮으면 의욕도 열정도 낮아지게 되어 있어서이다. 활기차고 생동감 있게 살 수 있다는 것은 큰 축복이며 동시에 삶의 질을 높이는 방법이 될 수 있다.

내 몸은 내가 무엇을 먹느냐에 따라 그대로 반응하기 때문이다. "콩 심은데 콩 나고, 심은 데 팥 난다."라는 것과 같은 것이다.

'바른 먹거리'로 영양소의 균형을 갖춰주면 내 몸은 좋은 기운으로 건강을 지켜줄 것이고, 몸에 해로운 음식을 함부로 먹는다면, 내 몸은 나쁜 영향을 받아 질병을 불러오게 된다.

그 선택은 오로지 스스로만 할 수 있다. 유일하게 나만이 선택할 수 있고, 그 선택으로 운명이 바꾸어 지기도 한다. 신체 건강 & 정신 건강이기 때문이다. 즉, 신체가 건강해야 정신도 건강할 수 있기 때문이다.

신체와 정신은 같은 것이다. 그래서 신체가 건강한 만큼 정신 건강도 지킬 수 있는 것이다. 신체가 건강해야 건강한 사고를 할 수 있게 되는 것이므로 멘탈이 강한 것이 바로 신체의 에너지 레벨에서부터 기인한다고 한다.

멘탈, 즉 정신 건강이 강하면 어떤 유혹이나 고통에도 쉽게 흔들리지 않게 되어 평정심을 갖고 사고할 수 있게 된다. 그래서 자기 인생을 잘 리드 해나갈 수 있다.

'바른 먹거리'의 가치란 이런 기본이다. 나는 그런 사실을 내 몸 상태와 우리 장애 아이들을 통해서 깨달을 수 있었다.

이런 깨달음은 우리가 만드는 제품에 대해 고민을 하게 만들었고, 진정 인체에 해(害)가 되는 식품이 되어서는 안 되겠다는 결심을 할 수 있게 만들어주었다.

신체 건강이 좋아야 정신 건강도 따른다는 이 중요한 사실을 무시할 수는 없는 일 아닌가? 특히 이 모든 것이 바로 영양소의 균형으로부터 기인한다는 사실이다.

균형 잡힌 영양소로 인해 신체 건강을 지키기만 하면 정신 건강은 자동으로 따른다는 사실을 깨달을 수 있었기에 먹거리의 중요성은 아무리 강조해도 부족하다는 것을 깨달을 수 있었다.

좋은 먹거리, 영양소가 균형 잡힌 먹거리를 선택하는 것이 건강한 인생도 살수 있는 계기가 될 수 있다는 사실이다.

건강하지 않은 삶에서 행복을 찾을 수는 없기에 '바른 먹거리'는 이렇듯이 중요한 것이다. 특히 자라나는 아이들에게 있어 '바른 먹거리'의 중요성은 말할 것도 없다.

성장기에는 균형 잡힌 식단을 통해 영양소를 섭취해야 한다. 키와 몸무게 등 성장이 왕성하게 일어나는 시기이므로 정신 또한 같이 자라고 있는 시기가 될 것이므로 세포 원형질의 주성분인 단백질 등 영양소의 균형은 반드시 필요하다.

탄수화물, 단백질 지방 등 3대 영양소는 세포 생장에 필요한 주요 구성 물질이다. 이 중요한 사실을 깨달을 수 있었기에 나는 '바른 먹거리'에 올인해 지금까지 올 수 있었다.

주목해야 할 것은 이런 깨달음을 통해 내 인생의 가치관이 바뀌게 되었다는 사실이다. 실은 나는 한 때 늘 일상에 쫓겨 지쳐 있었고, 몸도 정신도 건강하지 못했다.

나 자신이 박복하고 불행하다고 환경 탓을 하며 내 인생에 대해 회의적이었으며 자신의 운명을 원망하고 있었다. 그런데, 이렇게 바뀌게 된 것이다.

'바른 먹거리'의 위대한 힘의 작용이다. 나는 나를 바꿔놓은 가치를 깨달았기에 이 중요한 일을 하지 않을 수 없는 것이다. 균형 잡힌 영양소, 첨가물 없는 자연 먹거리를 만드는 일은 너무도 중요한 일이기 때문이다.

우리가 섭취한 음식물은 소장에서 주로 소화가 일어난다고 한다. 대장은 소화 효소가 없어 소화 작용이 일어나지 않는다고 한다. 주로 수분을 흡수하고 찌꺼기는 대변으로 만든다.

대부분의 영양소는 소장의 융털에서 흡수되어 이자액, 쓸개즙 등 장액에 의해 소화가 이루어진다고 한다. 위에서는 펩신이라는 단백질 소화 효소가 분비되어 단백질을 소화시킨다.

우리 인체는 이렇게 신비하고 오묘하여 인위적으로 바꿀 필요가 없다. 균형 있는 자연식을 먹기만 하면 우리 인체는 스스로 제 기능을 하게 되어 있다.

다이어트를 위해, 건강하기 위해 특정음식만 섭취하는 행동을 해서는 안 되는 이유이다.

탄수화물은 우리 몸의 모든 기능을 유지하고 건강을 지키는 데 꼭 필요한 영양성분으로 우리 몸의 에너지원이다. 탄수화물, 단백질, 지방을 3대 영양소라 하고 여기에 비타민, 미네랄을 포함 인체에 반드시 필요한 5대 영양소가 된다.

탄수화물은 신체가 소비하는 열량의 50%~90% 정도에 달하고 하루 평균 60% 이상의 탄수화물을 섭취해야만 에너지에 도움을 받을 수 있다. 그런데, 요즘 우리 사회는 살을 빼기 위해 탄수화물을 기피하는 현상이 나타나고 있다.

그래서 균형이 깨진 후유증이 생기는 매우 심각한 상황이 발생하고 있다. 나는 이 상황을 매우 위험하다고 여기고 있다.

신체와 정신이 건강한 사람들이 건강한 사회를 만들 수 있고, 그것이 바로 국력이기 때문이다. '바른 먹거리'에 대한 가치를 깨닫고선 오로지 '바른 먹거리'에 올인해 온 이유이기도 한 것이 바로 이런 가치 때문이었다.

아주 쉽고 작은 시작과 선택이 가져올 가치는 이렇게 원대한 것이라는 사실이었다. 탄수화물의 기피 현상은 바로 살이 찌기 때문이다. 그것은 벼를 식감을 좋게 하기 위해 7분도에서 9분도까지 도정을 하여 백미로 만들었기 때문이다.

식감이 부드러운 하얀 백미는 이미 영양소가 다 빠져나가 겨우 5%의 당질만 남아 있어서 많이 섭취하게 되면 살만 찌우게 되어 있다.

영양학자들이 정크푸드여서 피해야 할 식품군에 속하는 것이 바로 흰 설탕, 흰 밀가루와 백미인 흰쌀밥이다.

부드럽고 식감이 좋은 백미에는 당질 5%만 있을 뿐 영양소가 없기 때문이라는 사실이 매우 중요한 것이다. 열량만 높으니 살이 찔 수밖에 없다. 그래서 아주 중요한 에너지원인 탄수화물이 애꿎게 기피 대상이 되고 있다는 사실이다.

건강한 탄수화물의 섭취가 얼마나 필요한지 모른다. 우리 몸에 에너지가 부족하다는 것은 곧 귀찮음이 따른다는 사실이다. 매사가 심드렁하고 짜증 나고 귀찮게 된다.

그래서 에너지원인 탄수화물의 부족은 매우 위험하고 자칫 건강을 잃게 되는 심각한 사회 현상이 될 수 있다. 건강한 사회와 국가는 건강한 국민이 만드는 것이기 때문이다.

진정 '바른 먹거리'의 가치를 아는 사람들이 많아질 때 가능한 일이기도 하다. 그래서 우리는 '바른 먹거리'의 가치를 깨닫고 그 길을 가야 한다.

자극적인 맛이 아니어서 고객들의 입맛을 사로잡지 못해 비록 외형은 키우지 못할지라도 말이다.

알면서 인체에 해(害)가 되는 음식을 만들어서는 안 되기 때문이다. '바른 먹거리'의 가치에 대해 깨닫기 시작하면서 나는 새로운 가치로 세상을 보게 된 것이다.

무심코 행위 해왔던 하찮은 일상이 얼마나 중요한지 깨닫게 되었고, 그 작고 쉬운 행동들이 한 사람의 인생과 지역사회와 나아가 국가 힘의 원천이 될 수 있다는 가치를 깨달으면서 가슴이 벅차올랐다.

그 깨달음은 바로 환희였다. 사람은 사랑을 할 때 떨림이 온다고 한다. 이성을 만나 사랑에 눈을 떴을 때 설렘이 찾아오듯이 '바른 먹거리'가 인체에 미치는 가치에 대한 깨달음은 나를 전율케 해주었다.

'바른 먹거리'와 동행이 시작된 것이다. 배우면 배울수록 그 가치는 상상 이상이었다. 그래서 끌리듯이 공부를 시작하였고 '바른 먹거리'에 심취해 전국을 다 돌아다녔고 전 세계도 많이 다녔다.

자연식을 하는 수많은 사람을 만났었고 지리산 도사님들과의 인연도 그렇게 시작된 것이다. 과학적 데이터로 알려진 것보다 더 중요하고 지키지 않았을 때의 폐해는 실로 심각한 수준이었다.

무엇보다 자라나는 아이들에 대한 염려가 나로 하여금 '냉동 라이스볼'도 개발하게끔 만든 것이다. 아이들은 어렸을 때부터 인재로 키워야 하는데, 기본이 되는 영양소의 균형이 깨지면 그럴 수가 없게 된다.

영양소의 불균형으로 인해 아이들의 정서가 흐트러지고 욱했다 다운하는 감정의 기복이 심해지게 되는지라 영양소의 균형을 갖춰줘야 하는 것은 시급한 일인 것이다.

영양소의 불균형은 '자율신경'의 균형을 갖출 수가 없기 때문이다. 그런 고민 끝에 나는 '냉동 라이스볼'을 개발하게 된 것이다. 먼저 골고루 영양소를 갖춘 '두뇌 소스'를 개발했고 발아 현미도 성공시켰다.

발아현미는 발아 과정에 곰팡이가 생기는 단점이 있는데, 우리는 그 문제를 해결한 것이다. 곡류의 곰팡이는 독성이 매우 강해 절대 먹어서는 안 되는 물질이다.

이렇게 하나씩 단점을 개선하면서 '냉동 라이스볼'을 개발하게 되었으나 엄청난 시설비가 소요되는지라 아직 상품화시키지는 못했다.

하지만 반드시 만들 계획이다. 꿈의 식품이 되어줄 것이다. 수명을 연장하는 것은 신의 영역이지만, 병 없이 건강하게 수명까지 잘 사는 것은 스스로 만들고 찾는 찬스가 될 수 있다.

탄수화물을 6시간 이상 차갑게 식히게 되면 '저항전분'이 생성된다. '저항전분'은 소장을 통과해 바로 대장으로 가기 때문에 다이어트를 하는 사람들에게는 도움이 되어줄 것이다.

그리고 GI지수는 매우 낮아지게 된다. 다시 데워도 GI지수는 그대로이다. 한 번 베타는 다시 알파로 돌아가지 않기 때문이다. 이 오묘한 섭리 앞에 나는 전율했다. 그래서 절대 멈출 수가 없었다.

그래서 그 긴 시간동안 오로지 '바른 먹거리'에 올인해 온 것이다. 시간에 쫓겨 '바른 먹거리'를 챙겨 먹을 수 없는 사람들이나 자라나는 아이들에게 우리의 '냉동 라이스볼'이 도움이 되어줄 것이다.

불행은 두려움으로부터 기인된다. 두려움은 욕심이 원인인지라 욕심을 내려놓으면 두려움과 근심 또한 사라지게 된다. 그러면 불행해지지도 않을 것이다. 마음의 평정심을 가졌을 때 비로소 가능해진다.

또 다른 사람으로부터 예우를 받으려면 내가 먼저 다른 사람에게 예의를 지켜야만 가능한 일이다. 이런 깨달음을 통해 내 생각과 태도가 바뀌기 시작했고, 내가 바뀌니 내 주변도 바뀌기 시작했다.

편안하고 안락한 일상이 만들어지게 된 것이다. 누구와의 갈등도 다툼도 없어지고, 배려하고 도와주는 관계들이 형성되었다. 이 모든 것이 바로 자율신경의 균형 덕분이다.

자율신경의 균형은 영양소의 균형으로부터 시작이다. 덕분에 행복지수도 높아지고 있었다. 그 모든 것들은 나의 생각과 태도가 바뀌게 되면서부터 비롯된 것이었다. 욱하는 조급함이 사라졌기에 가능했다고 여긴다.

　영양소의 균형은 '자율신경'의 균형을 갖춰주기 때문이다. 나는 이 부분을 주목하고 있다. 내가 스스로 생체실험의 대상이 되어 그 가치에 대해 깨닫게 되었다.

　'바른 먹거리'와 균형을 갖춘 식단의 중요성에 대해 깨닫기 시작하면서 그 가치가 얼마나 큰지를 알게 되었다. 그리고 직원들에게 김장을 해주고, 된장을 담궈 주었다.

　전문 강사님들을 모시고 '바른 먹거리'에 대한 교육을 시작하면서부터 우리 직원들의 태도도 서서히 조금씩이나마 바뀌기 시작하는 모습을 보았다.

　바뀐 우리 직원들의 태도를 보면서 나는 '바른 먹거리'의 가치에 대해 더욱 확신할 수 있었다. 처음 사업을 시작했을 때 가장 힘들었던 것이 직원들끼리의 갈등이었다.

　아무것도 아닌 이유로 다투다 둘 다 회사를 떠났었다. 나는 정말 이해가 되지 않았었다. 어려운 처지에 놓여 있는 사람들끼리 서로 도와주지는 못할망정 싸우고 헐뜯는다는 것이 말이 되는가?

　그리고 그 이유가 너무도 하찮은 것들이었다. 그런데, 지금은 전혀 갈등도 다툼도 없어진 것이다.

　덕분에 회사 분위기가 너무 많이 좋아진 것이다. 직원들은 잘 못 느낄 수 있겠지만, 나는 그 차이를 확연하게 느끼고 있다.

　특히 반강제적으로 '바른 먹거리'를 먹게 만들었던 우리 아이들의 변화된 모습을 보면서 나는 '바른 먹거리'의 가치에 대해 더욱더 확신하게 된 것이다.

　지적 지능이 겨우 4~5세 정도에 불과해서 말썽만 부리던 우리 아이들이 지금은 회사에 도움을 주는 훌륭하고 늠름한 직원이 되어있으니 말이다.

이렇게 '바른 먹거리'의 중요함을 깨달으면서 나부터 실행하고, 내 주변 사람들도 이렇게 바뀌게 만들 수 있었던 것은 영양소의 균형을 갖춰준 덕분이라고 여긴다.

나와 우리 직원들이 그동안 마루타가 되어서 생체실험 대상이 되어 있었던 셈이다. 이 변화를 느끼고 나는 이 중요한 사실에 주목하였다.

우리 회사를 방문하시는 분마다 '회사 분위기가 너무 밝다. 직원들이 어쩜 이리 예의 바르고 친절하냐?'고 평해 주신다.

나는 과거와 비교해 격세지감을 느끼고 있다. 이런 모든 것이 바로 '바른 먹거리'의 힘이라고 말하고 싶다. 이렇게 '바른 먹거리'는 사람의 인성도 바꿔주는 것이다. 그리고 우리 직원들은 정말 대단한 사람들이다.

같은 일을 반복해 하면서 결근, 조퇴도 거의 없이 성실하게 일을 한다. 이 사회에 어떤 민폐도 끼치지 아니하고 불법도 저지르지 않는다.

나는 직원들 때문에 스트레스받는 일이 거의 없어 이 세상에서 가장 행복한 CEO라고 자부하고 있다.

우리 직원들 같은 사람들만 있다면 이 사회는 어떤 문제도 발생하지 않을 것이며 사회적 비용도 생기지 않을 것이라고 믿는다.

적은 월급에 힘들게 아이들 교육하고 집도 사고 사람도리를 하면서 나름 잔잔한 보람과 행복을 느끼며 살고 있다.

누군들 좋은 환경에서 호의호식하면서 살고 싶은 마음이 없겠는가? 그런데 별 저항 없이 운명에 순응하면서 사람다운 도리와 책임을 다하면서 묵묵히 살고 있다.

나는 우리 직원들 같은 사람들이 더 잘살아야 한다는 생각이다. 그래서 그들이 좀 더 잘 살 수 있는 방법을 찾아주고 싶었고, 그 방법이 반값 아파트를 지어주는 것이라 여겨 그 방법을 찾아왔다.

자금 여력이 없는 작은 중소기업인 우리로서는 쉬운 일은 아니었다. 하지만 나는 반드시 이루어지리라 믿는다.

늘 평정심을 갖고 이성적으로 서로를 배려하면서 일을 하는 우리 직원들이 행복하게 잘 살 수 있기를 바라는 마음이다.

34. 바른 요일 차

우리 공장과 붙어있는 아래에 있는 음료 공장이 부도가 났고, 우리 회사와 인접해 있어서 매입하게 되었다. 처음에는 장충동왕족발 공장과 붙어 있어 확장할 생각이었다.

그런데, 잔금을 치르고 나니, 사람들이 부도난 공장의 기계장치를 사겠다고 찾아오기 시작했고, 나는 처음의 계획을 바꾸어 음료 공장을 하기로 마음을 먹었다. 그런데, 기계장치가 성한 것이 없었다.

부품을 다 빼가서 예상했던 것보다 더 많은 비용이 들어가기 시작했고, 그 후 몇 년을 정상화하기 위해 너무 힘들게 보냈던 기억이 난다.

내가 말기 암 환자들을 돌보면서 그들에게 만들어 주었던 것이 '바요차'였다. '바요차(바른 요일 차)'는 항암치료 후유증으로 아무 음식도 먹지 못하는 환자들에게 물 대신 마시게 했던 음료였다.

36가지 재료를 가지고 법제하고 발아시켜서 만들었고, 무엇보다 내성을 피하게 하기 위해 요일별로 만들었다. 그런데 그 음료를 마시고 효과를 본 사람들이 있길래 그 음료를 만들 생각이었다.

암환자들 뿐만 아니라 건강한 사람들도 건강할 때 건강한 음료를 마실 수 있길 바라는 마음으로 시작한 것이었다. 그런데, 그 생각이 오산이었다는 것을 깨닫는 데는 그리 오래 걸리지 않았다.

나는 만들기만 하면 매우 인기가 좋을 것이라 여겼다. 그런데 시장의 반응은 전혀 예상외였다. 효능만 맹신하고 섣부른 판단을 했었다. 실제로 '바른 요일 차'의 효능은 기대 이상이었기 때문이었다.

수돗물을 소독하기 위해 살균제로 쓰이는 염소와 반응해 생성되는 트리할로메탄(Trihalomethane)은 발암성 물질이다. 그러나 끓이면 트리할로메탄 성분은 증발된다.

WHO(세계보건기구)에서 인체에 害(해)가 되는 발암성 물질로 판정해 트리할로메탄 대한 기준치를 0.1ppm으로 엄격히 정해놓고 있다고 한다.

그러나 유기물이 많을수록 수소이온농도(ph)가 높을수록 염소를 많이 사용해야 하고 그럴수록 위험인자는 더 커지게 된다. 우리가 물을 아끼고 정갈하게 써야 하는 이유이다.

수돗물에 시약을 넣어보면 노란색으로 변하게 된다. 트리할로메탄 잔류가 남아 있다는 뜻이다. 이 잔류성은 곧 활성산소의 증가를 의미하고 지속해서 인체에 축적이 된다는 뜻이다.

그런데 노란색으로 바뀐 수돗물에 바요차를 넣으면 다시 하얗게 물이 바뀐다. 바요차에 항산화물질이 함유되어 있다는 뜻이다.

이렇게 항산화 성분이 높은 '바요차'는 매우 인기가 있을 것이라고 예상하고 7가지 총 210만 캔을 생산했었다.

캔 공장에서 한 품목당 기본 인쇄가 30만 캔이라 월, 화, 수, 목, 금, 토, 일 이렇게 7일을 매일 바꿔서 복용해야 내성이 생기지 않기 때문에 210만 캔을 생산해 놓고, 처음에는 지인들에게 보내주기 시작했었다.

택배비용도 많이 썼고, 보내는 작업도 쉽지 않았다. 그런데 공짜로 보내주는 데에도 불구하고 맛이 없어서인지 반응이 신통찮았다. 그렇게 3번 생산 후 결국 포기를 하고 말았다.

손실도 매우 컸고, 또 포기하기까지 심적 고통도 상당했었다. 어마어마한 경험을 한 것이다.

지금은 하는 수 없이 대기업제품 OEM공장으로 가동하고 있지만, '바요차'는 건강한 음료이기에 언제인가는 시장에서 인정받을 수 있을 것이라는 생각에는 변함이 없다.

'바요차'를 개발하고 또 생산하느라 물에 대한 소중함을 새삼 깨닫게 되었다. 물 사용도 아껴 써야 하지만 물을 사용할 때 깨끗하게 잘 사용해야 한다. 우리가 사용하는 물은 어디로 향할까?

한 번쯤은 고민을 해보고 우선 내가 할 수 있는 방법을 찾아보기로 했다. 첫째는 설거지물이다. 먹고 남기는 찌꺼기를 최대한 줄여야 한다.

예를 들어 김치 국물이 남았을 때 그냥 버리지 않고, 빈 병에다 담아 냉동이나 냉장 보관했다 나중에 김치찌개를 끓이는 국물로 사용한다. 최대한 그릇을 깨끗하게 한 후 설거지를 하면 세제 사용을 줄일 수 있다.

둘째, 머리 감을 때 샴푸 외에는 다른 것을 사용하지 않는다. 물론 스프레이나 무스 등도 일체 사용하지 않는다. 물을 오염시키지 않기 위해서다. 절대 불편하지 않다.

이것저것 많이 사용할 때보다 머릿결은 훨씬 나아졌다는 사실이다. 나 한 사람의 이 작은 노력이 있다고 하여 그렇다고 오염이 되지 않는 것은 아니겠지만 생활 속에서 조금만 신경을 쓰면 다소나마 도움이 될 것이라 생각한다.

물 쓰듯이 펑펑 써서는 안 되는 것이 물이다. 생각이 바뀌면 습관이 바뀌게 된다. 이제는 습관이 되어 아주 자연스럽다. 우리나라는 이미 물 부족 국가이다.

우리 세대가 조심하지 않으면 미래 세대들이 곤경을 당하게 된다는 이 중요한 사실을 잊어서는 안 된다.

물이 없다면 이 지구상의 생명체는 며칠을 버티지 못하게 될 것이다. 그만큼 소중한 것이 물이다. 아프리카에서 온 사람들을 도와준 적이 있었는데, 이구동성으로 그들이 하는 말이 "물이 하얀색인 것을 처음 알았다."였다.

　늘 누런색의 황토물을 먹어온 사람들이다.

　하얗고 깨끗한 물을 맘껏 먹을 수 있다는 것은 크나큰 축복임에도 너무 흔해서 우리는 그 소중함을 잊고 있을 뿐이다.

　우리나라도 이미 물 부족 국가에 속한다고 한다.

　정말 물은 아끼고 또 아껴야 하는 소중한 자원이다.

35. 언어의 감동

이 세상에서 가장 큰 힘은 감동이다. 사람에게 감동을 줄 수 있다면 이 세상에 안 되는 일이 없다. 그 감동의 시작은 말이고, 그다음이 태도이다. 아름다운 언어는 곧 마술이다.

세상에서 가장 쉽고, 그 쉬운 방법으로 가장 감동을 주는 게 바로 언어이다. 반대로 상처를 주는 것도 언어이다. 오랜 세월이 지나도 그리움으로 남아 있는 것은 따뜻한 말로 위로를 해주던 그 사람이다.

반대의 경우도 있다. 나쁜 말로 상처를 주는 행위이다. 잘 잊혀 지지 않는다. 주변의 가족, 형제, 지인들에게 들었던 불쾌한 말 한마디로 마음의 문을 닫게 되는 경우가 많다.

야구단이 창단되기 이전인 1980년대에는 복싱이 최고의 인기 스포츠였다. 남녀노소 모두를 망라하고 복싱 중계를 들었던 것 같다. 그렇게 인기를 끌었던 이유는 고 김재영 아나운서의 권투 중계방송 덕분이었다.

상대 선수가 버팅(머리를 숙여 들이받는 행위)을 자주 하면 "의도적이네요. 매너가 참 안 좋네요."라고 하고 우리 선수가 그러면 "상대가 버팅을 유도하고 있어요. 저건 당연한 방어거든요. 세상에 맞기 좋아하는 사람이 어디 있습니까?"라고 했다.

상대 선수가 링 주위를 빙빙 돌며 아웃복싱을 구사하면 "놀러 왔어요? 저건 복싱이 아니죠." 우리 선수가 그러면 "네, 좋아요. 권투라는 게 불도저처럼 파고 들어야만 능사는 아니거든요."라고 했고, 상대 선수가 펀치를 몇 대 맞고 비틀거리면 "심판! 뭐 합니까? 빨리 TKO 선언을 해야죠. 눈동자가 풀렸어요. 잘못하면 선수 생명이 위독합니다."라고 하면서 우리 선수가 휘청거리고 심판이 경기 계속 여부를 물으면 "레퍼리가 이상합니다. 입국할 때부터 말이 많았잖습니까? 우리 선수 사기를 꺾고 있어요." 이런 식이었다.

관객과 공감대를 형성하고 있었다. 이런 식의 중계에 대해 어느 후배가 공공성 운운하며 지적을 하자 "네가 뭘 알아? 스포츠 중계는 재미와 감동이 최고야."라고 했다고 한다.

당시 복싱 중계의 인기 비결인 셈이었다. 재미와 감동을 주는 말솜씨는 그 어떤 자산보다도 가치가 있다. 대화란 상대를 위하며 재미가 있어야 한다.

사람들과 만났을 때 부드럽고 감싸주는 듯한 말은 상당한 위로의 힘이 있다. 물론 반대의 경우도 있을 것이다. 말을 많이 하는 것과 잘하는 것은 다르기 때문이다.

대화가 재미있는 사람은 자꾸 만나고 싶어진다. "말 한마디가 천 냥 빚도 갚아준다."라는 속담도 있듯이 말로서 사람의 마음을 얻을 수 있다.

그런데 말을 잘하려면 책을 많이 읽어야 한다. 대화가 통하는 사람은 그저 되는 것이 아니기 때문이다.

아는 것이 많아야 누구와 어울려도 대화를 원활하게 할 수 있게 된다. 대화가 통하는 사람은 그저 되는 것이 아니기 때문이다.

노인의 삶은 상실의 삶이라고 했다. 늙어가면서 건강, 일, 돈, 친구 그리고 꿈을 잃는다.

한 사람의 인생에서 놓고 생각해 볼 때 참으로 안타까운 일이 아닐 수 없다. 젊어 열심히 살았다면 그 완성의 삶으로 노후가 마감되어야 하는데, 현실은 그렇지가 못하다.

그러나 늙음과 죽음은 누구도 피할 수 없는 일이라면 적어도 외롭고 비참하게 일생을 마감하는 서러운 인생이어서는 안 되는 일이다.

무료하게 죽을 날만 기다리는 삶이 어찌 행복할 수가 있을까? 노인 우울증이 많은 이유이다. 원하지 않지만 늙음은 찾아든다.

나도 이제는 그 노년을 어떻게 맞이할 것인지를 고민할 때가 된 것 같다. 젊어서는 돈 버느라 나 자신을 돌아볼 여유가 없었고, 미망인이었던 내 입장에서는 더욱 조심스러울 수밖에 없었다.

이제는 고상하고 곱게 늙을 준비를 해야겠다는 생각을 해본다. 그렇다고 이기적으로 살고 싶지는 않다. 나보다는 타인을 더 배려하면서 그동안 사회로부터 받은 것을 되돌리면서 살고 싶다.

사람이 한평생을 살아오는 동안 형제나 친척, 그리고 가까운 지인들은 위로의 대상이자 든든한 조력자가 되어준다. 때로는 불편하고 부담스럽기도 하고 상처를 주기도 하지만 그래도 그들은 인생에서 동반자나 마찬가지이다.

그런데 이제는 그 울타리가 자꾸 없어지고 있다. 사회적인 현상에서도 형제자매가 없어지고 사촌도, 이모, 고모 삼촌이 없어지고 있다. 점점 더 외로워질 수밖에 없는 환경이 만들어지고 있다.

인간세계의 생태계에 교란이 온 것처럼 관계가 깨어지고 있다. 사람은 무슨 일을 당하게 되면 제일 먼저 형제나 친인척들이 힘이 되어주는데, 그 관계가 없어지고 있는 것이다.

과거에는 씨족사회를 이루고 살았기 때문에 외로움을 느낄 필요가 없었다. 공동체 생활과 다름없기 때문이었다. 그런데 과학은 점차 발전하여 사는 방법은 많이 업그레이드되었지만, 사람들은 더 외로움을 느끼고 있다.

그래서 이제는 스스로 안락하고 편안한 노후에 대한 대책이 필요한 것이다. 그래서 나는 노후를 쓸쓸하고 하찮게 보내지 않고 조금 보람되게 보낼 방법을 찾고 있다.

이미 퇴직을 한 후 노후를 보내는 주변 사람들을 보면서 깨달은 것이다. 먼저 소외되지 않아야 하고 스스로 고립되지 않아야 하고 뭔가 보람을 찾는 일을 하고 싶어서 봉사하는 시간을 늘렸다.

토요일 새벽에는 연탄 봉사와 일요일에는 현충원에서 국수 봉사를 한다. 그리고 현충원 주변 비석도 닦고 청소하기 등을 한다.

봉사는 내가 아닌 누군가 타인을 돕는 행위라고 여겼는데, 그런데 그렇지가 않은 것이었다. 봉사는 나를 위한 것이다.

누군가에게 도움을 주고서 얻는 만족감은 상상 이상으로 크다. 다른 사람을 위해 일을 하면서 즐거움은 내 몫이다.

몸을 움직이고, 사람들과 어울리면서 세상을 이롭게 만들 수 있는 것은 결국 나를 위하고 행복하게 한다는 사실이다.

나만을 위한 이기적인 삶에서는 도저히 느낄 수 없는 정신적 충만감은 이타심을 통해 얻을 수 있다는 깨달음을 얻을 수 있었다.

또 봉사는 전염의 효과도 있다. 관심과 소통을 통해 세상과 어울리고 소외된 사람들을 챙기다 보면 어느새 느끼게 되어 있다.

그러나 그게 아무리 좋은 일이라 할지라도 주변에 부담을 주는 행위는 존중받을 수 없게 된다. 내 능력이 되는 한도 내에서 조용히 도우면 된다.

그리고 그 일을 자랑하지도 내색을 하지도 않는 게 좋다. 그러지 않아도 알게 모르게 자연스레 알려지게 되어 있다.

봉사란 나도 쓰임새 있는 존재라는 뿌듯함도 느낄 수 있다. 아주 작은 일을 통해 얻는 보람은 의외로 크게 따른다. 나이 듦이 꼭 나쁘지만은 않다고 느낀다.

어떻게 보내느냐는 방법에 달려있을 뿐, 보람되고 가치 있게 보낼 수 있는 방법은 얼마든지 있다는 것도 깨달았다. 죽음만을 기다리면서 무의미하게 보내고 싶지 않아서이다. 물론 봉사는 안 해도 된다. 하지만 하면 더 좋은 것이다.

우리는 현재 18명이 봉사를 함께 한다. 매월 3번째 일요일에 모여 국수를 삶고 설거지하면서 많게는 500명에서 1,000명에게 국수를 공급하고 있다.

우리는 만날 때마다 웃으면서, 서로의 안부를 묻고, 하나같이 성실하고, 일도 잘해 가장 베스트 봉사단이라고 칭송이 자자하다.

우리는 힘든 일을 하면서도 전혀 힘들지 않게 일하고 있을 뿐만 아니라, 너무 재미있게 일을 하고, 서로를 배려하면서 봉사활동을 하고 있다.

우리 봉사단의 부단장님은 "사회에서 성공하신 분들이 이렇게 열심히 봉사하는 것을 보니 성공한 이유를 알게 되었습니다. 정말 대단하세요." 이렇게 평을 해주실 정도이다.

내 주변 분들이라 평소에도 친하게 지내던 분들이었는데, 매달 만나서 그동안의 안부도 물으면서 우정을 쌓아가다 보니 이제는 가장 가까운 지인이 되어가고 있다.

나는 그분들을 리드하지 않는다. 그냥 존중해 줄 뿐이다. 이분들은 사회를 진화시키는 일에 동참하고 계시는 분들이시라 누구의 간섭과 조언이 필요치 않는다. 서로 알아서 너무 잘하기 때문이다.

서로를 신뢰하고 있으며 우정의 깊이도 점점 쌓여가고 있다. 그리고 늘 언제나 한결같은 마음으로 이 사회의 지도자로서 역할을 해 오셨고, 앞으로도 해나가실 분들이다.

봉사하는 횟수가 거듭될수록 친밀감은 더욱 돈독해지고 있으며 서로를 많이 아낀다. 이분들을 통해 나는 공동체를 통한 작은 집단의 선한 영향력을 느끼고 있다.

어느 조직이건 이분들처럼 마음을 쓴다면 이 사회는 어떤 문제도 발생이 되지 않을 것이기 때문이다. 그래서 내가 최근에 가장 자주 만나는 분들도 이분들이시다.

희한하게도 만남이 잦다 보니 할 이야기도 더 많아지고 만날 일도 많아지게 된다. 톡 하나로 금세 모여 번개도 한다.

나는 그동안 사업을 해 오면서 어떤 단체에서도 회장을 맡아본 적이 없다. 능력이 안 된다고 여겨서이다. 그런데 유일하게 봉사단에서는 회장을 맡고 있다. 그래서 회장 노릇도 제대로 하고 싶다.

앞에서 이끌어가는 것이 아니라 뒤에서 수고하신 그분들을 위로하고 격려를 해드리고 싶은 것이다. 각자 자기 분야에서 최고인 분들인데, 겸손하고 부지런하시다.

참으로 모든 면에서 존경스러운 분들이다. 이 사회에 어떤 민폐도 끼치지 아니하며 오히려 도움이 되려고 하는 것이다. 만나서 편하게 마음속의 대화를 할 수 있는 사람은 이 세상에 그리 많지 않다.

저마다 속내를 감추고 계산을 하면서 사람을 만나기 때문이다. 그래서 노년이 외로울 수밖에 없는 것이다.

돈이 없으면 없어서 외롭고, 돈이 많으면 누구에게 이용당할까 봐 두려워 사람을 만나지 못해서 더 외로운 것이 노인의 삶이기 때문이다.

그러나 봉사를 통해 만나는 사람들은 이타심이 많기에 경계의 대상이 아니다. 편하게 작은 선심으로 관계가 좋아질 수 있고 같은 방향을 바라보는 동반자와 같은 마음이기 때문이다.

모든 사람은 행복하기 위해 인생을 산다. 젊어 열심히 일을 해 돈을 버는 것도 행복하기 위해서이다.

특히 사업을 하는 경영자는 늘 미래를 봐야 하고, 세상에 없는 독보적인 아이템을 찾아야 하며 많은 가족을 책임져야 하는 숨 가쁜 삶을 살 수밖에 없는 환경에 놓여 있다. 그렇다고 해도 경영자에게도 인생은 있다.

인생을 지내놓고 보니 차 한 잔을 마시는데, 처음에는 뜨거워서 못 마시겠더니 마실만하니 금방 식어버리는 것과 같은 것이라고 한다. 그만큼 인생이 짧다는 의미이다.

경영자는 모르는 미지의 길을 가노라면 두렵고 시행착오를 범할 수밖에 없다. 그럴수록 여유를 가져야 한다. 절박하면 실수를 범할 수 있는 법이다.

행복하기 위해 일을 하고 돈을 벌 것이 아니라, 일을 하면서 행복을 느껴야 하는 게 먼저이다. 경영자의 잘못된 판단으로 인해 기업이 타격을 받으면 기업만 믿고 일해 온 사람들에게 피해를 주게 되므로 경영자는 늘 긴장할 수밖에 없을 것이다.

그럴수록 어떤 결정에 앞서 여유가 필요한 것이다. 느긋할 수는 없겠으나 여유 있게 계획은 할 수가 있다. 큰 프로젝트를 할 때 잠시 멈추고 머리를 식혀야 한다.

경영자는 늘 의사 결정을 해야 하고, 결과에 대한 책임도 따르기 때문에 머리가 무거울 수밖에 없다. 그래서 머리를 식혀야 하는 것이다.

나는 큰 의사 결정을 앞두고 있거나 고민이 생겼을 때 산에 오르거나 산책하거나 영화를 보곤 했었다. 산에 올라 대자연 앞에 서면 나라는 인간은 하잖은 존재가 되어 버리고, 고민 또한 큰 것이 아닌 게 되어 버린다.

그리고 두 시간 정도 영화 속에 빠져들고 나면 머리가 맑아진다. 그런 다음 다시 생각해 보면 답이 나오게 되는 것이다.

오래전 신제품을 찾고 있을 때 혜성처럼 나타난 커피 브랜드가 있었다. 커피는 너무도 많은 사람이 선호하는 아이템이기도 하여 프랜차이즈업계에서 너도 나도 벤치마킹을 시작했었고, 나도 끼어들어 시장 조사를 하기 시작했었다.

그 커피 브랜드는 급성장하여 미국으로 중국으로 해외 진출을 하며 연신 성공 신화를 쓰고 있었고, 돈을 많이 번 젊은 CEO는 부러움의 대상이었다.

나는 일 년 정도 커피 원산지를 방문하여 시장 조사를 하던 중 아주 중요한 사실을 발견하게 되었다. 커피 원두 자체에는 너무도 좋은 물질들이 함유되어 있었지만, 로스팅을 거쳐 최종 사람이 섭취하기까지의 과정에서 발암성 방향족 탄화수소(benzopyrene)가 검출되었다.

이미 비용도 많이 썼고, 또 놓치기에는 너무 아까운 아이템이라 쉽게 포기할 수 없어서 만드는 방법을 바꾸어도 보았으나 그랬더니 맛이 없었다.

그때 한 모임에서 해외 산업시찰을 간다고 하길래 따라갔다 현지 커피 생산 공정을 보게 되었다. 그리고 돌아와서 포기를 하였다.

돈을 버는 것도 좋지만 이 세상에서 가장 중요한 것은 사람의 인체에 해가 되는 제품을 만들어서는 안 되었기 때문이었다. 내 이익을 추구하기 위해 다른 사람의 건강을 해치는 짓을 해서는 안 된다. 이런 예를 비롯해 그 이후에도 수많은 시행착오가 있었고 그때마다 엄청난 스트레스가 따랐었다.

제2 브랜드 론칭을 위해 참 많은 시간과 비용을 썼었고 사용한 비용과 허비한 시간이 아까웠고 무엇보다 실패에 대한 아쉬움이 컸었다.

시행하던 프로젝트를 중단하고 나면 처음 한동안은 허탈하여 일이 손에 잡히지도 않고 마음 고생을 심하게 했으나 산을 오르고 영화를 보면서 시간이 지나니 어느새 잊고 있었다.

행복의 시간이 중요하다. 너무 얽매이지 말고 삶에 여유를 줘라. 인생을 즐기면서 일을 해야지. 나중에 후회가 따르지 않는다. 경영자로 사는 삶이 쉬운 것은 아니지만, 경영자도 사람이고 인생이 있다.

스스로 조화롭게 디자인해야 한다.

36. 이제 시장은 '세계' 하나이다

세상이 바뀌었다. 인터넷의 보급으로 인해 정보화시장이 형성된 것이다. '클릭' 한 번으로 전 세계의 정보를 한눈에 볼 수 있고, '온라인 직구'를 통해 판매도 구매도 한 순간에 이루어지는 세상이 되었다.

시장의 경계가 허물어지고 있다. 이제 시장은 '세계'라는 하나의 시장이 생겨난 것이다. 이런 편리하고 희한한 세상이 만들어진 것은 불과 얼마 되지 않았다.

세상은 너무도 빠르게 바뀌어 가고 있다. 아마 앞으로는 더 빠른 속도로 변화할 것이라 보여진다. 또 어떻게 변화되고 진화될지 기대도 된다.

이렇게 빠르게 변화하고 바뀌는 세상에 대해 지혜롭게 대처해 나가야 한다. 이제 시장은 '세계'이다.

국가라는 개념이 아닌 전 세계가 시장이고 전 세계인이 고객이다. 그리고 '세계 시장'으로 눈을 돌려야 하는 가장 큰 이유는 우리나라에 아이가 태어나지 않고 있다는 사실이다.

점차 인구가 줄어들고 있어 세계로 눈을 돌리지 않으면 도태되고 말 것이기 때문이다. 아이가 태어나지 않는 것은 심각한 문제이다.

어떤 집안도 자손이 태어나지 않으면 대가 끊기고 망하게 된다. 그 옛날 왕정시대에는 반역을 하면 그 가문의 씨를 마르게 하기 위한 멸문지화(滅門之禍)를 시켜 최고의 형벌을 내리기도 했다.

그런데, 지금 여기저기서 대가 끊기고 한 집안이 흔적도 없이 사라지고 있다. 현대판 滅門之禍(멸문지화)가 생겨나고 있다.

이런 현상은 한집안의 불행으로 끝나는 것이 아니라, 한 국가의 존립과 발전에 큰 영향을 미친다는 사실이다. 국민이 없어지는 국가가 무슨 일을 할 수 있을까?

인구가 줄어든다는 것은 예사로 여겨서는 안 되는 중대한 문제이다. 나는 이 문제가 매우 심각하다고 여기고 있다. 노년에 내가 하고 싶은 일은 바로 이 일이다.

오래전 충남대학교 식품공학과 교수님을 모시고 한 단체에서 활동한 적이 있었다. 당시에 "앞으로 20년 후에는 인구감소가 이루어질 것"이란 교수님들의 탄식을 들은 바 있었다.

아이를 키우기 힘들어 안 낳는 사람들도 있지만, 못 낳는 사람이 더 많을지도 모르겠다. 내 주변에 보면 대부분 난임으로 고생하고 있는 모습을 보기 때문이다.

아이를 갖고 싶어도 아이가 생기지 않는다. 그리고 많은 사람이 불임클리닉에 다니고 있는 것을 보고 있다.

당사자들은 물론이고 부모들의 시름이 깊어지고 있다. 불임의 원인은 무수히 많다. 그중에서 나는 먹거리의 역할이 가장 크다고 여기고 있다. 나는 앞으로 그 일을 돕고 싶은 것이다.

봉계리에 짓는 '바른 먹거리 타운'의 설립 목적에는 인구감소 문제 해결도 포함되어 있다. 절실한 사람들에게는 고민을 들어주는 것만으로도 위안이 될 것이기 때문이다.

그래서 세계시장을 목표로 그 준비를 해 오면서 나는 인구감소 문제에 대한 고민도 하는 것이고, 그러기 위해서는 지금까지 내가 파고들었던 경험들이 도움이 되어줄 것이다.

자신의 몸무게(kg)를 키의 제곱으로 나눈 체질량지수(BMI)가 30 이상이면 통상 비만이라고 불린다고 한다. 보통 비만을 얘기할 때 근육량, 유전적 원인, 개인의 식습관 등을 원인이라고 한다.

그런데 내 생각은 다르다. 나는 유전적 요인은 크지 않다고 여긴다. 예전 먹을 게 부족했던 우리의 조상들에겐 비만이 없었기 때문이다.

물질이 풍부해진 현대인들이 몸을 움직이지 않고 칼로리의 과잉, 당분의 과잉섭취를 하기 때문이라고 본다.

영양은 부족하고 열량은 높은 식품을 섭취하고 운동을 하지 않았을 때 비만이 생기기 때문이다. 그렇다면 그 반대로 하면 비만은 생기지 않을 것이다.

비만은 삶의 질도 떨어뜨리지만, 질병 등으로 사회 문제도 야기시킨다. 비만하지 않으려 다이어트를 위해 음식물 섭취를 줄이는 것은 질병을 부르는 행동이다.

'영양소의 균형'을 갖춘 식단으로 몸을 많이 움직이면 비만은 얼마든지 줄일 수 있기 때문이다.

스포츠도, 풀을 뽑는 것도 다 몸을 움직이는 행동이다. 그런데, 스포츠는 즐겁고 풀 뽑는 일은 고달프다고 느낀다. 생각이 다르기 때문이다.

"생각이 바뀌면 행동이 바뀌고, 행동이 바뀌면 습관이 바뀌고, 습관이 바뀌면 운명도 바뀐다."라는 말이 있다.

생각을 바꿔야 한다. 누군가는 책 읽기를 좋아해 독서가 취미인데, 누군가는 책은 쳐다보기도 싫어 진저리를 친다. 어떤 선택을 하든 그것은 자신의 책임이고 몫이다.

그런데, 그 선택으로 자신의 인생을 만들 수 있다. 우리 뇌에는 영양소를 저장할 수 있는 공간이 없다고 한다.

그래서 다이어트를 위해 음식물 섭취를 줄이게 되면 굶주림을 느낀 우리 뇌는 영양소 공급을 위해 폭식을 유발하게 한다. 굶었다 폭식했다 이런 반복하는 행위가 비만을 부르고 건강도 잃게 만든다.

또 어떤 경우에도 당분의 과잉섭취는 피해야 한다. 비만의 주범이다. 때마다 적절한 음식을 골고루 섭취하는 아주 사소한 일상이 얼마나 중요한지 모른다. 그리고 행동하지 않는 것은 아무 소용이 없다.

젊었을 때 나는 늘 비만이었다. 업무에 대한 스트레스에다 날마다 회식이나 모임이 있었기 때문에 몸이 정상일 수가 없었다. 미망인이 되어 여성의 몸으로 사업을 한다는 것이 우리 사회에서는 결코 쉽지 않았기 때문이기도 했었다.

지나치게 날씬하고 예뻐서도 안 되고 지나치게 멋쟁이여서도 안 되는 게 혼자 사는 여자의 운명이었다. 지금처럼 '미투'가 인정받기 전의 여성으로서 행동하기가 여간 어려운 것이 아니었다.

사람들은 늘 관심의 대상으로 보았고 너무 나대서도 안 되고, 그렇다고 너무 얌전해서도 안 되는 아주 조심스럽기가 그지없는 시간을 살 수밖에 없었다.

나는 늘 검소한 모습을 해야 했고, 술자리도 적당하게 어울리면서도 조신한 처신도 해야 했다.

지역사회에서 불미스러운 스캔들 없이 사업을 한다는 게 사회적인 인식이 성숙하기 전인 우리 세대에게는 참으로 어렵고 힘든 일이었다.

그랬던 내가 70세가 넘으면서 홀가분해지기 시작했고 자유스러워진 것이다. 이제는 마사지도 받고 멋도 부린다.

운동도 시작하여 살도 좀 뺐다. 그랬더니 만나는 사람마다 젊어지고 예뻐졌다고 놀려 댄다.

이제부터 나는 자유로워졌고 70살이 되어서 비로소 내 인생을 살 수 있게 된 것이다. 그것도 나는 감사하다. 내 또래의 친구들은 이미 많은 것을 포기한

채 살고 있으니 말이다.

나는 지금부터 새로운 일에 다시 도전하려고 한다. 현재의 건강 상태로는 10년 정도는 가장 왕성하게 활동할 수 있을 거 같다. 아마 가장 보람 있는 일이 될 수 있을 것 같다.

생각처럼 잘 될지는 모르겠으나 마음을 내려놓고 누군가를 위해서 하는 일이니 무리는 없을 거 같다. 그래서 해보고 싶다.

어느 글에서 읽었는데, "말에는 온도가 있다고 한다. 말은 입을 통해 전달이 되지만, 그 뿌리는 마음에 있기 때문이다."라는 말이 있다.

따뜻한 말 한마디는 마음을 녹여주지만, 불쾌한 말 한마디는 마음을 차갑게 굳어버리게도 한다. 정말 맞는 말이다.

주변 사람들을 통해 그런 경험을 참 많이 해 온 것 같다. 좋은 사람이고 같이 하고 싶은데, 말을 너무 밉게 해서 멀리하게 된 사람들이 참 많다. 만나고 나면 늘 불쾌감이 따랐다.

처음에는 같이 하고 싶은 마음에 에둘러 말을 해보기도 했었으나 지적받는 것을 싫어해 그조차 포기를 하게 되었다. 나는 이것을 반면교사로 여긴다.

나 역시 누군가에게 말할 때 속내는 숨기고 비꼬듯이 말을 해 상대를 불쾌하게 만들 수 있을 것이기 때문이다.

사람을 만나면 즐거워야 하는데, 여운이 개운치 않고 불쾌감이 남는다면 그 만남은 의미가 없는 게 된다.

"이 세상에 태어나 일생을 사는 동안, 세 명의 친구를 얻을 수 있다면 성공한 인생이다."라고 공자님께서 하신 말씀이다.

그런데 그렇게 말씀하신 공자님께서도 두 명의 벗만을 만들었다고 하셨으니 좋은 친구를 얻는 일은 쉽지는 않은 거 같다.

그런데, 굳이 깊은 마음을 주고받을 수 있는 친한 친구는 아닐지라도 가볍게 대화할 수 있는 친구는 인생을 살아가는 데 꼭 필요하다. 사람과의 만남을 통해 얻는 것이 너무 많기 때문이다.

"세 사람이 길을 가면 그중에 한 명은 스승이 있다."라고 하듯이 사람과의 만남을 통해 얻는 것이 너무 많은 것이다. 세상의 모든 정보를 들을 수도 있다.

그럴 때 말을 곱게 하도록 해야 한다. 되도록 상대의 자존심을 건드리는 말은 삼가고 진심이 없는 빈껍데기의 말도 하지 말아야 한다.

그 분위기에 따라 스며들 듯이 자연스럽게 대화해야 한다. 또 말을 너무 잘하려고 노력하는 것보다 나쁜 말을 하지 않는 게 훨씬 쉽다.

말을 잘하려면 아는 게 많아야 한다. 대화의 폭을 넓힐 수 있는 소재가 풍부해야 대화를 잘할 수 있다. 사람을 만났을 때 풍부한 대화를 하는 재미는 세상의 그 무엇과도 비길 수 없다.

사람에게 잔잔한 감동의 여운이 남게 되는 사람은 자꾸 만나고 싶어지기 때문이다. '영국 신사'라는 말의 유래를 알면 도움이 될 것이다.

영국 사람들을 '영국 신사'라고 하는 이유는 그들에게는 세 가지 지켜야 하는 불문율이 있어서라고 한다.

첫째, 종교 얘기하지 않기. 둘째, 정치 얘기하지 않기. 셋째, 그 자리에 있지 않은 사람 얘기하지 않기라고 한다. 종교와 정치는 배타적이라는 공통의 성질을 가지고 있다.

종교는 자기가 믿는 것이 최고이고, 정치는 자기가 지향하는 이념이 최고라 절대 타협이 되지 않기 때문이다. 또 그 자리에 있지 않은 사람의 얘기는 하지 않는 게 맞다. 그래서 영국 사람들을 영국 신사라고 불리는 말이 생긴 것이다.

영국 신사처럼 이 세 가지를 지키며 산다면 누구에게나 호감을 얻을 수 있을 것이다. 이왕에 한 인생을 사는 동안 조금만 신경 쓰고 주의해서 주변으로부터 호감을 받고 인정을 받고 살 수 있다면 최고의 삶이 될 수 있다.

그리고 세계시장으로 나가기 위해서는 언어는 필수이다.

37. 성공하는 인생을 만들어라

안코라 임파로(Ancora imparo)는 이탈리아어로 "나는 아직도 배우고 있다."라는 말이다. 87세 때 시스티나 성당의 천정 벽화를 완성한 후 미켈란젤로가 적은 글이다. 업적이란 단순한 수치가 아니라 인간 세상에 대한 공헌이다.

현대까지도 추앙받고 있는 최고의 예술가인 미켈란젤로가 87세에 시스티나 성당의 천장 그림에 이렇게 글을 적었다는 사실은 저절로 고개가 숙여지는 부분이다. 위대한 사람의 위대한 생각이다.

일로 많은 업적을 쌓아 올린 사람은 많은 사람에게 그만큼의 무언가를 주고 있으며, 세상을 이롭게 하고 있다. 우리는 누군가를 섬기기 위해 이 땅에 태어났다.

모든 인간은 다른 이들이 원하는 걸 충족시켜 주기 위해 태어난 것이라고 한다. 이런 기본이 이 사회를 지탱해 주고 진화시켜 주는 시스템이다.

배움의 끝은 없다. 삶을 사는 동안 숨결같이 동행하는 것이 배움인 셈이다. 배우지 아니하면 무식한 행동을 하게 되어 있다. 자신이 무슨 부끄러운 짓을 하는지 모르는 사람이 되어서는 안 된다.

절대 존중받을 수 없을 것이다. 또 그런 사람을 만나게 되면 조용히 피하면 된다. 내 마음에 들지 않는다고 그 사람의 험담을 해서도 안 된다. 그대로 내버려두면 된다.

또 그 사람을 바꾸려는 노력도 하지 마라. 사람을 바꾸기란 쉽지 않고, 또 그런 역량이 있지도 않기 때문이다. 이런 깨달음은 책 속에 다 들어있다.

단 한 번뿐인 인생이고 삶이다. 그 주어진 시간을 값지고 알차게 보낼 수 있는 방법은 깨달음이고 깨달음을 얻는 방법은 배움뿐이다.

쌓아도 쌓아도 그만큼의 빈 공간은 자꾸 생기게 되 배움의 길을 가게 한다. 배움은 끝이 없다. 예로 기후 위기, 전쟁의 위기를 느끼면서 실천하지 않는 것도 세계 속에 속해 있는 한 사람으로서 책임을 회피하게 된다.

세상의 번영은 누군가의 깨달음을 통해 서서히 진화되어 오고 있다는 사실을 잊지 않아야 한다. 기업도 겉만 번지르르한 물량적이고 외형만 키우는 것이 아니다.

비록 규모는 작더라도 속이 건실하고 구성원들의 자부심이 강한 기업이어야 한다. 그게 좋은 기업이 될 수 있다.

좋은 기업으로 인정을 받게 되면 돈은 저절로 따라오게 되어 있다. 나아가 인간과 자연의 연결고리를 파괴하지 않으려는 노력이 수반되어야 한다.

그런데, 우리는 경쟁심과 이기심 그리고, 물욕의 내면화를 만들어 가고 있는 것은 아닌지 모르겠다.

또한 나도 모르게 정신적 만족과 가치보다는 소비향락주의에 심취해 가고 있는 것은 아닌지를 고민해 봐야 한다. 모든 것에는 중독성이 따르기 때문이다.

구성원들의 존중을 받으려면 그들을 먼저 섬기고 존중해줘야만 가능한 일이다. 그 방법이란, 대접받으려는 권위 의식을 내려놓는 것이다.

스스로 예우를 받으려고 한다면 그것은 어릿광대의 몸짓이다. 우스꽝스러운 것이다. 사람의 됨됨이는 언행으로부터 시작되므로 좋은 말을 하고 바른 행동을 하면 존중은 저절로 따라온다.

늘 배우겠다는 낮은 자세와 태도는 세상을 살아가는 최고의 경쟁력이 되어줄 것이다. 절대로 잘난 척을 해서는 안 되는 이유이다.

세상에는 엄청난 능력과 천재성을 지닌 분들이 너무도 많다. 그런데 어떻게 쥐꼬리만 한 실력과 능력으로 잘난 체를 할 수 있겠는가?

어릿광대의 몸짓을 하고 있으면서 자신만 못 느끼고 있는 형국은 참으로 부끄러운 짓이다. 또 오만과 이기심은 질투를 불러 나를 외롭게 만들기도 한다.

물론 많은 사람들로부터 존중을 받을 수 있다면 그것은 당연히 성공한 인생이 될 수 있다.

그런데 말이다. 행위를 한 사람은 잊어버리는데, 당한 사람은 절대 잊혀지지 않는 것이다. 직원들끼리 갈등이 발생했을 때 나는 부당하고 억울한 사람이 생기지 않도록 노력한다.

거기에는 지위고하가 따로 없다. 먼저 잘못한 사람이 있기 마련이고, 반드시 객관적인 판단을 해야 한다. 그리고 웬만해서는 부당한 짓은 하지 않으려고 부단히 노력해 왔었다.

그런 노력이 우리 회사의 문화를 만들어 온 것이라 여긴다. 우리 직원들은 스스로 잘못을 하지 않으면 부당한 일을 당하지 않고 당당하게 권리를 보장받을 수 있다고 믿는 것 같다.

그런 믿음이 애사심으로 성장이 되어 지금의 우리 회사를 만들어 온 것이라 믿는다. 나는 성실한 우리 직원들을 보노라면 늘 안쓰럽고, 애잔해서 부당하게 할 수도 없다.

자기의 본분을 망각하지 않고 얼마나 노력을 하면서 사는 사람들인데, 내가 그들에게 어떻게 부당한 짓을 하겠는가?

자기도 모르게 다른 사람에게 상처를 주는 행위가 바로 죄를 짓는 것이 되는 것이다. 그런데 가해한 사람은 "그것도 이해를 못하니?"라고 말한다.

하지만 피해자는 상처가 너무 커서 이해를 할 수가 없게 되는 것이다. 이런 것이 부당함이다.

사회에서 죄를 지으면 법의 심판을 받고, 감옥에 갇히게 되고, 그 전과로 인해 다시 사회로 복귀해도 예전처럼 살기는 쉽지 않게 된다.

또 비록 밝혀지지 않아 법적으로 처벌받지 않을지라도 다른 사람에게 지은 죄는 스스로 형벌보다 더한 마음의 벌을 받으며 살게 된다.

마음이 편치 않기 때문이다. 그래서 죄는 짓지 말아야 한다. 죄를 짓지 않는 것은 최고의 경쟁력을 갖기도 한다.

죄는 남의 것을 빼앗는 것으로부터 시작한다. 남의 재물도 남의 생명도

그리고 남의 마음을 빼앗는 모든 행위가 다 망라된다. 그래서 내 것이 아닌 것은 탐내지 않아야 한다.

장충동왕족발 광주 충장로점을 운영하는 김재혁 사장이라는 분이 있다. 영화배우처럼 잘 생기고 열정이 넘치는 사람이다.

어느 날 이 사람으로부터 연락이 와서 만났는데, 아주 망가진 모습을 하고 있었다. '리딩방'이라는 주식 투자사이트에 가입하여 너무 많은 금액을 잃어버리고 가족들에게 면목이 없어 스스로 목숨을 끊으려고 했었다는 것이다.

"제가 무슨 잘못을 했다고 이런 일을 당해야 합니까?"라면서 울부짖으며 억울해하였다.

원래 가족을 아주 끔찍하게 여겨 아끼던 가장이었던 사람이었다. 그냥 내버려두면 수습이 되지도 않을뿐더러 가족들에게 신뢰를 잃어 한 가정이 무너지게 될 것 같아서 나는 한 가지 제안을 하게 되었다.

"김 사장! 잘못이 있어. 왜 쉽게 돈을 벌려고 했어? 그게 바로 도박이야."

'리딩방'을 운영하는 사람들은 사기꾼이고 범죄자들이다. 피해자를 무수히 만들었으며 그들로 인해 자살을 한 사람들도 많았다고 한다.

그들도 나쁜 사람이지만, 손쉽게 돈을 벌려는 사람들에게도 책임은 있는 것이다. 사기도 내가 욕심이 있어야 당하는 것이기 때문이다.

그렇게 해서 광주 충장로점을 그 사람에게 맡기게 된 것이다. 그런데 죽음에까지 다다른 사람이어서인지, 원래 열정이 많아서인지, 이 사람은 상상 이상의 역할을 하고 있다.

겨우 하루에 20~30만 원 매출을 올리던 이 사람이 경영을 맡고 6개월 만에 100만 원이 넘었고, 일 년 만에 200만 원 매출을 올리고 있다. 이 사람은 정말 기적을 쌓아가는 중이다.

나는 이 사람에게 전화위복의 기회를 만들어줄 생각이다. 돈은 노력하는 사람이 벌어야 하는 것이기 때문이다.

땀 흘려 번 돈만이 소중하게 여겨지는 법이다. 쉽게 번 돈은 또 쉽게 사라지게 되기도 한다.

고객은 참으로 고맙고 순수하다. 감동받기만 하면 스스로 홍보맨이 되어주기도 한다. 그 실천을 김재혁 사장이 하고 있다.

내가 처음 부산에 내려가 동래점을 운영할 때와 똑같은 방법으로 이 친구는 지금 신화를 쓰고 있다. 내가 동래점에서 신화를 만든 시간이 3년이니까, 앞으로 2년이 지나면 충장로점은 전국 1등 매장이 될 것이다.

장사의 기본은 고객의 만족이다. 깨끗하고 위생적이고 친절하면, 맛이 조금 떨어져도 고객은 그 매장을 찾게 되어 있다. 고객은 만족을 사고 싶어 하기 때문이다.

대접받는 기분이 들기만 하면 자연스레 충성고객이 되어주는 것이다. 그래서 고객의 당연한 그 권리를 지켜드리는 것이 우리의 책임인 동시에 의무이다.

그런데 우리는 아주 좋은 제품을 고객께 제공하고 있기에 지금의 자세로 진심을 다해 고객을 응대하다 보면 반드시 전국 최고의 매장이 될 수 있을 것으로 보인다. 거기서 끝나는 것이 아니다.

내 예감이 맞고, 또 김 사장이 내가 가고자 하는 방향을 잘 이해한다면 전국 최고가 아니라 상상을 뛰어넘는 결과물을 만들 수도 있을 것이다. 그 사람에게는 나보다 더한 열정이 있기 때문이다.

'장사의 신'은 고객을 소중하게 여기며 정성을 다하는 사람만이 가질 수가 있는 트로피 같은 것이기 때문이다. 고객의 감사함을 알면 고객을 소중하게 대할 것이고, 고객을 감동시키는 노력을 할 것이다.

그러면 영업은 저절로 되게 되어 있다. 그 기본을 모르고 원칙을 지키지 않아서 영업이 안 되는 것일 뿐, 다만 외형만을 쫓지 않고 좀 더 깊은 고객에 대한 가치를 깨달을 수 있다면 금상첨화가 되어줄 것이다.

기대를 하면서 지켜보고 있다.

김재혁 사장이 성공 신화를 쓰는 모습을 말이다.

38. 내 인생을 외롭게 만들지 마라

"나에게 피해를 주지 않는 사람을 시기하고 헐뜯는 말을 해서는 안된다. 탈무드에서는 그 행위를 살인에 버금가는 행동이라고 했다. 그런데 그보다 더 중요한 사실이 있다. 그런 행동은 자신을 고립시킨다.

비록 사회적, 법률적으로는 처벌받지 않는다 하더라도 다른 사람을 해(害)되게 하는 행위에는 대가가 따르게 되어 있다는 사실이다. 고립되어 외롭게 살게 된다. 그 삶은 이미 살아도 산 것이 아닌 게 된다.

죽음보다 더 괴로운 것이 외로움이라고 한다. 그 형벌이 더 무섭다. 유명 드라마 '오징어 게임'의 줄거리도 결국은 외로움이 그런 게임을 만들게 한 원인제공이었고 그 공감대가 전 세계인들 가슴에 각인이 되었던 것이라 여긴다.

나는 종갓집 종부로 살면서 종교를 갖지 않겠다고 시어머니와 약속했고, 그 약속을 지금까지 지키고 있다. 제사와 차례를 모시라고 시어머니께서 유언하셨던 것이고 나는 그 약속을 지금까지 지키고 있다.

그렇다고 다음 세대에게 그런 부담을 주고 싶지는 않다. 약속은 나만 한 것이니까, 내 세대에서 끝나도 괜찮다. 그런데, 내가 느끼고 있는 것이 있다.

나는 무신론자인지라 신의 존재라고 표현하지는 않겠다. 그런데 눈에 보이지는 않으나 이 우주에는 무언가 에너지가 있고, 내가 간절히 원하면 이루어진다는 사실이다.

나는 그것을 우주의 신비한 에너지의 힘이라 믿는다. 살면서 많은 경험을 하게 된다. 그중에는 불가사의한 것들도 있다. 말로서는 설명되지 않는 신비한 경험을 통해서이다.

그래서 똑바로 살아야 한다는 가치를 깨달을 수 있었고, 죄를 지어서는 안 된다는 것을 알게 되었다. 선과 악에 대한 대가가 따른다는 것을 알기 때문이다. 또 살면서 참 많은 상처도 받는다.

그 상처는 대부분 가까운 사람으로부터 받는 경우가 더 많다. 그 생채기는 비록 아물기는 해도 잘 없어지지 않는다. 그래서 상처 주지 않는 사람이 되도록 노력해야 한다.

내게 자존심이 있듯이 다른 사람에게도 자존심은 있으니까 말이다. 무심코 내뱉는 말에 칼이 있다. 자기를 돕는 사람을 질투와 시기심 때문에 독설을 해서도 안 된다. 절대 가까워질 수가 없게 된다.

역지사지의 입장에서 생각해 보면 답이 떠오를 것이다. 사업을 하는 사람일수록 그런 행위를 해서는 안 된다. 사업하는 사람이 늘 즐거울 수만은 없다. 고통과 절망에 빠질 때도 많고 당장 그만두고 싶을 때도 수없이 많을 것이다.

그럴 때 버틸 수 있는 힘은 책임감이다. 그럴 때, 가족들, 직원들, 협력업체, 체인점주, 우리 회사가 존립할 수 있게 해주신 고객님들 이 사람들을 떠올리면서 힘을 얻을 수 있다.

그게 CEO로서 느끼는 무한 책임감이다. 그러다 보면 늘 절망스럽지만은 않게 된다. 참고 견딘 만큼 보람도 따르게 되기 때문이다. 모난 행동으로 자신을 외롭게 만들지 않아야 한다.

모든 원인은 나로부터 시작되는 것임을 잊지 않아야 한다. 그렇게 낭비하기에는 내 인생이 너무 소중한 것이다. 가족과 직원들, 그리고 가까운 사람들에게 감춰야 하는 행동을 만들지 말아야 한다.

그것은 신뢰를 잃게 하는 가장 큰 원인이 된다. 신뢰를 얻으려면 감추고 싶은 행동을 만들지 않는 것이 더 쉽다. 감춰야 할 일이 생기게 되면 거짓말을 하게 되고, 그 거짓말로 신뢰를 잃어버리게 되는 것이다.

그리고 사람에 대한 존중심이 있어야 한다. 상대에 대한 존중과 배려가 있어야 상대로부터 감동을 얻어낼 수 있기 때문이다. 내 이익을 위해 다른 사람에게 피해를 줘서는 안 된다.

좋은 일이건 나쁜 일이건 이상하게도 중독성이 따르게 되어 있다. 그것도 처음 시작은 작지만, 점차 커지는 속성을 가지고 있다. 이왕이면 좋은 일부터 시작해 봐라.

자기도 모르는 새, 가슴속에 보람과 환희가 가득 차게 되는 경이로움을 느끼게 될 것이다. 만약 나쁜 일부터 시작이 된다면 어느새 자신도 모르게 괴물이 되어 있을 것이다. 이게 기본이다.

깨달음은 나를 뒤돌아보면서 반성하고 더 나은 새로운 가치를 찾는 일이기도 하다. 그러다 보면 의외의 결과를 마주하게 될 것이다. 그리고 평생을 함께할 사람을 선택하기에 인생에서 결혼은 참으로 중요한 일이다.

또 결혼생활은 곧 사회생활의 연장선이라고 여겨야 한다. 부모와 주변의 축복을 받을 수 있는 사람이면 금상첨화이겠으나 무엇보다 영원히 싫증나지 않고 함께 살 수 있는 사람은 친구처럼 편한 사람이 좋은 사람이라고 한다.

그리고 한 번 선택하였으면 후회하지 않도록 노력해야 한다. 나는 행복한 결혼생활을 하지 못했기에 조언을 해줄 자격은 없다. 그러나 한편으로 그렇기에 더욱 소중함을 깨달을 수 있고 더 절실한지 모르겠다.

인생을 살아가는 동안 결혼은 필수이다. 사랑하는 사람과 함께 하는 것도 좋은 일이지만 자식을 낳아 가정을 꾸린다는 것은 이 세상에 태어난 책임이고 의무이다.

이 세상에서 가장 소중한 일은 결혼하여 자식을 낳고 한 가정을 꾸리는 일이라고 본다. 그 어떤 것보다 소중한 것이다. 사업을 하여 성장을 하는 것보다 사회적으로 성공하는 일보다 더 중요하고 소중한 일인 것이라고 여긴다.

이게 바로 인생의 완성을 의미하기 때문이다. 내가 늘 주장하는 말이 있다. "새로운 고객을 찾는 비용은 기존 고객을 관리하는 비용보다 10배가 더 든다." 라는 것이다.

기존 고객은 감사하게도 적은 비용과 정성에도 대부분 만족한다. 새로운 사람에게 쓰는 비용을 기존 고객에게는 조금만 사용해도 효과는 엄청나게 커진다. 이와 마찬가지로 새로운 고객에게 사용하는 비용을 기존 고객에게는 조금만 사용해도 만족도는 엄청 높아지기 때문에 잘 사용하면 훨씬 이익이 된다.

기존고객은 이미 확보한 고객이라고 방심하면 큰일이 난다. 새로운 고객은 엄청난 매력은 있으나 그만큼의 노력과 비용이 따르게 된다. 배우자도 마찬가지이다.

새로운 사람을 탐하지 마라. 그리고 남의 것은 더욱 탐내서는 아니 된다. 그게 사람이건, 재물이건, 권력이건, 내 것이 아닌 것을 취하려고 들면 반드시 후환이 있기 마련이다.

내가 선택한 사람에 감사하고, 내가 가진 것에 감사해하면서 부족한 것은 서로 채워주고 다독이며 살아야 하고, 그 방법은 진심이 묻어 있어야 한다.

내가 도덕적이지 못하면서 다른 사람에게 도덕적이길 바라는 것도 참으로 바보스러운 짓이다. 절대 실현 불가능하다.

그리고 가족이나 가까운 사람에게는 어떤 경우에도 폭력을 사용해서는 안 된다. 생명을 위협받는 정당방위가 아닌 이상 말로 해서 안 되면 주위의 조언을 구하거나 법에 호소하면 된다.

폭력으로 누군가를 제압할 수 있는 권리는 누구에게도 없기 때문이다. 또 폭력은 물리적인 것 외에도 언어폭력, 눈치 폭력 등 여러 폭력이 다 포함이 된다.

사이좋은 부부가 화목한 가정을 만들 수 있고, 화목한 가정에서 좋은 자녀가 생기게 되고, 가정에서 문제가 생기지 않는다면, 사회적 문제도 발생이 되지 않는다.

이와 같이 한 가정의 평화는 곧 사회와 국가에까지 그 영향이 미치게 되어 있다. 또 행복하고 화목한 가정이 있어야 사회적 성공도 따르게 된다. 행복한 가정은 개인적인 축복인 동시에 좋은 사회를 만드는 근본이자 원천이다.

그 모든 것은 내 생각과 선택으로부터 시작한다. 우리는 인생이라는 시간 열차를 타고 있다고 한다. 결코 쉬는 법이 없다. 멈추는 순간이 곧 내 인생이 끝나는 것이기 때문이다.

그 귀한 시간을 어떻게 잘 쓰고 있는가? 그 인생에서 만나 가족이 된 사람들과 후회하지 않는 시간을 보내야 하는 것이다. 절대 허비하는 일이 없어야 한다.

정말 힘들고 괴로울 때는 "감사합니다."를 세 번 연속으로 외쳐 보아라. 거짓말처럼 해결이 된다. 감사함의 가치는 이렇듯 실로 엄청난 것이다.

믿기지 않으면 한번 실천해 보기 바란다. 해보면 알게 될 것이고, 깨달을 수 있을 것이다. 나는 매일 눈을 뜨면서 "감사합니다."를 반복하는 습관이 생겼다.

밤새 잠을 잘 자고 일어난 것에 감사하고 공짜로 공기를 마실 수 있는 것에 감사하고 더위도 추위도 다 해결이 되는 것에도 감사해한다.

감사할 일은 수없이 많기 때문이다. 내가 누리는 윤택함은 경제적 여유만을 의미하는 것은 아니다. 사람이 살아가는데 돈은 반드시 필요한 요소이다. 하지만 그 외에도 많은 것들에 의해 행과 불행이 교차한다.

재물은 사람이 살아가는데 불편하지 않을 정도이면 충분한 것이다. 그래서 나는 수익의 일정 부분 사회를 위해 사용하기로 하였다. 어차피 사회로부터 받은 것이라서 다시 사회로 조금씩 흘려보내는 것일 뿐이다.

실력이 높은 분들을 뵙게 되면 늘 작아지고 쪼그라드는 기분이 든다. 그래서 점점 더 겸손해질 수밖에 없다. 또 그 열등감이 책 한 줄이라도 더 읽게 만드는 동기부여가 되어주기도 한다.

나 같은 하잘것없는 사람이 큰소리치며, 살 수 있는 세상은 아니다. 그저 자세를 낮추고 잘난체하는 짓은 해서도 안 되고 할 수도 없다는 것을 깨달을 수 있었다.

그래서 나는 단 한 번도 단체의 장을 해본 적이 없다. 자신이 없었기 때문이었다. 대신 부회장 직함은 10개가 넘는다. 그런데, 이제 인생의 막바지에 와서 막중한 책임이 따르는 일을 하려고 한다.

책임에 대한 부담이 커 고민도 많이 해보았고, 리스크에 대한 두려움이 없는 것은 아니지만, 누군가에게 도움이 될 수 있기에 용기를 내었다.

더 늦기 전에 해야 할 일이라 서두르고 있다. 이 사회에 태어난 한 사람의 사회인으로 책임을 다하고 싶어서이다.

저자 소개

신 신자

저자는 국내에서 족발로 가장 유명한 ㈜장충동왕족발의 CEO로서 제24대 대전상공회의소 부회장을 역임하였다. 2008년 제42회 납세자의 날 대전지방국세청 장상을 수상하였다.

저자는 부산시 동래구에 내려가 장충동왕족발 체인점을 열어 '고객 최우선주의'라는 기치를 걸어 특유의 섬세함과 배려로 전국 1등 매장으로 자리매김하였다. 이후 어려운 처지에 놓인 본사를 2001년에 인수해 세간에 큰 화제가 됐다.

대전 은행동에서 처음 시작된 ㈜장충동왕족발은 저자가 인수한 이후 꾸준한 도약으로 전국적인 프랜차이즈로 성장했다. 현재 전국에 물류 네트워크와 180여 개의 전국 체인점을 보유한 동종업계 1위를 고수하고 있다. 특유의 담백한 제품력으로 믿고 찾는 브랜드 파워와 유명세를 떨치고 있으며, 유사 상표까지 등장할 만큼 인기다.

소설가 미우라 아야꼬 문학관에서 더불어 사는 사회의 가치, 깨달음을 얻어 (주)장충동왕족발은 체인점과 직원들이 행복한 기업, 사회와 상생하는 착한 기업으로도 명성이 높다. 이를 위하여 매출 수익의 30% 이상을 직원들의 인센티브로 지원하며, 수익의 10%는 사회에 환원하고 있어 사회의 귀감이 되고 있다. 2002년도에는 존 로빈스의 「음식혁명」이라는 책을 접하며 바른 먹거리에 대한 관심이 커져 전 세계의 건강한 바른 먹거리를 찾아서 국민에게 제공하기 위하여 연구하고 있으며, 제품으로 출시하고 있다.

　저서로는 「농촌을 살리는 융복합산업혁명」, 「고객의 만족도를 높이는 음식점 안전·위생 관리 노하우」, 「노인의 무병장수를 위한 건강한 영양과 식단」, 「음식점 창업과 경영 전략」, 「족발의 비밀과 메뉴」 등이 있다.

깨달음 & 깨달음

초판1쇄 인쇄 - 2025년 1월 25일
초판1쇄 발행 - 2025년 1월 25일
지은이 - 신신자
펴낸이 - 박영희
펴낸곳 - 새움아트
경기도 파주시 문발로 214-12
전화 1577-0930 (4번)
e-mail : saewoomart@naver.com
등록 : 2018년 04월 24일 제406-2018-000048호

잘못된 책은 바꾸어 드립니다.
무단복제를 금한다.

ISBN 979-11-986981-7-9(03810)

값 15,000